光與暗的故事

IN SUNLIGHT OR IN SHADOW

Lawrence Block

勞倫斯・卜洛克　編

易萃雯　譯

M小說29

光與暗的故事
IN SUNLIGHT OR IN SHADOW

編　　者	勞倫斯・卜洛克 Lawrence Block
譯　　者	易萃雯
封面設計	莊謹銘
總 編 輯	劉麗眞
總 經 理	陳逸瑛
發 行 人	凃玉雲
出　　版	臉譜出版 台北市民生東路二段141號5樓　02-25007696
發　　行	英屬蓋曼群島商家庭傳媒股份有限公司城邦分公司 台北市民生東路二段141號2樓 讀者服務專線：02-25007718；02-25007719 服務時間：週一至週五9:30～12:00 ；13:30～17:30 24小時傳眞服務：02-25001990；02-25001991 讀者服務信箱E-mail：service@readingclub.com.tw 劃撥帳號：19863813 書虫股份有限公司 英屬蓋曼群島商家庭傳媒股份有限公司城邦分公司 城邦網址： http://www.cite.com.tw 臉譜推理星空網址： http://www.faces.com.tw
香港發行	城邦(香港)出版集團 香港灣仔駱克道193號東超商業中心1樓 電話：852-25086231/傳眞：852-25789337 email：hkcite@biznetvigator.com
馬新發行	城邦(馬新)出版集團 Cité(M) Sdn. Bhd.(458372 U) 11,Jalan 30D/146,Desa Tasik, Sungai Besi, 57000 Kuala Lumpur,Malaysia 電話：603-90563833/傳眞：603-90562833 email：citekl@cite.com.tw
初版一刷	2017年3月28日
二版一刷	2023年12月

城邦讀書花園
www.cite.com.tw

ISBN 978-626-315-402-5
定價480元 (本書如有缺頁、破損、倒裝，請寄回本社更換)

國家圖書館出版品預行編目資料

光與暗的故事 / 勞 倫斯・卜洛克 (Lawrence Block) 編著；易萃雯譯. -- 二版. -- 臺北市：
臉譜出版：家庭傳媒城邦分公司發行, 2023.12
面；　公分.
譯自：In Sunlight or in Shadow
ISBN 978-626-315-402-5 (平裝)

874.57　　112017314

IN SUNLIGHT OR IN SHADOW

Stories Inspired by the Paintings of Edward Hopper

Cape Cod Morning

目次

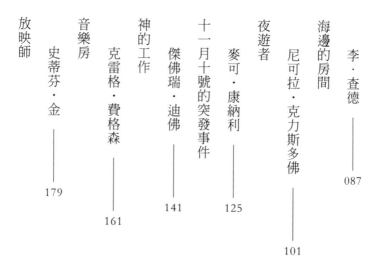

〈前言〉

在我們開始之前……

勞倫斯・卜洛克

愛德華・霍普一八八二年七月二十二日生於紐約州上奈雅克鎮，一九六七年五月十五日死於他位在紐約華盛頓廣場附近的工作室裡頭。他傳奇引人的一生在此我不多加贅言，各位讀者若有興趣的話，請參閱蓋兒・李文所寫的《愛德華・霍普：私密的傳記》。

（蓋兒・李文另外也編纂了一本霍普的完整畫集，並爲本書貢獻了她的一份心力。她所寫的〈牧師搜畫錄〉將畫家人生盡頭一段鮮少人知的精采插曲，以小說的形式寫出來，而她根據的則是自己第一手的親身經歷。）

但我離題了——而且這個毛病恐怕我還是會再犯呢。現在，且讓我先大略談談促成這本短篇故事集誕生的點子，以及爲什麼會有十幾位知名作家願意共襄盛舉吧。

多年來，關於寫作的文章我已寫了不少，也談及各種點子萌發的過程，所以各位或許會以爲我應該可以說明，這回的點子到底是來自哪裡。但這就錯了：我沒辦法。點子其實就在霍普的畫裡，他的畫已爲我們設定好了前提、書名，以及一切，我根本沒有多加思考，便擬好了一份我希望能邀到稿子的作家名單。

幾乎每一位都欣然答應了。

這不是因爲他們跟我有交情（雖然他們的確都是我的朋友），也不是因爲他們無事可做，更不是因爲我所能提供的區區稿費。愛德華・霍普是唯一的吸引力。他們全都喜愛他的畫作；身爲作家的他們，對他的作品都有極深的共鳴。

霍普的畫無論在美國或世界各地，都曾激起了強烈的迴響，這點自然毋庸置疑。不過我覺得他觸動最深的，其實還是習於閱讀以及寫作的人了。不管我們是喜歡聽故事還是喜歡說故事，我們都是最忠實的愛德華・霍普迷。

而這，並不是因爲他的畫明白表達了什麼故事。

霍普既非插畫家，也不是敘事型的藝術家。他的畫不說故事，它們只是在暗示——以強烈且讓人無法抗拒的方式在說：他的畫裡蘊含了故事，只等著觀者解讀。他展示出時間長流裡的某個片刻，鋪陳在畫布上；畫中確實是蘊含了過去以及未來，但將其挖掘出來，則是我們的工作。

本書多篇小說的作者做到的便是這點，而他們的成果也確實讓人驚豔。主題式選集所收納的故事往往流於雷同，因此只適宜隨機翻閱，而不適於一篇接著一篇的閱讀。

然而本書並非如此。這本選集所收納的故事類型多元，或者也可說並無類型可言。有幾篇是擷取了畫中某些元素，編織出與畫作相互契合的故事；而有幾篇的靈感則是間接來自畫作，作者發揮了自由的想像而構思出作品，也因此與畫作形成比較隱晦的關係。以我的觀點來看，本書裡面的故事只有兩個共通點：一是各有各的美妙特色，另外就是，它們都是源自於愛德華・霍普。

我相信各位讀者都會愛上書裡的故事的。更何況，在閱讀的同時，你們還可以飽覽多幅美麗的畫作呢。

這其中也包括了展示於目次之前的畫作《鱈魚角之晨》；而且當然，各位應該會注意到，它並沒有相對應的故事。而這後頭，則又隱含了另一個故事。

原本要寫《鱈魚角之晨》的是一位知名作家。他熱愛霍普，也同意了要爲本書出力，然而之後卻是不了了之。這種事難免發生，而發生了的話，也無須怪罪任何人。

不過，我們卻因此多出了一幅畫。我們當初已經得到了《鱈魚角之晨》的轉印權，也將它的高畫質jpeg檔放進飛馬出版社我們那位大人物的文件夾裡頭了。結果這位大人物點出——不無小補——這幅畫好像並沒有搭配的故事。

於是我便解釋了事情的源由。「無傷，」我們的大人物說。「這畫好美，我們可以把它印上去。」

「啊，」我說。「可是我們沒有可以陪襯它的故事呢。」

「那又怎麼樣？要諸位讀者自個兒發揮嘛。」

所以囉，親愛的讀者，我們在這裡便提供了第十八幅畫——頗具吸引力的作品吧？請各位好生看看，細細品嚐。畫裡確實是有個故事，對吧？有個就在等著各位來說的故事……

請說出來吧，不要有任何顧忌。不過呢，請別跟我說，因爲我這就要退場了。然而在我退下之前，我得先說幾句感謝的話。感謝愛德華・霍普，當然，也謝謝本書的衆位作者。倘若沒有他的畫或者他們的故事，各位看到的就只是空白的書頁，以及孤單的書名了。

感謝夏蘭・克拉克，是她尋到了張張原畫，並獲取了我們需要的轉印權。這份吃力不討好的工作，她做來是得心應手——運用了各種資源，展現出超高的效率以及笑看阻難的本事。

感謝丹尼・巴羅——我的經紀人兼好友——他對這個出版計畫的信心以及熱情是始終如一的。

感謝飛馬出版社的克蕾波・漢考克，是她一眼看出本書的潛力，而她——以及愛瑞絲・卜萊喜和瑪麗亞・費南狄——也自始至終都是本書熱忱的擁護者。

最後，則是要感謝我的妻子琳。三十多年來，她一直是我個人最熱忱的擁護者，而且她也很清楚什麼時候該說一聲：欸，你黏著這台電腦實在太久了，應該累壞了吧。何不起來走動走動，到惠特尼美術館去看幾幅好畫呢？

梅根．亞柏特（Megan Abbott）
愛倫坡大獎得主，寫過八本小說，其中包括《其實你不懂我》、《火宅之舞》。她的多篇短篇小說被收錄在《底特律黑色小說》、《二〇一五年美國最佳懸疑故事集》，以及《密西西比黑色小說》當中。她的著作《街頭霸主》，是一本探討冷硬派偵探小說以及黑色電影的文集。艾柏特目前定居紐約皇后區。

The Girlie Show, 1941

32 X 38 in. (81.3 X 96.5 cm). Private collection/Bridgeman Images

豔舞

「她咪咪全露。」

「沒貼膠片囉？」

「就跟一對交通號誌燈一樣哩。」

寶琳聽到他們在門廊上講話。巴德在告訴她丈夫，幾年前他的一趟紐約之旅。那時他去了花都酒店。

她的丈夫幾乎沒講什麼話，只是一根接著一根抽菸，外加確定巴德的手邊一直都有一罐冷藏櫃拿出來的Blatz啤酒。

「乳頭跟草莓一個樣哩，」巴德在說。「不過丁字褲倒是一直沒脫，而且她也沒表演劈腿。」

「是嗎？」

「也許你的經驗跟我不一樣。」

「搞不懂你在說啥，」她的丈夫說，一邊往草坪丟了根火柴。

「是喔。」

之後，她的丈夫走進屋裡，臉頰如同暗色的火焰。

隔天，她發現他在廚房裡工作，兩腳搭在桌子上。

這是四個月以來，他頭一次拿出素描本子來。最近，每回寶琳從廣告公司下班回到家時，他總沉著臉瞅著她——尤其是她戴著嶄新的海貍帽時。這頂帽子是史密特毛皮店那個男人因為感謝她賣力幫忙送她的。

可是今天，只見他狂熱的在畫素描，所以她便保持沉默，也不湊近去看。兩人已經結婚十四年了，她知道他所有的癖性和脾氣，也知道該怎麼順著他的毛摸。

「可是天好冷哪，」她說。他已經很久沒有要求她這麼做了，差點以為他是在開玩笑。

他需要一個模特兒。

「站在爐子旁邊取暖吧，」他說，一邊將襯衫長袖捲到手肘上頭。他的前臂鼓起了一道青筋。

她移向火爐，熱波朝她襲來。

將近十五年前的一段回憶，乍然浮現在她的腦海裡。那是她經歷過的最寒冷的一月天：她縮著身子挨近火車站的鍋爐邊，感覺到有個什麼抵住她的背。她轉過身，看到後頭站著個男人，他的臉頰泛紅，兩手深深插在外套口袋裡。

她猛嚇一跳，然而他長得是那麼英俊而她又已經二十七歲了——她是家鄉唯一一個還沒出嫁的女孩。

兩人在三個月以後結婚。

我的大色狼，以前她都這麼叫他，帶著愛嬌的語氣。那是好久以前的事了。

他把素描本平放在膝頭上，等著；寶琳褪下洋裝，捲下了她的絲襪。最後才脫的內褲溜下去，落到她的腳上。

「你會看到所有我不想讓你看到的喔，」她耳語著，帶著濃濃的喉音。她不知道這個聲音是來自哪裡。

身爲妻子的責任以及婚姻裡的私密碰觸，對她來說一直都是難事。結婚當晚發生的事情把她嚇壞了。雖然先前她其實已經讀了《理想的婚姻：生理學與房中術》——這是她的伴娘茱蒂送她的禮物。茱蒂結婚已經一年半了，有一回在小餐館裡，她一邊喝著泡沫咖啡，一邊低聲透露說，她那底下早就「比馬車的輪胎還鬆了呢」。

應該是寶琳念這本書的進度遠不如預期吧，要不就是她還不太懂得某些拉丁文術語潛藏的奧義，因爲她新婚丈夫最喜歡做的，其實起碼要讀兩百頁才會有詳細的解說，而他發出來的聲音還有某些必備的動作，她在書裡根本就找不著。

她最喜歡的是某些意外的片刻——有時在他挪動她時，她會出乎意料的感受到某種魔法，他抓住她肩頭時雙手使了蠻力，在她身上留下仿如藍色花瓣的印痕；而他們也記得某些私密的片刻，如同地鐵猛地踩了煞車，一種不斷延長的震顫的感覺，然後慢慢歸於靜止。

所有的衣物現在都脫下來了。洋裝、絲襪、襯裙、胸罩、內褲，而她也已站上了廚房的板凳。她心想，身材高大的男子此刻也許可以透過窗玻璃，從簾子上頭的縫隙窺見她吧。

「轉向右邊。」

她可以感覺到雞皮疙瘩冒出來了，她膝蓋窩上的靜脈如同細長的蜘蛛腳般延展開來。

她四十二歲了，已經好久沒有人要她脫光全身的衣服——咱們一起吃午餐吧，史密特先生每回打電話給她時都這麼說，我很想看看你戴的海貍帽（譯註：*beaver*海貍有個意思是女人的外陰）。

她轉身時，挺起了胸部，這是她引以爲傲的資產。她的雙乳從來沒有餵養過吸吮乳頭的嬰兒，它們絕不會像鬆糕一樣垂下來。有的女人私下跟她透露說，她們就沒有這麼幸運了。有一回，公司的資深接線生柏川太太還問說，她可以碰碰寶琳的乳房嗎——只是要提醒自己，我曾經有過什麼。

她在鉻面烤麵包機上頭瞥見自己的身影，不禁暗自微笑起來。

他要她擺出各種不同的姿勢。往上伸出兩隻交纏的手臂，像瑪琳．戴德麗一樣（譯註：瑪琳．戴德麗是知名的德國女演員，她在一九三〇年的成名作《藍天使》中扮演酒店裡的首席歌舞女郎），並且叉開兩腿，採取拳擊手的站姿。一手插臀，像百貨公司的模特兒般，或者彎著膝蓋，兩手搭在臀上，如同媽咪在逗弄嬰兒車裡的小貝比。

「你這是在畫什麼？」她終於忍不住問了，後背好疼，全身從頭顫到腳。「是要把我畫成舞者之類的嗎？」

「你啥都不是，」他冷冷的說。「不過這幅畫會取名叫愛爾蘭的維納斯。」

新婚後的頭幾年，她常當他的模特兒——那些畫都是廣告商委託的作品。她扮演過穿圍裙的家庭主婦（長繭的手是扼殺愛情的凶手！）、水上美女（增重十磅改變了我的一生，皮包骨絕對找不到好老公！）、六月新娘，還有穿著皮褲的啤酒屋女侍。後來，等她開始在廣告公司上班，可以固定領薪之後（她上班時整天都要畫素描，她畫了一排排的女鞋、男帽，還有小孩的睡衣），他便提議要雇請藝術學校的女學生來當模特兒。這她堅決反對。

「不要吃醋啦，」他說。

「我們也只有你作畫的時候，才會在一起啊，」寶琳語氣堅定，但語調輕柔。

然而有一回在她升遷後不久，她到家的時間比較晚，發現他畫架上的帆布給撕成了兩半。他跑到了麥柯里酒吧，混到凌晨四點才回家。他到家時，踢翻了台階上的牛奶瓶，又鑽到被單底下硬逼著她配合他做一些骯髒事，搞得隔天她還得到診所去，請醫生在她的裡頭縫了好幾針。推著地鐵的旋轉柵門時，她痛得好想哭。

他發誓說，事情的經過他毫無記憶，隔了一個禮拜以後，他便雇請了藝術學校的一位女孩來到家裡。她長了暴牙，不過他說沒關係，因爲反正又不要她開口說話。

當晚，他畫她畫到了將近凌晨兩點。

她在浴室裡刷完牙後出來時，看到他已經倒在床上睡著了，鞋都沒脫。現在幾乎每天晚上，他都睡在玻璃房裡。

她解下他的鞋帶，默默脫下他的鞋子和襪子。

過了不知多久，他脫下褲子，就在黎明的晨曦照進來之前，她感覺到了他光溜的大腿抵在她的背上。

「甜心，」她耳語著。

他朝她又湊得更近，床墊的彈簧發出令人難堪的聲響。她慢慢轉過身去，想要面對他，但他卻別開了身。雖然眼睛閉著，她也可以感覺到他的冷淡。

隔天晚上，他要她再爲他擺姿勢。他準備好要上色了。她回到家時，他已經準備好所有的東西，油彩都混好色了，畫架也釘上了帆布。

她的腿因爲前晚的事再加上整天工作，還痛著，但她可以感覺到胸口興奮的碰碰在跳，就像有隻飛蛾在鼓動翅膀一樣。

她在爐子上把咖啡加熱，然後將板凳推到從天花板吊掛下來的鎢絲燈底下。燈罩上頭滿是蒼蠅的痕跡。

當晚他畫她畫了好幾小時。她的身體在痛，穿著工作鞋的雙腳都痲了，空氣裡瀰漫著濃濃的松節油以及亞痲籽油的味道。

他專心作畫，一道深深的紋路從他的眉線延伸到了下巴。

他的身上有火在燒。

「你可以往那個方向移動一點嗎？」他說，沾了斑駁油彩的大拇指猛個戳過去。

今晚又更冷了，他已經一連六天不停的在畫了。她立在板凳上轉圈時，不小心碰到爐子，燒到了一次屁股，還兩次燙傷了大腿，她穩住腳跟免得跌倒，板凳嘎吱作響。

頭一回燒到時，她的手指迅即飛到嘴上，像是卡通片裡的小女孩，或者艾爾修車廠牆上掛著的日曆女郎——裙子翻飛，吊襪帶像黑色的弓箭一樣露出來。

他越過畫架的頂上看著她，一語不發。

夜深了，她全身痠痛，他提議兩人可以喝杯Old Schenley's威士忌結束今晚的工作。寶琳不太會喝酒，不過她覺得喝酒也許可以減輕疼痛。

他捧起她的腳，放到他的懷裡。起先，她不知道他是在幹嘛，然後便看到他伸手拿了個冰塊，放上她的大腿：兩個火燒的傷口，如同張開的嘴。

當晚躺在床上的時候，她感覺到了他。他的手指觸碰著傷口的周遭，手指冰冷是因爲碰觸了床頭櫃上的冰壺。然後他的手指便畫起圈圈，越畫越大，朝著她大腿的內側移行，往她身體的正中心挪去。她感覺到自己的嘴唇微張，呼出氣來。手指越移越近了，速度非常慢。

就在那一剎那，她的腦海掠過了一個景象，不知從何而來，而且毫無道理：多年前在保齡球館裡，隔壁球道的一名杏眼女子伸出手來，遞給寶琳一顆亮紅的球，女人纖長的手指探入球的孔洞。我爲你烘暖了呢。

第二天她提早下班，臉上暗暗透著微笑。他一定會很高興，她想著。我們可以提早開始，我們可以整晚工作呢。

她走進廚房時，才剛過了四點。她在折疊桌上看到一個盒子，她咧嘴笑得又更開心了，她掀開盒蓋，移除了上頭的面紙，看到底下有一雙綠色的涼鞋，搭配了小小的金色後跟。她拎起一隻鞋湊上臉貼著，幾乎像是絲綢呢，不過不太可能。裡頭附的一張卡片指出，這雙鞋的顏色是苦艾酒的綠。

鞋子小了兩號，但她不會告訴他。

「你啊，」他回到家時，她吻著他的臉頰說：「你啊。」她做了他愛吃的英國黑醋燉牛肉。

他不解的看了她一眼，於是她便指指自己的腳，和桃樂絲一樣踢踏跳了幾下（譯註：桃樂絲是綠野仙蹤裡的小女孩，她穿的紅鞋子帶有魔法）。

他的臉露出驚詫的表情。也許他本來是想在她脫光衣服以後，突然給她一個驚喜的，她想著，不禁臉紅了。

當晚他想早點停工。他不斷的看著穿著綠色涼鞋的她。搞到後來，他終於開口要她換上原先的工作鞋。

「這雙鞋的足弓做得比較好，」他說。「我覺得啦。」

他試了一陣子，可是效果不好。

他說他用的紅有問題，說他得再重新調色，要不就明天到店裡買新的，或者也許她可以從公司帶一管朱紅色回來。

然後他便穿上他的法蘭絨外套，說他要出門跟幾個朋友「談生意」——意思其實就是要到屠戶店子的後頭聊天。

在他離開以前，他往畫布上蓋了一條他每回都用的破爛棉布。他嚴格規定，除非畫作完成，否則她絕對不能偷看。

不過現在他的素描本子就放在廚房桌上，上頭什麼也沒蓋，而且她可沒聽過他設下什麼相關的規矩。所以她就打開本子，瞥一眼頭一張素描——火紅的顏色是來自他要她從公司偷來的Dixon特製鉛筆。

上頭畫的是個暗黑舞台上的女人，水銀燈打亮了她的身形。舞台下的樂團裡，坐著個骨瘦如柴的鼓手，他的臉在看別處。朝著女人猛盯的則是以炭筆勾勒出的前排好幾個男人的頭，他們飢渴的抬著臉，如同等待餵哺的雛鳥。

女人裸著身，僅只搭上了一條極窄又極薄的貼身藍布，窄得簡直無法稱之爲內褲。她裸著身，展示自己的肉體，栗褐色的短髮閃閃發亮，身體光滑粉嫩，豐滿的乳高高聳起，兩條手臂舉起來，彷彿一隻展開雙翅的飛鳥。藍色的長布在她的身後飛揚，腿和腳都還沒有完成，不過她可以看到炭筆隱約的痕跡，腿部的曲線強而有力，左邊是一道模糊的臀線。

頭顱微微揚起，臉上的表情寶琳覺得熟悉，但不知怎麼形容。

「老天，這可眞是了不得，」她喃喃自語起來。「我還眞像是皇后什麼的哩。」

她不是笨蛋。她知道這一定跟巴德講的故事有關——那個他看到的舞者，奶頭大得跟草莓一樣。也許她應該覺得很不舒服，就像她母親一樣，或者和家鄉那些手揮聖經的教徒一般。很久以前，她或許會因此而感到難過。不過現在不一樣了。

反倒是，她開始想起許久不曾想到的往事。比方說七、八歲的時候，她在父親的衣櫃裡翻找他的鞋油刷。她踮起腳尖，把手探進頂層的抽屜，摸到了一張光面照片冰冷的表面。她用力把抽屜再拉開一些，照片飄上了地板，她看到著了色的影像，是個年輕女子，她和一隻長頸的天鵝交纏在一起，全身赤裸，長長的紅色鬈髮垂到了她完美的嫩白腳趾頭。那是她頭一次看到色情照，也是第一次在女人的身體上發現了某種東西。成熟的女人，那抹出現在她腿間的紅色火焰。

後來母親發現到她盯著照片在看，便拿了把野豬鬃毛刷狠狠的打她。感覺上，她打了好久好久。

她已經很久都沒想到那張照片了，她把它放進了她腦子深處的櫃子裡，然後把抽屜關上。

第二天午休的時間，她跑到百貨公司去，駐足在豪華的櫥窗前面。生活用品她多半是在烏沃斯超市採買的，那裡的玻璃展示櫃裡擺的是去角質霜，還有束腹。不過偶爾，尤其是假日，她會來到這裡，逡眼觀賞著櫥窗裡的展示品，她尤其愛逛化妝品區，這兒的牆壁垂掛著粉紅色的緞子，販售的香水都裝在彩色玻璃瓶裡，粉撲如同雪球一般。

她漫步在走道上，一個個玻璃櫃像是閃亮的珠寶箱，她想到了丈夫素描本裡的女子，她傲然揚起的下巴，那雙腿如同馬蹄蘭一般，但看來要強韌不止一千倍。

櫃臺後頭的女店員點著頭招呼她，她的手裡捧著一個好小好小的玫瑰色玻璃瓶。

「擦了它，時間都不存在了，」她說，一邊將香水揉進寶琳的手心。她不斷畫著小圈圈，寶琳覺得自己的手彷彿化成了暖暖的絲綢，是毛皮暖手筒柔軟襯裡會有的那種質感吧，她想著。

沒多久後，她躲進四樓女化妝間的木頭隔間裡，扭啊扭的好讓洋裝往下滑落一些。她慢慢的將香水塗抹到她的鎖骨、胸膛，還有乳房上——她把手探到了底下，揉上乳頭。那味道突然變得過於濃烈，叫她頭暈。她只好坐下來，數到一百，然後回去上班。

夜深了，很深，廚房窗外的天空一片漆黑。他停下手邊的工作，越過畫布的上方看著她。

「換了是你，你會怎麼樣？」他突然開口問。

她把手臂放下來休息。「什麼意思？」

「如果男人看著你那個模樣，」他說，聲音突然抽緊了，像是上緊的螺絲釘。「你還會保持那個姿勢嗎？你會讓他們一直盯著看嗎？看你剛才的模樣？」

她知道他不是眞的在問問題，答了反而不好。

她一句不吭，逕自踏下板凳，從冰箱拿出兩罐啤酒，砰個打開。

兩人貪婪的喝了起來，之後寶琳又踩上板凳。午間擦的香水味道濃郁，她從來沒有那麼快樂過。

隔天早上，她看到他坐在廚房的餐桌旁，面前一瓶胃藥，眼神陰鬱。畫架立在廚房的正中央，他的眼睛直直看過去。

「不太對勁呢，」他說。「我這才發現到。」

「不對勁？」她說。

「我的畫啊，」他說，眼睛盯看過去。「她看起來好奇怪。」

當晚他沒要她擺姿勢了，隔晚也沒有。

禮拜六他到退伍軍人廳去打牌，不過午夜前就回到家了。

她看到他在玻璃房裡，把他畫的一張張素描隨手丟在地板上。大半都是局部特寫，有六張是她的腿部：小腿鼓凸的柔軟肌肉是她年輕時每年夏天在她家附近的乳牛場擠奶訓練出來的。

「今晚我碰到了個外地人，」他說，眼睛抬也沒抬。「他才剛來到我們的城裡工作。他說他上禮拜看到你在城裡的巴羅曼旅館跟個男人共進午餐，還說你們看起來挺親密的。」

「這我跟你講過，」她說，努力保持聲音平穩。「他是新近跟我們合作的印刷商，我們談的是公事。」

他一個反掌俐落的劈上她的臉，啪一聲像是擊出一球。

「你不跟我行房，寶貝，」之後他說，猛吸了一口氣。「禮拜天的烤肉餐也老是做不好。」

第二天，桌上擺了一束康乃馨。

他又開始畫畫了，不過他說他不再需要她了。會有個藝術學校的女孩過來，一小時只收兩毛五。

那個禮拜三，就在黎明過後不久，她踏步走進廚房，眼睛盯上了畫布——那上頭罩了塊破布，看來像是鬼魂。

她悄無聲息的踩上磁磚地板直直走過去，然後掀起罩布，一把甩到地上。

起先，她覺得好像有個什麼很不對勁。她抓起一盒火柴，在黎明的灰暗裡點燃了一支火柴，湊向畫布。

這是什麼啊，她想著。

這畫跟她先前看到的素描完全不一樣。沒錯，是個女人，裸著身，站在舞台上。姿勢是一樣的，但又不太一樣。所有的一切都不一樣了。氣氛不一樣了。

她的栗褐色短髮不見了，取而代之的是紅棕色如同馬鬃般的長髮，和假髮一樣僵硬。原本粉嫩的身體現在變得粗糙，而腳和腿也跟素描完全不同了——它們變得細弱瘦小，而且臀部看來瘀青。她的腳上套著舞鞋，亮藍的顏色是要搭配在她身後飛揚的藍布。

原先素描裡的她胸部豐滿堅挺——這是她的驕傲——而這裡的雙乳卻只是尖尖的突出物，如同小圓錐，乳頭則紅得刺眼，如同馬戲團小丑戴的尖帽子。

最突兀的就是臉了。她的視線簡直無法移開這張臉。遠遠看過去，那臉只是一抹灰暈。而湊近了瞧，五官就清楚了，嘴唇塗上鮮紅色，兩頰抹了胭脂——也是像馬戲團小丑。

「我搞丟皮夾了，」當晚回到家時他說。

他外套左邊口袋的襯裡翻出來了，看來像是漫畫裡的酒鬼。

「你去了哪裡？」她問。鍋子裡的義大利肉醬麵已經冷成一團糊了。「你這一整天都跑哪兒去了？」

「去找工作啊。我跟阿里巴酒館的老闆碰面，他說也許我可以幫他在店子的後牆上畫個壁畫。」

「會不會是掉在那裡呢？」她問。「你的皮夾。」

「不是，」他說。他告訴她，也許是他沿著鐵軌走回家時，掉在路上了。「我簡直跟個遊民一樣。」

他的聲音有個刺刺的什麼，所以她就沒再吭聲。他倒了杯牛奶，站在水槽邊喝掉。他移步走到她的背後，她聞到了一股她不愛的味道。不是酒味。

他走出菸鋪子時，她看到了他。她想不出大白天的他會在城裡幹嘛，而且他身上又沒帶著畫作夾。

此刻她是剛從印刷公司出來，原本該回辦公室的，不過她決定要跟著他往西走。街上人多，汽車的喇叭聲震天響，再加上報童刺耳的叫賣聲，她差點跟丟了他。

他去的這家戲院規模很小，紅磚牆，暗色的玻璃窗。

乳頭跟草莓一個樣哩。不過丁字褲倒是一直沒脫，而且她也沒表演劈腿。先前巴德就是這麼跟她丈夫說的。然後他又加了一句帶有玄機的話——也許你的經驗跟我不一樣。

她是到了他溜身鑽進戲院，腦子才開始轉起來。

一張五呎高的海報迎面襲向她——西部直達此地：藍道兄弟雜劇團！歌舞表演大會串。上海珍珠！蛇女郎孔陰妹上場！天天都有，好戲連連！

海報底下，掛了個大布幅，上頭寫著：星期二精采表演愛爾蘭的維納斯升起！搭配的圖像則是一個從半面大扇貝冒出來的紅髮美女。

她遠離人群，一個人站在小巷子裡頭抽了兩根菸，一邊思考著。

一名高大的男子在收票口旁邊晃蕩。也許他是在觀察她吧。

他朝她喊道：嘿，美女時，寶琳別開身不看他。

「你有火柴嗎？」有個聲音冒出來，寶琳轉過頭，看到一名女子從巷子底的後台出口朝她走來。她看著女子身體移動的樣子，還有她伸出來的蒼白手臂和細瘦的腿，以及她亮藍的鞋子，覺得好眼熟。

「我認識你嗎？」寶琳忍不住問道。

女人擦了指甲油的手指往上推了推帽簷。她往前傾身借了火。

她深紅色的頭髮好美，但畫裡呈現的卻好俗。而她的臉，更不是畫裡表現的一團灰暈。這是一張生動、明亮的臉。

「愛爾蘭的維納斯嗎？」寶琳問道。

女人咧嘴笑起來。「你叫我梅兒就好。」

在售票口閒晃的高大男人此時走到了巷子的另一頭。他在看她們。

「那個男人，」寶琳說。

梅兒點點頭。「那人好壞，那傢伙。有一天晚上，他硬搶了我手裡的槍，害我瘀青了兩個禮拜還沒好。」

她開始走向他。「我看到你囉，麥格魯先生，」她大聲叫道，一隻手杯在嘴上。「你的寶貝放在褲子裡就好，如果我把偉德叫來的話，管保你連根可以拿來甩的舌頭都不剩。」

男人的臉刷個變白，他趕緊快步離開，跟隻螃蟹一樣。

「偉德是誰？」

梅兒把她帶到巷子口，指著地上兩個，不對三個，骰子給她看。要不也許是珍珠領釦？

寶琳覷眼往下看，這下子才看清楚了。她還記得有一回觀賞拳擊賽時，看過類似的東西。當時那個蒼白的中量級選手，一張嘴簡直像紅色的噴泉，一口牙齒落了滿場。

梅兒靠向她來。這會兒她看清了：其中一顆是臼齒。

「他的襪帶裡頭藏了把鉗子，」梅兒說。

寶琳覺得自己好像跑錯了地方。

男人又回到巷子口了。

「偉德！」梅兒朝著戲院敞開的門口大聲叫道。「偉德，賓果男又回來啦。」

寶琳看著梅兒。

「也許啊，」梅兒說：「你還是進去比較好。」

後台可以聞到很濃的菸味，還有老舊的咖啡，以及德國酸菜刺鼻的味道。

「葛麗塔天冷的時候會自己做德國酸菜喲，」梅兒眨著眼說。「你可以把約克區（譯註：這是紐約曼哈頓的精華地段）的德國佬趕走，不過你可趕不走她裡頭的德國酸菜喲（譯註：德國佬和德國酸菜在德文／英文裡用的是同一個字Kraut）。」

高大布幔的另一頭傳來嘈雜的大鼓聲和觀眾鼓譟的聲音，寶琳幾乎聽不到她講話的聲音了。這幔子是綢緞質料，年歲已久變得好滑好脆，好像只要輕輕一捏就會碎掉了。

她們快步穿行過一長排灰濛濛的鏡子，只見一個個暖氣機上烘著薄紗衣物，疊高了的咖啡杯散在四處。一張張折疊椅背搭掛著一條條污髒的卸妝用毛巾——這是上妝的臉孔殘遺下的鬼魂。

有間凹室裡，一個穿著金色和服的女孩正從一只瓶子裡倒出不知什麼，大把大把的抹到一名裸著身的六呎高的金髮女郎身上，瞬間把她紅通通且冒出青筋的皮膚變成絲綢般的亮滑。

在另一間凹室裡，寶琳看到兩名長腿女孩正在調整她們舞衣上的綠色羽毛。她們波浪般柔細的金髮長得一模一樣。

「梅兒的老媽就要過來把她帶回堪薩斯了，」其中一人咕噥著說，一邊瞟著寶琳。「意思是要送到教會管教她的小B啦。」

寶琳開口想說個什麼，可是梅兒趕緊扯扯她的手臂，拉著她快步離開。「別跟這兩隻鸚鵡搭話，光是看著這兩個人渣，你的嘴巴就會長瘡了。」

她們走到一間很小的私人化妝室，裡頭有兩個鏡台，空氣裡瀰漫著濃烈的粉味和香水味。寶琳覺得自己快要窒息了。

「過來這兒，」梅兒說，示意要她坐上一張板凳。「克麗爾又給她那條蛇咬了，所以今晚我得單獨上場。」

寶琳坐下來以後，呼吸總算順暢了些。她納悶起自己到底是跑到這裡幹嘛。舞台那頭傳來伸縮喇叭拉長的嚎聲，她突然擔心起自己就要大哭起來。她握緊了拳頭抵在體側，下定決心要忍住。她得撐著點啊。

在這同時，梅兒一直盯著她看，也大致猜出了端倪。

在燈泡鏡面柔和光線的映照之下，她的頭髮看來又更耀眼了，彷彿撒上了金點。而當她彎下腰，脫下她那雙沾染了街上煤灰的雙色高跟鞋時，寶琳自然就注意到她那雙腳——如同拉緊了的綢緞。

「說來，你是跟蹤你老公來到這兒囉。」

寶琳沒搭腔，她的視線給某樣東西吸引住了——是梅兒腳邊地板上的一雙涼鞋。鞋子還放在鞋盒裡頭。寶琳在彎下腰抽開棉紙以前，就知道鞋子的長相了。苦艾酒的綠。

「啊，」梅兒說，她順著寶琳的視線看著涼鞋。「就是這個男人囉，嗄？」

寶琳點點頭。

「他是個標準的羅蜜歐哩。把那遞給我，」她說，伸手指著擱在旁邊那張化妝台上一個心形的大糖果盒。

寶琳點點頭，她拿起糖果盒，看了看。她想著，自己心裡頭好像有個什麼不見了。她不再想哭了。另外有個什麼事情正在發生呢。

「也許對你是個安慰吧，」梅兒正在說：「他沒得到我。」

「我無所謂，」寶琳說，心不在焉的摸著糖果盒的心形。

「他已經改變目標，打起克麗爾的主意了。她很習慣跟蛇打交道。」

寶琳的手指沿著糖果盒的心形劃過去，一句話也說不出來，澎澎的鼓聲在她的耳際迴響著。

梅兒看著她，扭了扭嘴唇，然後便轉了頭面對鏡子，開始上妝。她拿了紫紅色的胭脂，探了根手指進去，往兩頰塗抹起來。她的臉如同火燒。

「嘿，」她說，紅指甲的手指頭點向糖果盒：「你選一顆給我好嗎？我快餓死了。」

寶琳把盒子放到腿上。巴黎顧夫人的糖果心樂園。盒子的襯裡是珊瑚色的綢緞，她打開蓋子時，看到了十幾顆美麗的糖果，有發亮的粉紅球體，還有發光的白，上頭沾著金箔，撒上了糖霜。

「你也吃一顆，」梅兒說：「你先吧，親愛的。」

才咬了一口，她們就全面投降了。

糖果的口味豐富，有發亮的黑櫻桃果醬、入口即化的奶油、如同海上泡沫的乳脂、以及挑逗嗅覺的釀酒口味——杏仁、柳橙、還有杏子。

她們親密的擠在一起，咧嘴笑著就像兩個坐在教堂的小女生。她們一人吃兩顆，然後再兩顆。寶琳從來沒有吃過這麼美味的糖果。

「我七歲的時候，有個女孩在雜貨店逮到我在偷一盒牛奶糖，」寶琳說。這事她從來沒跟人提起過。「她說只要我肯跟她分著吃，她就不會告我的狀。」

寶琳這會兒想起來了，那個滿臉雀斑的女孩，膝蓋都磨破了。她們躲在襪子區的展示櫃後頭，把整盒糖果吃光，糖果紙全都塞進浴室拖鞋裡。她們的頭上是硬紙做的腿，而她們的肚子裡則塞滿了糖果。糖與魔法的滋味啊。

梅兒舔舔她的食指和大拇指，笑著說：「有福同享，有難同當，煩惱少一半。」

寶琳咧嘴笑起來。

「再來一顆吧，」梅兒捧著盒子說：「不吃白不吃。」

甜味讓她覺得醉暈暈的，讓她忘卻了一切。這或許是因爲糖果裡的蘭姆酒和利口酒吧，也或許梅兒是唯一的原因——此刻她線條優美的白色雙腳跨過了寶琳大腿，她的頭朝後仰著，在笑呢。她的嘴就和剛才吃的櫻桃糖一樣，是豐潤的豔紅。

「梅兒，」寶琳說：「你可以幫我一個忙嗎？」

梅兒看著她說：「沒問題。」

「不過你有可能會惹上麻煩。」

「你還沒聽說我專惹麻煩嗎？」

兩人一起笑起來。

「再來一顆糖吧，」梅兒說。「不吃白不吃。」

把衣服脫光很簡單，比在自家廚房他在旁邊盯著看的時候要簡單。

寶琳一腳架在化妝台上，梅兒幫著她把絲襪往下捲。

「嗯，這是我學到的第一個訣竅喔，」梅兒說，兩根指頭又往胭脂罐裡頭插進去。她湊上前去，往寶琳的兩個乳頭上抹了起來。「他們好愛這個。」

寶琳吞下她的糖果。

「好可愛啊你，」梅兒說，一邊就著胭脂抹起圈來，抹啊扭的轉出了小小的玫瑰。「在跳扭扭舞呢。」

胭脂帶來溫暖的感覺，散發出甜味，就跟糖果一樣。糖果好像在燈光下放太久了。

梅兒指向斑駁的鏡面——角落裡有個印了冷霜的大拇指印痕。

寶琳兩手撐在她上了色的乳房底下，對著鏡子瞧了瞧，笑起來。

戲服其實只是在她腿間一片鑲著亮片的孔雀藍薄紗而已，勉強可以遮羞吧。

「如果時間夠多的話，我是會縫上絨布襯裡的，」梅兒耳語道，一邊壓平了亮片。

寶琳低頭看著梅兒鬈毛樣的紅色頭髮，她的手指在寶琳的腿間游移，沿著寶琳的臀部扯弄著布片。

不知怎麼的，有那麼一秒鐘，她覺得自己就要窒息了。

「如果你不想坐上警車的話，就得披上這個玩意兒，」梅兒說。她將一條孔雀毛披風蓋上寶琳的肩膀，伸手爲她繫在頸子底下。

「我很習慣一絲不掛的擺姿勢呢，」寶琳說。

梅兒仰頭看著她，眨巴了個眼睛，慢慢露出了微笑。

她們站在舞台側翼陰涼的暗處，音樂好大聲，寶琳的雙腳開始擺動起來。她的腳穿的是苦艾酒綠的涼鞋。

梅兒的頭藏在布幔後頭。

「他還在那裡嗎？」寶琳問道。

梅兒點點頭。「我跟樂團的人談過。他們會給你十五秒鐘的時間大跳豔舞。超過時間的話，只怕打盹兒的經理就要醒來，叫你好看囉。」

「好的，」她說，雖然她根本聽不懂梅兒的意思。她只知道，自己全身發緊，就像隨時準備彈跳的彈簧一樣。

「你這會兒光溜溜的跟一顆蛋一樣，所以只要擺出齊格菲女郎的架勢就萬事ＯＫ了，懂嗎？」

寶琳點點頭。

「扭幾下屁股，直腿飛踢個一兩次。這個絕對不能解下來，」梅兒耳語道，一邊把披風緊緊的裹在寶琳發抖的肩膀上方：「要不條子可要罰你十二塊美金喲。」

寶琳踏上舞台——這裡和拳擊場差不多大。

她走了幾步，覺得自己這輩子從來沒有裸得這麼多。

「加油啊，大美人，」梅兒從舞台的側邊發出噺聲。

燈光比她原先想得要熱，眼前一片迷霧，所以她連一個梅兒口中所謂的食屍鬼都看不到（食屍鬼只想看到粉嫩的肉啦）。

突然間，音樂爆響，水銀燈打到她身上。她，看到了自己。

沒兩下她便移動起來，兩隻大腿相互摩擦著，孔雀毛搔著她的脖子、手臂，還有屁股。

法國號奏出優美的音符時，她在原地擺出挑逗的姿態，她鬆開了披風上的緞帶，挺出雙乳。

她的全身發光，乳頭如同豔紅的美國野玫瑰。

她的下巴翹起，皮膚發熱，整個人亮了起來。

口哨聲爆響起來，有人發出尖冷的叫聲，也有刺耳的笑聲還有聒噪的歡呼。

她的眼睛需要適應，她可以看見台下的男人，大部分都只是灰暈的點點點，不過他們是在那裡沒錯。

他也在呢，她想著。沒錯，他是在那裡，坐在前排，旁邊便是穿著襯衫、下巴尖突的樂團鼓手——跟他畫的一樣。

他紅著一張臉，眼睛圓睜，口裡叫著她的名字，大聲得很，然後又更大聲。

寶琳，你在幹嘛——

這會兒他站起來了。

寶琳！

伸縮喇叭如同彈弓般往前一彈，她踮起了腳尖轉個圈，跟著樂團的拍子抖動起身體，然後穿越舞台做了最後一輪的表演：披風鬆開，在她的身後飛揚，如同孔雀開屏。

她的眼睛落到前排一個男人身上，他正在他那一袋糖果底下做個什麼（譯註：sack of candy，一袋糖果是俚語，意指男人的睪丸）。他要她看他的表演，他要秀出自己給她瞧——他打開的褲襠裡露出了一串肉。

快要舞到舞台的側翼時，她平靜的看著台下，臉上露出冷靜的微笑。她的丈夫抓住了那個男人，猛力扯住他襯衫的領子。

才幾秒後，一名穿著襯衫的大塊頭男子便朝著他們兩個進攻，他一把將她的丈夫像手帕一樣拎起來。把他壓扁。

是偉德，她想著。噢，天啊。

就在她抵達布幔邊沿的時候，音樂加快準備收尾了，她轉個身，再給觀眾最後一次抖跟扭，然後直腿一踢，隱身到側翼了。

寶琳穿過側翼時，身體還是溫溫的，在發光，六呎高的金髮女郎和她擦身而過，滑上了舞台。她的頭上戴了頂維京海盜的頭飾，舞衣上的流蘇晃啊晃的。

「偉德正在教訓客人哩，」一名穿著綠色羽毛衣的女郎說著，一邊打開了通往小巷子的後門。「快來看免費的表演。」

寶琳快步走去，越過女孩蒼白的頭，看著大塊頭揮起手臂掄拳朝她丈夫的下顎猛個擊去。

有那麼一忽忽，她看著丈夫那張發怒的小臉，有點爲他難過起來。

「寶琳，」他大叫一聲，因爲看到她了。「寶琳，看你對我做了什麼好事！」

不過這時候她已經轉身離開門口，順手拔下了女孩身上的一根尾羽。

她慢慢走到後台——涼鞋喀喀響著——往梅兒化妝間的粉紅色光暈前進。

那裡的門半開，寶琳看到一隻才剛上了粉的細長手臂懸在空中，她聽到那柔軟、長著火紅頭髮的女人在呼喚她的名字。

寶琳踏步走進去，然後把門關上。

吉兒・卜洛克（Jill D. Block）

她的第一篇故事是刊登在《艾勒里．昆恩》懸疑雜誌裡頭。她是作家，也是律師，目前定居紐約。她還模糊記得念大學時，修了一門藝術史的課，上課期間，她好像曾在老師熄掉燈光與自己倒頭睡著之間的片刻裡，看到了一張愛德華．霍普畫作的幻燈片。

Summer Evening, 1947

30 X 42 in. (76.2 X 106.7 cm). Private collection © Artepics / Alamy Stock Photo

凱洛琳的故事

漢娜

當我終於決定找她的時候，才發現其實要找到人並不困難。我原本一直以爲在尋人的過程裡，我有可能會遭到種種挫折，必須忍受不斷的失望，以及面對種種虛無縹緲的線索和一個又一個死胡同，而且還得白花許多錢等等；眞沒想到結果竟是輕輕鬆鬆，只花不到一個月就找到人了。麻州開放式的領養法規（譯註：在這樣的法規下，領養與送養雙方都可取得更多有關對方的資訊，也保留了雙方相互聯絡的可能性）幫助不小，而我也很幸運的猜中了某些事情。之後則是Google和臉書立下了大功。

難的是要想出接近她的方法，讓我可以近距離凝視她的眼睛，聽見她的聲音。我要的並不是淚流滿面的大團圓戲碼，而我當然也不想在這麼多年之後，才和她一起展開新關係。我甚至不想讓她知道我是誰。我這麼做爲的不是她，而我也沒有意願要回答她任何問題。我是說，如果她眞的對我有興趣的話，她大可以來尋我的，對吧？

這話聽來像是我在氣她當初不該把我送養似的，但其實並非如此。我的意思只是說，我不覺得她會想知道我後來怎麼了。這點我是可以接受。我都已經快四十了，你知道，所以這種事我了解。我早就學到了，你沒有辦法責怪別人不愛你。何況當初她生我時才十六歲，所以不管我是落到哪戶人家，應該都會比跟著她強，對吧？再說其實我也還好。把我拉拔長大的人——我父母——是非常善良的老百姓，他們年歲較長，收養我時，約莫是四十幾歲。他們把我接到家裡，讓我成爲他們家裡的一員——多多少少吧。如今回想起來，我覺得他們好像打從有了我以後，就想不起當初幹嘛要費事領養我。我只能說，那個屋子裡頭沒有多少愛。他們把我養大，提供我食物、衣服，還有學校的教育以及遮風避雨的地方。我很清楚他們爲我做了什麼，也心存感激。很多小孩生長的環境都沒有我的好，只是現在我有需要看看我到底錯失了什麼。

葛麗絲

她坐在廚房的餐桌旁，聽著他在隔壁房間的呼吸聲。她啜下一口咖啡。冷了。她其實應該過去陪他的。她應該要珍惜現在的時光：在他生命即將走入盡頭的時候，多花些時間和他共處。她知道，某一天，在不久後的某一天，她會納悶起自己現在爲什麼會僵在這裡，僵在這個房間裡，而不守在他床邊。到那時候，她後悔也來不及了。

他從醫院回家以後，蜜西和珍決定要將他安置在樓下，讓他待在家庭房裡（譯註：family room，在美國，家庭房有別於客廳，通常是位於廚房旁邊，離前門較遠，並有一道門通往後院，家具和擺設比客廳隨意，兼具社交和娛樂的功能），而不要把他送到樓上的臥室。她倆就像一陣狂風呼嘯而來，揮著手機捧著星巴克的咖啡杯，啪啪打開一扇扇窗戶，攤開先前採買的各樣雜貨，重新擺放家具的位置，指揮著運送床鋪的工人，一副她們才是這兒的主人的模樣。彷彿她們就住在這裡。彷彿眼前的問題得由她們解決似的。當她把他接回來以後，她們陪他坐在家庭房裡，有時是一起陪，有時是輪流陪；她們握著他的手，順順他的頭髮，輕聲跟他講話，吻著他的額頭。之後，兩人便眨回了淚水，告訴她她們馬上就得走人，然後便各自開車離開了。

這是兩天前的事了。打從那時開始，她大半時間都坐在這裡，挨在廚房的餐桌旁，喝著咖啡，聽著他呼吸。她無法忍受和他待在同一個房間裡，只除了每隔幾小時得餵食、餵藥時才肯過去，以不帶感情的效率忙碌著——攪拌食物，拿捏好每一口的份量，跟隻笨鳥一樣嘰嘰喳喳、咕咕發聲，問他一些她知道他不會回答的問題。

自說自話她其實無所謂，她已經習慣了。打從兩年多前最後一回大手術之後，他就沒辦法說話了。起先他還肯試試看。他會講個什麼，而她也會猜猜看，想了解他的話語。結果呢，就像跟貓咪溝通一樣，完全無效。他們有時候會笑成一團，因爲覺得那是兩人共享的遊戲。

然而到了後來，他們卻根本不想試了：他會重複講個三、四次，對她每回的猜測都是搖頭，之後，他便會擺擺手表示算了，扭頭繼續看報紙。面對這種結果，她覺得自己好對不起他。如果兩人的感情眞的很深，他的話她怎麼會不懂呢？

如果要說的話很重要，他會寫張紙條給她。屋子裡到處都是他的筆記本——活頁圈壓得扁扁的——還有他用的刀削鉛筆。他走了以後，這些筆記本要怎麼處理呢？不知道兩個女兒會不會要。她們八成以爲會在裡頭看到寫得滿滿的，如詩般的愛的誓言吧，還有他身爲父親所寫下的一篇篇驕傲的喜悅。其實呢，本子裡記的大半是提醒她要採買的雜貨。棉花棒，貓砂。

其實在他住院前幾個月，紙條就越來越少了。她問問題，他就只是以大拇指朝上或朝下作答，偶爾聳聳肩（這她會看心情解釋成「我不知道，」或者「我無所謂！」），聳眉（「眞的嗎？」）或者笑一笑。近來看不到他多少笑容了。

荷西跟她說了，他每天都會過來，說他會幫他洗澡，換床單。他說，他已經在冰箱裡擺了一盒各色藥品，說她可以看情況給藥。他把紙條用磁鐵定在冰箱門上提醒她，也留下了一疊安寧照護的小冊子供她參考，還說他會安排找個志工每隔幾天過來幫幫忙。

漢娜

我的計畫是去她工作的畫廊露個臉。我覺得我應該可以根據她臉書上的照片認出她來，然後掰說我對這個城市不熟，想跟她問個路或什麼的。在她發現我講的話前言不對後語之前，我應該就會走人了。而且我發誓單是這樣，我就會很滿足了。可是等我去了四次都沒找到她時，我只好投降，直接點名說要找她。人類還眞是有本事忙不迭的把別人所有的隱私全倒給陌生人聽哪。他們告訴我說，她是突然退休，因爲得照顧她生病的丈夫。他的癌症又復發了。他人在醫院裡，不過馬上就會回家，因爲住院也於事無補。

我腦中馬上浮現了B計畫。我申請了一個五天的安寧照護志工訓練課程。沒錯，我曉得，假造藉口是有詐騙之嫌。但其實並沒有那麼糟。我是說，我可沒打算幹什麼壞事。我會走進他們家門，仔細看看環境，跟她講個幾分鐘話，然後陪她先生坐上一兩個鐘頭，好讓她出門燙燙頭髮，或者做個什麼你的先生馬上就要進棺材前你沒法做的事。

之後我會告訴先鋒谷安寧之家的那些好好先生們，我發現我無法勝任。很抱歉，但情況實在太悽慘了，我不是做這種事的料。然後大家就都可以各自回頭去過自己的生活了。

葛麗絲

她聽到車道傳來的車聲時，才剛泡了一壺咖啡。是志工。她掃視了一下周遭，暗忖這裡會給人什麼印象。還好荷西早上都有過來，要不然她搞不好會穿著睡袍坐在這裡呢。她深吸了一口氣，臉上帶著微笑打開門。

「嗨，想必你是志工了。謝謝你過來幫忙。我叫葛麗絲。理查在隔壁房間裡。他就是——欸，你曉得的。好，請進請進。我不太確定這種事該怎麼進行比較好。我以前從來沒找過安寧志工——我是說，當然沒有。所以可能得請你告訴我，怎麼做才好呢。我該離開嗎？」

「嗨，我叫漢娜。我，呃……事實上，這我也沒做過。這也是我的第一次。」

「那我們就得一起想想該怎麼進行了，對吧？請進。」

她們過去探看理查的時候，他還在睡覺，所以兩人便又回到了廚房。

「我才剛泡了咖啡。你想喝嗎？」

「當然。我是說，好的，麻煩你了。謝謝。不過我來這兒，是要幫你忙的。你有什麼需要我做的嗎？如果有需要的話，我可以跑跑腿。或者也可以待在這裡陪……我是說，如果你有事要出門的話。」

「不，不，今天不用。我們就一起坐坐吧——如果你不介意的話。我也需要有人陪。」

她們拿了咖啡，走到桌子邊坐下來。

「這間屋子好漂亮。你們在這兒住了很久嗎？」

「我們是新婚不久後，就搬到這一區了。這房子我們住了差不多十三年——大概就是我們的老么去念大學的時候。」

「哦，你有小孩啊？」

「兩個女孩兒——應該說女人吧，蜜西和珍。她們跟你應該是同齡。也許要小一點。」

「她們住這附近嗎？」

「蜜西住在康乃狄克州的哈特福，珍住在麻州的史多克畢鎮。離這兒不會太遠，兩人開車過來都需要差不多一個鐘頭——不過是反方向。那張照片是蜜西和約翰幾年前的合照，那時他們在夏威夷。這兩個是他們的兒子，威利和馬特。這張是小珍跟凱瑟琳和她們的小貝比——小珍是戴耳環的這個。這是她們帶著小貝比麥荻兒搭機回這兒時，理查在機場拍的。她們禮拜四會過來吃晚飯。我們的結婚週年紀念。」

吧。」

「嗯，眞好。我是說，你們又會團聚在一起了。請問你結婚多久了？」

「三十八年囉。很難想像我們在一起這麼久了。」

「三十八年？怎麼可能？抱歉。我的意思是，眞不簡單。當年想必你們都很年輕吧。」

「沒錯，我們是很年輕。」

「你們是什麼時候——你們是怎麼認識的？」

「認識？天曉得。我打小就認識理查了——打從我知道自己的名字，就認識他了。他跟我住同一條街，我們的父母是多年的朋友。我們倆高中就在交往了。」

她們默默坐著。

「我們進去看看他醒來了沒，我也好介紹你們倆認識。不曉得他們跟你說了他的情形沒。他沒辦法講話，而且我是用鼻胃管餵他吃東西的。哪，進來吧。理查？親愛的，這位小姐叫漢娜。她每隔幾天就會過來一次哪。對吧，漢娜？荷西好像是這麼說的。她只是來陪陪我們。你要我開電視嗎？也許可以找到棒球賽，要不就新聞節目吧？來，讓我——」

他搖頭表示不要。

「好吧，親愛的。你這樣會不會太熱呢？讓我把被子——好，好，抱歉，我這就停手。沒事了，漢娜馬上就要走了。等會兒我再進來餵你吃晚飯，好嗎？」

葛麗絲陪她走到前門。

「如果你要的話，我明天可以過來——除非你覺得不用這麼常來。」

「明天很好啊。老天在上，我們什麼地方也去不了，對吧。抱歉，這話說得不得體。我的意思只是——」

「不，不，沒關係。我懂你意思，眞的。要我幫你買什麼嗎？如果有需要的話，我可以幫忙購物。」

「不了，我不覺得——事實上，你知道我好想要什麼嗎？我眞想吃麥當勞的薯條跟奶昔呢。你能幫我買嗎？不過你得答應我守密喔。我這輩子從來沒吃過那種垃圾食物。哪，這錢你拿去。香草口味的。麻煩你了。」

漢娜

表現要正常。上車，繫好安全帶，轉個頭揮揮手，發動引擎然後開走。不管開到哪兒都行。開就是了。

剛才到底發生了什麼啊？我才跟我母親碰了面呢，我跟母親一起喝咖啡。這是三十九年來頭一遭——我跟母親聊了天。她嫁給了高中男友，而這，又意味著什麼呢？她跟理查是青梅竹馬。他是她的男友。她懷了孕，然後把我送養。之後，她就嫁給他了嗎？跟他又生了兩個小孩囉？然後他們便一起生活了三十八年？

聽來沒道理。

理查是我的父親。又或者他不是。也許另外還有個男孩，在她和理查交往的前後之間闖進她的生活，而且時間久到足以讓她懷了孕？老實說，我從來沒想過父親的問題。我從來沒有動念要找他，我連他是誰都沒想要知道過。在我為母親想像的生活裡，他根本不存在。母親，我的母親。葛麗絲。

而我的兩個妹妹又是如何呢？也許她們只是我同母異父的妹妹。蜜西跟她那個下巴方正的丈夫，還有他們的異國之旅。珍是蕾絲邊。我有個同性戀妹妹——領養了個中國小寶寶的同性戀妹妹。好酷。滿像八點檔連續劇的。老天在上，這下子我就成了魯蛇姐姐了。

葛麗絲

荷西禮拜三問她，她有沒有注意到理查睡覺的時間變多了。他看來並沒有在承受痛苦，不過他回家這四天以來，他們都看到了他日漸衰弱。最後她忍不住問了荷西，他覺得理查還能撐多久。醫院的社工說過，安寧照護的對象是預估活不過六個月的病人，不過當時她並不想再多問什麼。

今天荷西說，有可能再撐幾天，或幾個禮拜，但也許不到一、兩個禮拜就會結束了。他告訴她說，他眞希望醫院能讓絕症病患及早接受安寧照護，好讓他們在走前能回家多過一段比較優質的日子。她也搞不清自己到底是怎麼想。

漢娜來的時候，她們把兩份薯條倒上一個大盤子，然後打開所有的番茄醬包，把醬汁擠到盤子的邊沿，好沾著吃。兩人吃到盤子淨空了，幾乎都沒講什麼話。

「時候快到了——今天荷西跟我說的。你知道荷西吧，他是醫院派來的護士。還剩幾天，他說。也或許還有一、兩個禮拜吧。」

「噢，很遺憾。」

「我明天就得跟女孩們說了。她們會很難承受。她們都沒有心理準備，我兩個女兒都沒過過什麼苦日子。」

「那你呢？你有心理準備了嗎？」

「呃，我的苦日子過過不少——如果你是指這個的話。原本我以爲最苦的日子已經過去了。好傻，我知道。當初結婚的時候，理查答應我，從那一天開始，我們就要同甘共苦了。他說，我永遠也不會再單獨承受痛苦了。」

「不會再？」

「說來話長。我們先把這裡清一清吧，然後我得去看看理查的狀況。」

「那我來泡咖啡吧。」

「我懷了小孩——那是我升高三前的暑假。理查才剛畢業，要到安默斯特去念大學。我倆是丹福斯人，他去的地方離我們這兒開車大概要兩個多鐘頭。總之，我沒辦法跟他說出實情，我覺得我會毀了他。不過搞到後來，我還是跟我母親說了，而她呢，則是跟他的母親講了。她們一起想了個法子。就在感恩節前不久，她們把我送到多切斯特鎮的聖瑪麗未婚媽媽之家。這你信嗎？聽來像是十九世紀言情小說裡的情節。我們跟外人都說，我是要到芝加哥去照顧我生病的姨媽。跟理查也是這麼講的。」

「而大家也都信了？」

「信或不信，都有可能。其實也無所謂了。你要知道，當時是一九六七年，我根本沒什麼選擇。那時學校每年都有一、兩個女孩不見了，有的幾個月，有的是永遠沒再出現過。我們都噤聲不談。何必傷人呢？」

「抱歉，我打斷你的話頭了。你原先是在說，你去了聖瑪麗之家？」

「嗯，聖瑪麗之家。在那兒的經驗有好的，也有很不好的。那是全新的生活環境，周圍都是是遭遇跟我一樣的女孩。我們每天晚上都像是在開睡衣晚會一樣，不過我們其實也無聊得好想哭呢，而且覺得好羞恥。大家都怕死了生小孩這檔事。只要有哪個女孩生了小孩，她就不會再回來了，所以我們一直都不曉得那個過程到底會是怎樣。

「我們不斷的談著，我們會怎麼面對將來——是要留下孩子呢，還是放棄？我們全都選好了男孩跟女孩兒的名字，想像著如果我們決定把小孩帶回家的話，生活裡會發生什麼樣的變化。我選的名字是湯姆斯和凱洛琳。當時我們並不曉得，決定權其實根本不在我們手上，因爲別人早就爲我們做了決定。我們的小孩只要一生下來，就會給送走。我生的是個小女孩。凱洛琳。我連抱她一下都不行。」

「噢，葛麗絲，眞慘，聽了叫人好心酸。」

「沒錯，是很慘。我哭了好久，失魂落魄都不知道自己是怎麼撐下去的。我的父母開車過去接我，我們之間好像有個默契，決定以後都不要再提這件事了。我回到了家鄉，把高三念完。

「我覺得我應該一輩子都不會告訴他眞相的。我本以爲，他暑假返鄉的時候，應該會要求跟我分手，因爲我一直對他不理不睬的，而他卻完全搞不懂原因。我是直到回家以後，才回了他的信，而且信裡也只是三兩句話，講講天氣和學校的課而已。必須守住秘密不告訴他，我眞的好憋。如果我有足夠勇氣的話，其實應該主動提出分手，但結果我只是等著他提。」

「他是怎麼寄信給你的呢？我是說，他都把信寄到哪兒？他當時應該以爲你是在芝加哥吧？」

「我在芝加哥的確有個姨媽——是我母親的妹妹。我懷孕的事她也曉得，他的信她都轉寄到我家去了，孩子送養後我回到家裡，把信全讀了。欸，想想當年得大費周章處理那種事，還眞覺得好笑。」

「你剛說他回到家鄉？」

「噢，對。只是過暑假。他返鄉的時候，我在念高三。我努力趕上課業，準備跟原來的同班同學一起畢業。他跟我一起去參加了我的高中畢業舞會——一如衆人所預期的。他搞不懂我怎麼變了。不知道我爲什麼不快樂。其實我也覺得很納悶。我是出了點小問題，不過問題已經解決了。沒有人受到傷害，日子又可以繼續過下去了。只是我無法釋懷，我好恨自己。

「我永遠不會忘記我跟他坦承相告的那一刻。記得是那年夏天最熱的一天吧，我們一早開車到南塔思奇海灘去玩，然後再到派洛崗公園晃蕩。我們吃了烤蛤蜊，坐了雲霄飛車，之後又去看了電影，好像是《天羅地網》吧，記得是史提夫．麥昆演的。」

「嗯，對，應該是。幾年前好萊塢又拍了部新的版本，由蕾妮．羅素演女主角，好像。」

「總之，那是完美的一天，只除了我很怕一開口就說錯話，所以我幾乎都沒講什麼話。後來理查載我回家時，他應該是當天第二十次問我說，我到底怎麼了。

「當時的情景我還記得一清二楚。我們一起站在我家的門廊上，雖然已經快要半夜了，天還是好熱。屋裡所有的燈都熄了，不過我曉得我母親應該還醒著，在樓上等我回家，她甚至有可能就站在臥室窗口聽我們講話呢。我家雖然沒有門禁，而且就算我先前都經歷了那麼多事，她還是要等我回到家，把門廊的燈關了，才肯入睡。」

「所以你跟他講了？講到孩子的事？」

「我提了凱洛琳的事，沒錯。我沒辦法看著他。我低著頭，開始說起來。我告訴他說，我發現月經沒來，早上又有害喜的現象。那是在他到外地念大學之前。我告訴他，我迫不得已只好跟父母說的時候，我有多害怕，而且我爸還哭了，而隔天我倆的母親就泡了壺咖啡，捧著一本電話簿，一起坐下來討論解決方案。我提到聖瑪麗之家，以及我在那兒認識的其他女孩，還有離家的那段時間我有多痛苦。我告訴他，當時我好想他，也好害怕。我告訴他凱洛琳出生的時候，她馬上就給帶走了，我連抱她一下都沒有。我也沒有跟她說抱歉，或者跟她道別。我告訴他我好恨自己。我說，我永遠也無法原諒自己。」

「然後呢？」

「他馬上跪下來，抓著我的手跟我求婚。他說如果當時就讓他知道我生了凱洛琳的話，他會馬上跟我結婚，這一來她就會跟著我們了。不過就算凱洛琳已經送養不在我們身邊，我們之間的關係也不會受到影響。」

「所以你就答應了。」

「所以我就答應了。不過我們是一年以後才結婚的。我們其實不想等，可是我們的母親都希望我們能照禮俗先訂婚一段時間再說，免得別人說閒話。好蠢。」

「哇。所以從此以後，你們就過著幸福快樂的日子了。」

「幸福快樂——直到死亡將我們分開。講到這個，這會兒也該餵他了。而你也該走了。我本沒打算讓你待一整個下午的。」

「明天你希望我過來嗎？我可以幫你採買你做晚餐需要的食材。」

「太好了，明天就請你來囉。」

「要我帶什麼嗎？」

「不用了。蜜西說我們不管需要什麼，她都——噢，我想到了，麻煩你去Taco Bell一趟好嗎（譯註：這是美國一家連鎖的墨西哥快餐店）？也許你可以帶幾份他們做的特大號起司玉米片百匯過來？」

漢娜

我有個偷吃垃圾食物的母親，還有個快進棺材的父親，外加兩個妹妹，還有一個外甥女和兩個外甥。我有個家呢，但他們都不曉得我的真實身分。現在我已經陷入太深了，還能抽身嗎？

葛麗絲

雖然玉米片都軟掉了，而變了色的起司吃起來又硬得跟橡皮一樣，不過無妨。兩人默默咀嚼，將墨西哥餐一口口吃光。

「昨天過後，我覺得你搞不好不會想來了。我把一堆苦水倒在你身上，眞的很過意不去。其實，那些事我已經很久都沒再去想了。」

葛麗絲將盤子沖乾淨，然後放進洗碗機裡。

「噢，不用道歉啦。我聽得很入神。感覺上，理查是個很善良的人。」

「嗯，我的運氣很好。一直以來，我們一家運氣都很不錯——就算理查得病，我還是心存感恩。這麼一說，我覺得也該提醒蜜西和珍別忘了這一點。要咖啡嗎？」

「好的，謝謝。她們也知道凱洛琳的事嗎？」

「當然，我早就決定好，不要再對家人有所隱瞞了。她倆小時候，最愛聽的就是凱洛琳的故事了。哪，咖啡。」

「謝謝。你有想辦法去找她嗎？」

「噢，沒有。這我沒辦法——感覺不太好。我對她不起，追悔也沒有用了，我希望時光倒流，一切重新來過，但這是不可能的。」

「可是她不會曉得你存了這個心——她無從曉得吧。」

「如果她有心找我，一定找得到的。她會發現要找到我，其實還滿簡單的。不過我已經講太多了，現在我想當個聽眾，聽聽你的故事。你是這一帶的人嗎？」

「噢，好，讓我想想——其實我現在是處在過渡期。我是說，我只是來這兒消磨這個夏天的。目前我是住在荷約克城一個朋友家，在她出城時幫她看看家。我在普羅登斯（譯註：這是羅德島的州政府所在地）有間公寓，有個工作，還有個男友。我已經離家多年了。三月間，我就要滿四十歲，我覺得我好像是面臨中年危機了。」

「噢，對，我還記得四十歲對我來說，也是個關卡。你是普羅登斯人嗎？」

「我出生在麻州，但我是在克蘭斯頓（譯註：羅德島的城市）長大的。」

「你的家人還住在羅德島嗎？」

「呃，不，不在那兒了。他們，嗯，我的父母親已經過世了。」

「噢，不幸。」

「其實還好。我的意思是，他們的年紀都已經很大了。我是領養的小孩。」

「噢。」

「抱歉，這樣說還眞有點突兀，只是昨天聽了你的故事以後，又刻意不提這個好像有點怪。」

「你剛說你幾歲了？」

「三月間就要滿四十了。」

「那你是出生在——？」

「在麻州。葛麗絲？抱歉，葛麗絲。我本來並沒有要——」

「那你是——？」

「應該是。對。我的意思是，沒錯。」

「你是凱洛琳？」

「應該是吧。」

「剛那是車聲嗎？噢，老天。OK，蜜西到了。」

「嗨，媽，這你先拿著。我做了起司肉醬焗烤寬麵，要吃以前加熱一下就好了。珍會帶生菜沙拉過來，另外我也要她帶瓶葡萄酒來。喝酒應該沒關係，對吧？我是離家前跟她講的，她應該就快到了。噢，嗨，抱歉，剛我沒注意到你，我叫蜜西。我是說，有誰說咱們不能喝酒哪？老爸情況怎麼樣？」

「嗨，我叫漢娜。我是——」

「他還好。今天他已經睡了很久。過來吧，咱們一塊兒進去。他一直等著要見你們呢。」

漢娜又坐了下來。雖然蜜西聲音很輕——她柔和如同歌唱般的語調，是專門說給小貝比和病人聽的——漢娜還是可以聽到她說的每一個字。

「你今天覺得怎麼樣，老爸？還好嗎？哪，讓我挪挪你的枕頭。好啦，這樣就更舒服了，對吧？約翰和你的兩個孫子要我跟你問好呢。我們三個禮拜天都會過來，好嗎？你高不高興啊？噢老天，你絕對不會相信我在91號公路上塞車塞得有多厲害。就在春田市附近你曉得？我看八成是出了車禍還什麼的，我因為隔太遠了，什麼都看不到。老媽，剛那女人是誰啊？」

「她叫漢娜，是安寧照護的志工。她這兩天都在幫我忙，跑跑腿什麼的。」

漢娜等著聽蜜西的回應，但什麼也沒聽到。

「來吧，坐這兒，跟你爸爸講講話吧。」

她回到廚房，坐下來。

「剛那是蜜西，有時候自顧自吱吱喳喳的，聽不進別人講話。」

「她人滿好的樣子。總之我該走了，也好讓你們——」

「拜託別走，留下來吧。你還得見見小珍，然後跟我們一起用餐，好嗎？」

「好吧——如果你確定的話，我沒問題。」

她們聽著蜜西在隔壁房間裡，對著理查輕聲講話。

「要我唸個故事給你聽嗎，老爸？我才剛拿到約翰．桑福最新出版的那本獵物系列的小說。唉，想不起來書名叫啥，應該是叫什麼獵物的吧不用說。你等等，我馬上過來。」

蜜西走進廚房，從她的包包裡掏出一本書。

「我想先唸點東西給他聽。我才買了約翰・桑福新出的書。噢是了：《幽靈獵物》。等等，我這會兒先把焗麵放進烤箱裡吧。小珍呢？我還以爲她應該到了呢。」

她在隔壁房間鏗鏘朗讀時，她倆側耳聽著。

「『這裡感覺好怪，彷彿飄散出了一股冰寒的邪惡氣息。這棟房子是現代主義建築，是玻璃、岩石以及紅木的組合——』。」

「他曉得呢。理查。他剛聽到我們的談話了。」

「他聽到了？」

「他知道你是誰了。」

「你怎麼曉得？我是說，你是根據什麼知道的？」

「你聽到蜜西在朗讀對吧？仔細聽，你可以聽到她唸的每個字對吧。這麼多天以來，我都坐在這裡，聽著他呼吸。我都沒想到，其實他也可以聽到我們在這裡講的話。他絕對可以。剛才我跟蜜西說你是誰的時候，他還扮了個鬼臉。」

「他扮了鬼臉？」

「他聳起眉頭，一副在說『噢，眞的嗎？』的樣子。他彷彿是在說『少來了，葛麗絲，我還以爲你說過你不會再隱瞞什麼了呢』。」

「葛麗絲，眞不好意思，我覺得我好像打亂了你們平靜的生活。我實在不該來的。

不該介入。我本來並沒打算——」

「親愛的，沒關係的，眞的沒關係。」

一輛車開上了車道。

「是小珍。」

「噢，老媽。他還好嗎？昨晚我做了個好可怕的夢。我開車要來這兒，可是不管開了多久，我都還是完全沒有進展——我是說在夢裡啦。我好擔心他在我趕到以前死掉，所以我就一個接著一個鐘頭不斷的開，可是衛星定位系統卻一直顯示說，我還有四十二分鐘的路程要走。爲什麼是四十二分鐘呢？好詭異對吧？總之，今早我醒來的時候，才知道那只是個夢，可是等我眞的上路以後，我卻又開始想著，萬一是眞的怎麼辦？也許那是某種預感之類的？這一想我就忍不住大哭起來，只好把車停到路邊。我好擔心我趕到的時候他已經走了。然後我又想到，如果我不繼續開的話，我就永遠都到不了這裡，那麼惡夢就眞的要成眞了。」

「小寶貝，別再哭啦。過來這兒，袋子全交給我吧。他現在——」

「老天，小珍，媽的你是有什麼問題嗎？他很好。我本來好好的在唸小說給他聽，你卻跟個瘋子一樣闖進來。」

小珍推開蜜西，大步走進家庭房裡。

「請多包涵我妹，她這人精神狀況不太穩定。」

「蜜西，留點口德吧。她只是心情不好。」

「我說啊，漢娜。不好意思，你是叫漢娜，對吧？」

「沒錯。」

「你是在幫安寧照護機構做志工囉？好有愛心。你一定幫了我媽很多忙。」

「噢，其實也沒幫多少。倒是他們派來的護士可以提供比較實質的幫助。我頂多就是打打雜，我的功能只是讓你母親有時間可以偶爾休息一下。」

「我們大家真的都很感激你的協助，不過我敢說你一定也有你自己的事要忙吧，所以——」

「蜜西，我才邀了漢娜跟我們共進晚餐呢。」

「你邀了……噢，好吧，當然，這真……這樣挺好的。我們有很豐盛的食物。」

「我現在要去餵你父親吃晚餐了。你們倆要不要先擺餐具呢？我會叫小珍也過來幫忙。」

漢娜和蜜西擺放餐具時，可以聽到葛麗絲和小珍的對話。

「等等，她是誰啊？」

「我跟你說過了。她是來幫忙的志工，也陪我聊天。」

「你是說，才兩天的時間她就成了你的閨蜜，連咱們家的晚餐也要參一腳嗎？」

「已經三天了，而且沒錯，她已經成了我的好朋友。這會兒請你給你爸和我一點隱私好吧。不要像個小屁孩一樣無理取鬧，快去隔壁好好兒跟人家自我介紹。別丟我的臉了。」

小珍踏入廚房，走到她先前擺放袋子的料理台邊。蜜西和漢娜看著她打開一瓶葡萄酒。小珍把酒放上餐桌，斟滿了三個玻璃杯，然後坐下來。蜜西捧起她的酒杯默默敬了酒，於是三人便喝了起來。

蜜西從她的皮包裡掏出手機。荷西前一天留在桌上的幾本照護小冊子還在原處，小珍拿起冊子對齊了，又再對齊一次。漢娜看著自己的雙手。三個人都豎起耳朵，想聽聽葛麗絲到底在跟理查耳語些什麼，可是那聲音卻是模糊難辨。

葛麗絲終於出現在門口了。

「你們進來這兒好嗎？爸爸和我有話要跟你們說。」

蜜西和小珍站起來。

「漢娜，你也一起進來吧？」

四個女人站在理查的床邊，小珍和蜜西站在一側，葛麗絲和漢娜站在另一側。理查和漢娜的眼睛這是頭一回對上了。理查的臉漾起笑容。

「蜜西和小珍哪，你們還記得凱洛琳的故事吧……」

羅柏・歐林・巴特勒（Robert Olen Butler）

出版過十六本小說以及六本短篇小說集，其中一本小說集《奇異山的香味》贏得了當年的普立茲小說獎。另外，他也曾將他有關創作過程的演講匯集起來，出版了一本影響深遠的文集《夢想的起點》。他新近上市的小說《香水河》談的是嬰兒潮世代，以及那一代人的生命是如何因爲越戰而永遠改變了。他爲奧圖潘茲樂推理出版社所寫的歷史/間諜/懸疑系列小說已經出版了前三本，背景設定在第一次世界大戰期間。巴特勒目前在佛羅里達州立大學教授創意寫作課程。

Soir Bleu, 1914

Oil on canvas, 36 1/8 X 71 15/16 in. (91.8 X 182.7 cm). Whitney Museum of American Art, New York; Josephine N. Hopper Bequest 70.1208 © Heirs of Josephine N. Hopper, licensed by Whitney Museum of American Art. Digital Image © Whitney Museum, NY

藍色的夜

在我一不留神的時候，小丑已經以絕對靜默的姿態坐到我們露台的桌子旁邊了。靜默是當然的，畢竟他就是皮侯啊，而在他畫的濃妝底下，他演的正是默劇（譯註：皮侯Pierrot是默劇以及起源於十七世紀義大利即興喜劇中的常備角色。在現代西方流行文化裡，無論是在詩、小說、舞台劇、影像藝術或者電影裡，皮侯的角色是悲傷的小丑，癡心愛著他不貞的妻子歌倫嬪）。

該死啊實在不該分神的。一不留神間，小丑已經成了我們的座上賓。坐在我右手邊的勒克雷上校此時正色迷迷的瞅著索蘭姬，她剛剛才從旅館裡頭梳洗出來，整個人煥然一新，這會兒她過來這兒，是要跟他打情罵俏。看她扮演起從前的角色，我實在無法忍受。想當年我是從皮加樂廣場（譯註：十九世紀末，巴黎的皮加樂廣場及附近地區是畫家工作室和文學咖啡館群集之地）把這女人救出來，讓她搖身變成了我的模特兒。我以我的藝術救贖了她罪惡的裸體，然而勒克雷卻是寧可買下她，而不買我的畫。擺著一幅華榭不要，他寧可屈就於藝術家本人昔時的妓女。

一想到這點，我全身都噴出怒火，所以我便強迫自己把視線從她身上移轉到遠方的愛絲特蕾山脈，以及薄暮時分的天空——午間的淡藍已逐漸幻化爲即將入夜前的深藍。

我想著：此刻的顏色我多希望立刻記錄下來啊。我來到尼斯是要作畫，而非單單只是叫賣。她已不再是妓女了，她的地位早已提升——她是我的繆思，我不可或缺的繆思。這點她很清楚。

我一邊想著，一邊將視線從愛絲特蕾移轉到索蘭姬身上。先前梳洗時，她重新在她的兩頰和嘴唇上了妝——濃妝，顏色太過俗豔了。她繪出來的是一張肉慾氾濫的臉。不過她馬上就朝我瞥了一眼。我太清楚她表情裡的各種細微含意了，因爲我全畫過了。這回的表情是在說：我準定手到擒來，確保他會買你的畫。他只有透過你，才能擁有我。

這就是她告訴我的話。而這，全都是在刹那間的眼神接觸傳達給我的。她旋即又將注意力調回上校身上，兩人繼續原先的互動。

所以我便俯下了臉，往桌子對面看去。

而他，就在那裡。

他並沒有嚇到我。此時我已在戲院裡坐好位置，我已經開始在看即興喜劇裡頭的一幕戲了。勒克雷和索蘭姬兩人——分別扮演著隊長以及歌倫嬪——已陷入難解難分的狀態，所以根本沒有注意到皮侯上場——他們到現在還是不曉得。

這會兒我們開始對看了，皮侯和我。他上妝的臉看來像是小孩兒拿著德拉瓦的調色盤畫出來的（譯註：法國十九世紀著名畫家Delacroix德拉瓦最有名的畫是自由女神領導人民，此畫的焦點是自由女神手上拿的紅藍白三色旗），他無毛的頭顱以及臉蛋是鋅白色，他超大的嘴唇和他彎曲的眉毛，以及因為妻子紅杏出牆而流下的淚水則是朱紅色。這是飽受折磨的小丑皮侯最常入畫的模樣。旅館附近沿著車站大道而下，便有幾家戲院。無疑他是下了戲以後，便直接過來了。也許他也是來叫賣的——兜售他們戲團的票。

他的眼睛深陷在黑眼窩裡，不過眼前這位應該是下了戲的演員，而不是仍在戲中的小丑。也許他老了，也許他今晚沒有力氣卸妝。他得先灌幾杯黃湯才行。

他那雙陷在黑影裡的眼睛很難解讀。

我倆對看了許久之後，他擎起兩根指頭默演了抽菸的模樣，然後一隻手揮舞起來，模仿起擦根火柴點菸的樣子，接著則噴出一口完美的菸圈——這我好像還眞看到了。他歪了歪頭，我無法看清楚他的眼睛，不過我覺得他應該是使了個眼色。

我懂他的意思。

我從外套內裡的口袋掏出我那包法國菸，然而皮侯卻突然翹起下巴，伸出他的右手。原來他變出一隻點好的菸了。他將那根香菸放進嘴裡，深深吸了一口，然後噴出一個眞的菸圈。菸圈朝我的方向飄散而來。

我轉頭看向勒克雷。

他仍然在癡癡看著索蘭姬。

菸圈飄到了他凝神而看的眼睛底下，然後消失了。他什麼也沒注意到。

我回到皮侯身上，我們一起抽了許久的菸，時間久到我倆的菸圈在桌子上方交會了兩次。在這兩次交會之間，索蘭姬坐到了我的左手邊。我無須看著她，或者上校，也可以感覺到他們的眼神仍然交纏在一起。

然後勒克雷便朝我說起話來。「華樹先生，我要對你以及索蘭姬小姐表達我的歉意。我覺得有點睏倦，得先告退了。我明天早上會再過來，挑選我要的畫。」

我把臉轉向他。

他的視線不在我身上。

「噢沒問題，」我說。

他站起身來。

他離開了。

我看著他寬廣、強壯的背漸行漸遠。他的外套是拿破崙藍的顏色。

我轉頭面對索蘭姬。

她笑起來。「他會買的，」她說。

我馬上聽出了她曖昧的語意，但我還是克制住自己的不快。畢竟，她是深深愛上了我的才華，她愛上了我筆下打造出來的她自己。我透過畫筆表現出了她肉體真正的色調，不管是在陽光或陰影底下，在睡夢裡，或在激情中。她以俗亮的色彩塗抹那張她拿來面對勒克雷的熱切的臉，然而只有我知道在那底下，她的臉頰真正的色彩：桔紅、土紅還有鍋紅。我們已經有了默契，索蘭姬和我：就最深層的意義而言，她，其實只存在於我的筆下。

打從勒克雷離開以後，她就一直看著我。我瞥向皮侯，只見他也是盯著我在瞧，眼光堅定，表情嚴肅。我轉頭看著索蘭姬，然後朝小丑的方向伸出手去——就像他先前變出香菸時擺出的手勢一樣。

她順著我的手看過去。

她什麼也沒看到。完全的漠然。就連這個集矛盾之大成的人物也動搖不了她此刻的意圖。我想著：她的心思全都跑到那個不入流的軍人身上了。

我覺得非常厭煩。我想繼續喝我的酒，抽我的菸，不願再費神分析她的心思了。

「去吧，」我對她說。「我想再喝一會兒酒，我等下再過去。」

她往後推開椅子。

「要小心，」我說，我也有我曖昧的語意：要小心他；要小心我。

她拍拍我的上臂，然後起身。

索蘭姬走到我身後離開以後，我把注意力轉移到皮侯身上。他的眼睛隱藏在陰影底下，但他的臉孔在夜晚的陪襯下卻像是畫出來的。他好像沒有看著她離去，不過等她離開我們的視線以後，他馬上朝我點個頭，好像是在說：幹得好。

我朝他微微傾身。

他彎起了眉毛，湊向我來。

「她很聽我的話，」我說。

他一聽這話，馬上聳起肩膀揚起臉來，還拱起了下唇，把他那張超大的小丑嘴巴的微笑翻轉成了撇嘴疑惑的模樣。他的頭一左一右不斷搖擺起來，像是在估量我這句話的眞確性，然而他皺起的眉頭和他規律的在用他的頭打節拍的模樣，卻是清楚的在說，他覺得我沒搞清楚狀況。

這我不在意。他是個小丑，我理當一笑置之。

我確實是笑了。只是我笑得勉強，心裡也不太舒服。

不過皮佚倒是很滿意。他的臉放鬆下來了。一朵微笑綻放開來，一朵巨大、明亮的微笑。他挺不錯的，這個演員。我原以爲他年事已高，看來我是搞錯了。他的臉其實千變萬化，頗富彈性。

現在我領悟到他讓我著迷的原因了，也知道爲什麼他對我提出質疑的時候，我只想一笑置之。我說：「我在默劇表演裡看過你。」

他的眼睛睜大了，他歪起頭來。

「也許我看到的不是你，」我說。「而是你目前的這個角色。」

他蹙起眉頭，若有所思的點著頭。

「那是很久以前的事了，」我說：「當時我還小。」

我突然又想到一件事，馬上停了口。其實這段回憶有點不堪，我還是不要想的好。然而有個什麼在催著我想下去。「當時我是幾歲呢？」我自問道，壓低了聲音，想要逼出那個年幼的我的影像。

皮侯聳聳肩，攤開手，彷彿我是在問他一樣。

我眼前這個來自童年的影像——一張小丑的臉——觸動了我的回憶，然而成年的我卻不願回頭看。那段回憶中，有個人坐在我的旁邊。

皮侯煦笑起來，他斜著頭，先是往左歪，然後往右，然後又回到左邊，意思是要鼓勵我說下去。

我已經算出我當時的年齡了，不過其實不用講了。我沒有必要繼續下去。然而，我還是脫口而出了——但我下定決心，只把焦點放在當時觀賞的默劇就好。

「那年我十二歲，」我說。「在華望城。」

我停了口。皮侯此時又回復到欣喜專注的姿態了。

我研究起他，一如他在研究我一樣。

也許我原先對這人年齡的判斷是正確的。他會不會就是當年那個演員呢？他如果是五十幾的話，其實就對了。巧合確實有可能發生。

我開口說：「是在華望城的戲院。我看了保羅．馬格瑞特的《皮侯殺妻》，皮侯就是他本人演的。」

我看著桌子對面的演員，希望他能有個表示，表明那人確實就是他。揚起眉毛吧或許，要不點個頭也行，總得有個動作。然而此時他卻又回復到早先如如不動的模樣，如同一幅肖像油畫，背景是入夜後逐漸暗去的藍。

「他的演技驚人，」我說，誇讚是爲了引他入彀。我再次等著。

「你知道那齣戲嗎？」我使個眼色，問道。

他隱約露出了微笑。

「你知道那人嗎？保羅・馬格瑞特？」

皮侯抬起他的食指，左右晃了幾晃，好像是在說，被你發現了喲，不過可別說出去。

「我了解，」我說。

抬起的指頭不再晃了，換成是他的手往上劃了個弧線，意思是要我繼續。然後那隻手又落下來，接著再往上揚起，不過這回是連同另一隻手一起行動：他想聽我全盤托出。

所以我就開始描述起保羅・馬格瑞特千變萬化的精采表演——也許就是對著他本人在講，但卻假裝不是在講他吧。然而此刻，我已經無法聽見自己的聲音了。我神遊到三十幾年前的一個夏夜，人在巴黎近郊一個悶熱的戲院，皮侯穿著白色長外套，繫著白色領巾，在台上演出他犯的罪行——可怕但看似完美。這是一樁懸案。舞台的布景是黑的，這是一家殯儀館的廳堂。一面布幕上掛著一張特大的葬禮公告，宣布皮侯之妻歌倫嬪即將停棺，讓衆人瞻仰遺容；而另一面布幕則懸著她的肖像——是這位可憐死者的遺照。皮侯於講述謀殺的過程時，同時扮演了他自己與他的妻子……不，應該不只是這樣，因爲就算當時還只是個孩子，我都能領略到那種層層疊疊「我在另一個我裡頭」的魅惑力量。劇作家保羅．馬格瑞特，創造了一齣演員保羅．馬格瑞特飾演皮侯的默劇，而劇中的皮侯於還原謀殺事件時（在這過程中，小丑成了殺人犯，而他的妻子則是受害者），又同時扮演了他自己以及他的妻子。

起先皮侯單獨一人時，他唉聲怨嘆自己必須殺掉她。她侵吞了他的財物，她對他視若無睹；更糟的是，她找了個男人，和他同床共寢。她背叛了皮侯，讓他戴了綠帽子。然後他便思量起殺她的方法。也許可以拿根繩子勒死她，然而他會面對怎樣的一張臉啊，眼球暴突，嘴巴大張舌頭猛甩，太可怕了吧。拿刀狠狠劃幾道吧，又會流太多血。血，到處都是血。毒藥會造成痙攣以及嘔吐。開槍會引來警察。思慮間想到激動處，皮侯不小心絆一跤，傷到了腳。他趕緊扒掉鞋子，搓揉起自己光溜溜的腳丫，只是沒想到他竟然開始大笑起來——雖然此時他正拚命想要緩解腳底的痛楚。他不由自主的在搔自己的癢。他一邊揉一邊笑，一邊揉一邊笑，笑得歇斯底里。然後他就想到了一個妙計。

「他下一個點子眞是厲害，」我告訴桌子對面的小丑：「你很厲害。」我在我的腦子裡，看到馬格瑞特以精確的演技，演出同床的皮侯與他的妻子（也就是輪流扮演了這兩個角色）：小丑把妻子綁上床頭板，並扒下她的絲襪搔起她的光腳丫。她又是笑又是叫，笑了又叫，直到她猛地爆出一個狂烈的抽搐之後，女人終於死在強迫性的反射性狂笑所帶來的劇痛之中。

雖然所有的笑與叫都是以默劇方式表演出來的——絕對的靜默，然而這幕謀殺場景在當時十二歲的我的腦袋裡，卻是充斥著可怕的喧囂。不過一等歌倫嬪斷了氣，此刻身爲成年人的我的腦袋卻霎時想起了另外一件事。

是我害怕的事，我想忘記的事；而現在我卻躲也躲不掉了。

我在尼斯這個露台上，一直沒有在聽自己跟皮侯敘說了什麼，不過此時我卻突然聽到自己和他一起陷入沉默。而在華望的那家劇院裡，一當歌倫嬪斷氣的時候，我便進入了我身邊的另一齣默劇裡了。

我轉頭看著我的父親。

他強壯的身軀。他那醉鬼特有的漲大的紅鼻子，龐大且坑坑巴巴的紅鼻子。雖然如此，他卻是個精明的男人，是股票交易商，甚至可以說是有教養的人。我的父親讓我懼怕，但也叫我著迷。他穿的黑色棉質西裝，搭配著黑色緞面的大翻領。他無比專注的在看那齣戲，狂烈的專注。他已多次帶我到那家戲院看戲了。

他察覺到我在看他。

我們周遭的群衆在喘，在笑。台上的默劇繼續進行，但我的父親卻轉頭看我。我們的視線交會。我無法解讀他的表情，只知道那跟他沒多久前瞪眼看著皮侯的神情是一樣的。

我轉開頭去。

那天晚上是我最後一次見到父親。

隔天我的母親就死了。脖子扭斷。

而他，則不見蹤影。

此時的我只想掙脫這段回憶。我睜大眼睛，想要回到現在。尼斯麗華大飯店的露台，中國式燈籠，才剛消逝的深藍暮色。一名小丑，蹙著眉頭的小丑。我感覺到自己的嘴正朝著他撐大，想逼出一抹笑容，彷彿我成了小丑，想要安撫眼前受驚的孩子。

皮侯開口了。

「這會兒你得去找她，」他說。他發出粗嘎刺耳的聲音。由於生病，或者遭到傷害，或長久使用，而磨壞了的聲音。我想著：他曾經是個舞台演員，然而不知怎麼他卻失去了自己謀生的工具，最後只有被迫成了個默劇演員。

他的肩膀在抽動——因我遲遲沒有行動而覺得不耐。

「要小心喔，」他說：「你得走了。」

他朱紅色的嘴往上一拱，蹙起了臉。

我懂了。我的胸口抽緊——我眞是笨的可以。

我跳起來。我疾步走過其他用餐的人——穿著晚禮服的男人，穿著露肩禮服的女人。我穿過了露台的門，快步穿越大廳的大理石地，努力克制自己的情緒，壓住想跑的衝動。我的臉，我的臉部肌肉好像扯緊了，凝固在默劇的某個姿勢裡。我想著：他們知道嗎？這些慵懶的癱坐在這些柯林斯圓柱之間的人們，手捧著酒，停住彼此間的談話，眼睛全部轉向了我。他們讀得出我靜默中隱含的狂怒嗎？索蘭姬和勒克雷先前曾否厚顏無恥的在這裡幽會？她曾否當著眾人的面和他摟摟抱抱？

我加快腳步，在櫃臺前頭拐了彎，走向通往電梯鐵鑄門的通道。然而電梯卻是停在別的樓層。我轉而走向鋪了地毯的樓梯，加緊腳步一樓接著一樓的爬，兩步併做一步跑，我夠猛，我夠快，我輕巧——一如在我胸口與眼睛後頭燃燒的火焰。我從樓梯間拐進了通往我們房間的走道。

我衝下走廊，但在快要靠近我們的房間時，我猛地慢下了腳步。如果她對我不忠的話，我可不想打草驚蛇。我要當場捉姦。我慢慢站定了腳。再走幾步就到了，但我要等一等。我在喘氣，我的手在抖，我得鎮定下來。

我鎮定下來了。我從口袋掏出鑰匙。我現在很鎮定，很冷靜的在思考，完全不同於先前的怒火中燒。

我踏步走向門。

我側著頭貼向門，仔細聽。

我沒有聽到任何動靜。

我湊向門把底下的鑰匙孔。我的手穩得很，就像我拿著畫筆，沾了點油彩，正打算塗上我一天裡的頭一抹顏色。

我緩緩的，安靜的，將鑰匙插進孔裡。我以另一隻手攥住門把。我深吸一口氣，我同時轉動起鑰匙和門把。我推開門，輕輕的。

我們的客廳沒人，我的畫架立在窗前。通往臥室的門半開著，縫隙間透出燈泡尿黃色的光。房裡傳出索蘭姬的輕笑，然後便是衣物窸窣的聲音，以及男人的哼嚕聲。

我穿過客廳走向臥室，我的裡頭泛起了無邊的藍色靜默。我推開了門。

千眞萬確。

他們就站在床腳。勒克雷兩手環抱著索蘭姬，他俯身向她，而她則是折了腰往後仰，眼看就要倒在床上，她白色的手叉在那狗雜種藍色的背上。他正在吻她的唇，但她在眼角的餘光裡看到了我。她的眼睛登時岔向我，瞪大了。她愣住的當兒，他感覺到了，所以也停了下來。有那麼一會兒，他們彷彿是擺好姿勢，等著入畫一樣。

她握起拳頭，擺出想要猛搥他背部的樣態，然後他們分了開來，掙扎著站定腳步。勒克雷轉身向我，挺直了腰桿如同軍人。

有那麼一會兒，我覺得我非得跟他大打出手不可。

不過他卻突然眨了個眼，打起顫來彷彿著了寒。他開口說：「別搞錯了。是她引誘我的。」

他兩腳喀聲一碰，朝我大步走來，然後走過我身旁，踏出臥室離開了。

索蘭姬又在擺姿勢了。就算我有再高的藝術功力，也沒辦法捕捉到她此刻複雜的臉部表情：她動腦想要撒個謊，找個台階下，她在擔心她的生命安全，她後悔不該縱慾偷情——這一回雖然給打斷了，但過去曾經多次得到滿足，而那多次的背叛她也在我的臉上看到我正在逐一回想、確認。

房間好熱，她是如此美麗，她是我的繆思。我猶豫起來。然而一股刺骨的寒涼卻突然籠罩下來，而我對索蘭姬所有的熱情——結合了肉慾與創作靈感的熱情——也立時凍結起來，碎成了片片。我快步穿過房間，快得連她的臉都還來不及轉換表情，她的眼都來不及瞪大，我的手就已經落上她的喉嚨。我看著我的手狠狠掐住她，死命的捏了又捏，而就在我取走她性命的同時，我先是思量起我手指上藍色的污漬，然後是她張大了口所發出的無聲的叫喊。

終於，她死了。

我放手後，她倒在床上。

我聞到了一股很濃的味道。

油彩以及法國菸。

我轉過身去。

皮侯站在離我不到一隻手臂的距離。他的表情肅穆。

他點了個頭，抬起右手。那手停在他脖子的底部，然後他伸手抓住了個什麼。這會兒他的手揚起，一抹白也跟著揚起。是了，那抹白是他的皮膚。他的肉在往上揚，於是他的頸骨露了出來，接下來是骷髏頭的下顎。他的手再往高處走，骷髏頭的牙齒也出現了，還有他的頰骨以及唇骨，而現在則露出了一管保存在這骷髏頭當中的肉鼻子。最後他一個手勢，扒掉了小丑剩餘的臉，剩下來的就只有灰色的骨與空蕩蕩的眼窩。只除了鼻子還在，鼻子還沒有在墳墓裡頭腐化。一隻酒鬼特有的漲大的紅鼻子。一隻龐大、坑坑巴巴的紅鼻子。

一如所有的骷髏頭，它看起來也是在笑。

我無法分享這個笑容。

「父親，」我說。「我們到底做了什麼？」

李·查德（Lee Child）

曾是法律系學生，他擔任過電視導播、工會幹事以及劇院技師。後來由於所屬公司裁員，他賦閒在家，靠著救濟金過活之時異想天開，打算寫一本暢銷小說，結果還真的一炮而紅，解除了家庭經濟危機。他的頭一部小說《地獄藍調》風靡全球，廣受好評，而他所寫的浪人神探傑克·李奇系列小說的第十一本《不存在的任務》，則已於二〇一六年十一月出版上市。本系列小說的主角傑克·李奇是虛構人物，同時也是個善心人，李·查德拜他之賜，閒散時間甚多，得以大量閱讀、聽音樂，並觀賞洋基隊及英國Aton Villa足球隊的比賽。

李·查德出生於英國，目前定居紐約，除非外力迫使，絕不輕言離開位於曼哈頓島的居所。有關他的小說、短篇故事，以及由湯姆·克魯斯主演的浪人神探系列電影《神隱任務》以及《神隱任務：絕不回頭》，讀者都可上網站www.LeeChild.com查到更多資訊。

Hotel Lobby, 1943

32 1/4 X 40 3/4 in. (81.9 X 103.5 cm). Indianapolis Museum of Art, William Ray Adams Memorial Collection, 47.4 © Edward Hopper

事情的真相

我踏出聽證會時，感覺良好。我的回答都很精簡。我的自制力甚佳。不該說的，我都沒說。我採用了一個某人多年前教過我的老把戲——亦即在回答問題之前，先默數到三。你叫什麼名字？1、2、3，艾伯特．安東尼．傑克森。這一招可以避免應答過快，不夠明智。因爲數到三，你就有時間思考了。這一招可把他們逼瘋了，不過他們也拿我沒辦法。法庭又沒規定「請言明事實，只講事實，而且要在對方律師閉上他的狗嘴的三秒鐘之內作答」。試用看看吧，搞不好哪一天可以救到你的小命。畢竟，面臨挑釁時，人是有可能中計的。以我那天早上的情況爲例吧，委員會主席顯然已成竹在胸，想好一套辦法了。他問出來的頭一句具體的問題是：「你怎麼沒在當兵呢？」一副我是個孬種，或者品行惡劣的爛人之類的。意思是要讓我沒有公信力吧，我想——因爲聽證會的內容搞不好哪一天會曝光。

「我有一隻義肢，」我說。

這話千眞萬確——倒也不是珍珠港事變什麼造成的，不過我並不反對別人誤會啦。事情的眞相是，我曾在密西西比州被一輛福特T型車撞倒。一只木製駕駛盤、一個硬輪胎，一根撞碎了的小腿骨，一名有可能是來自任何地方的鄉下小醫生。這人爲了省事，把我的腿從膝蓋以下切斷了。沒啥大不了的。只是陸軍不要我了。海軍也一樣。不過別的所有人他們都搶著要。意思就是一九四二年夏天時，聯邦調查局面臨了嚴重缺人的窘境。義肢他們無所謂——楓木材質，就跟棒球的球棒一樣。不過他們也沒多問。他們讓我受了訓，然後交給我一只徽章和一把槍，接著就把我送到外頭的世界去了。

所以說車禍之後一年，我就當兵樣的配上了武器，只是不是為國打仗。雖說話都講到這個地步了，那個傢伙還是不肯給我好臉色。他說：「你出了車禍實在太不幸了，」分明是控訴的語氣，相當不以為然，一副是我自己不小心才造成的樣子，只差沒說我是處心積慮早就計畫好要逃役了。不過在那之後，我們倒是相處得還不錯。他主要是問我一些關於調查本案的程序性問題，所以又是1、2、3，我回答了所有問題，並於十一點四十五分時完成問答，離開了房間。感覺良好，一如我剛才所說，直到萬德畢在走廊上一把攫住了我，要我面對另外一個。

「另外一個什麼？」我說。

「聽證會，」他說。「不過也不算是啦。無須宣誓，不講廢話，不上官方記錄，只是我們自己存檔用。」

我說：「我們難道真的希望，我們的檔案跟他們的不一樣嗎？」

「上面已經做了決定，」萬德畢說。「他們希望真相可以另外記錄下來。」

他把我帶到另一個房間，我們一起等了二十分鐘，然後便來了個速記員。這妞塊頭不小，挺結實的，應該是三十出頭吧，金髮亮黃。我覺得她穿上泳衣應該不難看。她不想講話。然後史洛特便走進來了，這人是萬德畢的上司，他宣稱自己和聖路易的樞機主教艾諾斯・史洛特有親戚關係，不過這話可沒人信。

我們全都坐下來，然後史洛特便等著結實小妞拿好了筆，才開口說：「好啦，這會兒請講吧。」

我說：「全都講嗎？」

「是提供我們自己內部使用的。」

「這全是霍普先生的想法。」

盡早找個人背黑鍋總是沒錯的。

「我們這可不是在獵殺女巫，」史洛特說。「從頭開始講。你的名字。要給後人參考用的。」

1、2、3。

「艾伯特・安東尼・傑克森，」我說。

「職位名稱？」

「我是FBI的特派員。」

「派到哪裡？」

「目前這裡，」我說。

「來這裡幹嘛？」

「和某計畫有關，」我說。

「名稱呢？記錄要用的。」

「材料集團發展。」

「新的名稱。」

「這能說嗎？」

「別緊張，傑克森，」史洛特說。「這裡大家都是朋友，我們沒要你先宣誓，你也不用簽署什麼文件。我們要的只是一份口述歷史。」

「爲什麼？」

「我們不會永遠吃香，他們遲早都要找我們麻煩的。」

「爲什麼？」

萬德畢說：「因爲我們會爲他們打贏這場戰爭啊，不過他們可不想跟我們共享榮耀。」

「是這樣子的啊，」我說。

「所以我們最好要準備好自己的版本。」

史洛特說：「請說出計畫的名稱。」

我說：「曼哈頓計畫（譯註：The Manhattan Project 是第二次世界大戰期間由美

國主導的計畫——一九四二到一九四六年之間——目的是要研究、發展並製造原子彈，總部設在田納西州）。」

「你的任務呢？」

「負責安全問題。」

「成功嗎？」

「到目前爲止都沒問題。」

「霍普先生是要你做什麼呢？」

「起先他沒明說，」我說。「一開頭只是例行公事而已。他們需要再蓋一棟建築。在田納西州，一大堆水泥，一大堆專業工程，預算是美金兩億。他們得找個負責人。我的工作是要做背景調查。」

「實際要做的是什麼？」

「我們要在他們的私生活裡挖出種種不堪，也要查明他們是否有可疑的政治傾向。」

「爲什麼？」

「我們可不希望他們因爲個人的醜事而遭到恐嚇勒索，媽的當然也不希望他們把我們的秘密白白送給了別人。」

「這一次你是在調查誰的背景？」

「一個叫做謝曼・布萊恩的人。他是結構工程師，年紀滿大的，不過這個工作他應該可以勝任。上面的意思是要給他陸軍上校的官職，然後讓他開工——如果調查結果他沒問題的話。」

「結果呢？」

「本來是還好。我仔細的觀察過他——在一個跟曼哈頓計畫完全不相干的會議上。會議討論的是水泥船艦哩，說起來。通常我都習慣先觀察當事人，遠遠的看，趁他不注意的時候。高個子，穿著高雅，銀髮銀鬍子。年紀頗大，不過身材筆挺，談話算是機智得體吧。就是那一型的人，所謂的上層階級人士。小羅斯福三次競選總統，他都沒投他的票（譯註：小羅斯福當過四屆美國總統，他是民主黨人），這點我們給他加分——聯邦調查局的立場。沒有左派思想，這是關鍵性優點。而且沒有財務困難，沒有爆出專業上的醜聞，他蓋的建築沒一棟出過事。」

「但是？」

「下一步就是要找他的朋友談，其實主要是聽他們講話，聽他們說了什麼，又有什麼不肯說。」

「結果你聽到了什麼？」

「沒聽到多少，起先。那種人都很謹言慎行的，非常得體。他們跟我談話的樣子，就跟他們和郵差講話一樣，很有禮貌。雖然他們都認定了我是在一家很有信用、且有利於國家社會的機構上班，不過他們可沒打算跟我說什麼隱私。」

「這點你們要怎麼突破呢？」

「我們眞話只講一半，不能完全洩底。我暗示說，有個最高機密的計畫正在進行。跟戰爭有關，事涉國家安全。水泥船艦，我暗示說，會決定國家的生死存亡。我告訴他們說，在現階段，透露隱私是愛國的表現。」

「然後呢？」

「他們稍微鬆了口。他們都喜歡這傢伙，也很尊敬他。生意上，他向來是直來直往不說假話。該付的帳單他都付了，他對屬下也很好。這人是個很成功的高階主管。」

「那就都沒問題了吧。」

「只是有樣事情他們沒提，我得推一把才行。」

「什麼事？」

「老謝曼已婚，不過謠傳他養了個情婦。顯然有人看過他們出雙入對。」

「你把這個歸類成會有勒索的可能性嗎？」

「我跑去見了霍普先生，」我說。

「這人是誰？口述歷史得記一筆。」

「我的上司，他是安全部門的總管。我們面對的是非常重大的決定。霍普先生說，這人是成功的高階主管，確實可以大大加分，他甚至考慮要讓他當准將，而不只是上校。我們就是需要他那種人。不任用他的話，會是很大的損失。」

「霍普覺得謝曼有可能被勒索嗎？」

「倒也不完全是，不過這種事還真難講。」

「你有提供正或反的建議給霍普先生嗎？」

「我說了我們應該再多挖些資訊。我跟他說，我們不能只根據謠傳，就錯失英才。」

「霍普接受了你的忠告嗎？」

「也許吧。他這人滿有彈性的，我們的意見他都很有耐性聽。也許他同意我說的吧，也許他不希望在開內部會議的時候，給大家澆太多冷水。也許他想延後這個計畫吧。不管這樣還是那樣，他最後是說，他想得到更多資訊。」

「怎麼得呢？」

「前三天我還眞是沒輒呢。兩個女人老謝曼都沒見，他給困在水泥船會議裡了。不是我說，你覺得那種船還眞能用嗎？」

「我覺得？」史洛特說。「水泥船嗎？」

「依我看，這主意還眞呆哩。」

「我不是海事專家。」

「鋼片嘛還說得過去，水泥的話就得模塑得很厚囉。」

「我們不要離題行嗎？」

「抱歉。那人跑去船隻會議了，他很忙，白天他可沒把時間花在床上。不過霍普先生想要親眼查證。他眞的很喜歡那個傢伙。我是說，喜歡由他擔任那個工作。他希望可以剔除所有的疑慮，所以我們得耐心等著。」

「等多久？」

「我們四處撒了點銀子，大半是旅館。後來我們接到一個旅館櫃臺的來電說，老謝曼訂了間房，禮拜五晚上入住，是雙人房，給的是他自己跟他太太的名字。這可沒人信。幹嘛要訂旅館房間呢？他們自己就有個房子啊。所以霍普先生就想出了個點子。」

「什麼點子？」

「我們先是去瞧瞧那家旅館。霍普先生想在大廳抓到他的小辮子。他覺得對他那種男人來說，臥房捉姦不太合宜，所以我們就大致看了樓下的地形。大廳裡頭有幾張灰絨扶手沙發，三張在一側，兩張在另一側。有個小櫃臺，暗沉的雕刻橡木，有一扇掛著簾子的門通往早餐室。霍普先生想到了一個辦法。廳裡有扇窗，就在門口的右手邊，如果踮著腳尖站在街上的話，是可以看到裡頭的。這點子不錯，只是有個問題：這人可沒辦法整天守在窗邊覷眼看，因爲那是人行道，人來人往，也許有人會通報警察。他得算準了時間才行。這下他可卡住了。」

「那他是怎麼解決這個問題的？」

「他沒有。是我提議說，我可以接替幾天櫃臺的工作，算是臥底吧。我覺得其實我也不用做什麼，大半時間應該可以躲在燈罩後頭就好了，沒有人會注意到我。只要一發現時機到了，我就可以捻亮外頭那管霓虹燈，要霍普先生偷眼瞧。電燈開關就在櫃臺那兒。」

「你是想說，你可以在他們登記入住的時候，打個信號？」

「我們覺得這是兩全其美的辦法。他可以拍到他要的照片，而我呢則會看到情婦假扮成他老婆簽字——就近看到。霍普不太快樂，因爲他喜歡那個傢伙，這我講過，不過他總得找個地方劃清界線吧。曼哈頓計畫可不是鬧著玩的。」

「你們的辦法行得通嗎？」

「行不通，」我說。「那女人的確就是他老婆。她給我看了她的駕照，反射動作吧。我猜她是經常跟著他到處跑——跟著去那些個水泥船隻會議之類的。所以她想都沒想就出示駕照了。名字沒錯，照片也確實是她。」

「你的下一步呢？」

「啥都沒做，我繼續扮演旅館櫃臺的角色。然後電話鈴響了，是對街的霍普先生從電話亭打來的，說是緊急事件。有人通報說，另外那個女人就在來這家旅館的路上了，而且馬上會到。霍普先生要我在原地待命。我得把老謝曼請到樓下來，這我覺得應該不成問題，因爲他總不至於要我直接把來客請上樓吧。畢竟他的老婆就在房間陪著他啊。」

「女人到了嗎？」

「簡直跟電影情節一樣呢。喜劇兼鬧劇。我聽到電梯的聲音——電梯就在我和早餐室的中間。然後我看到電梯門開了，老謝曼踏步出來，手上拿著他老婆的毛皮披肩，而她呢則是緊跟在後，穿著藍色洋裝，捧著本雜誌。我裡頭有一半是探員的思考模式，另一半是在想著，拜託喲老兄，再不開溜就來不及了。不過這時他太太已經坐上一張椅子，就在我前頭。她開始讀起手裡的雜誌。老謝曼則站在原地，離電梯才兩步遠。這會兒我呢是躲在燈罩後頭。然後另外那個女人走了進來。皮衣皮帽，穿了件紅色洋裝，年紀不小了，跟謝曼差不多。她彎下腰來，親了謝曼太太的臉頰，然後又走向謝曼，也親他一下。我開始想著，這是哪齣戲啊？三人同樂會嗎？這可是比糟糕還要糟糕哪。」

「然後呢？」

「來客坐了下來，老婆還是在讀雜誌。來客抬起頭來，跟謝曼說了個什麼。接下來是禮貌性的對談。我捻亮霓虹燈，看到霍普先生的臉湊向了窗口。他全看進眼底了。所有的細節他都記得，牆上有幅畫，是山間湖泊，不過他搞不懂是怎麼回事。他不曉得這幕戲該怎麼解讀。」

「他的下一步呢？」

「他放下腳跟，等在人行道上。老謝曼跟他老婆一起離開了。另外那個女人沒跟著去，反倒是要我幫她叫一部計程車。我採取主動，秀了我的徽章給她看，然後把原先編給謝曼朋友們聽的故事又跟她講一遍。國家安全，巴啦巴啦巴。我問了她幾個問題。」

「然後呢？」

「她是老謝曼的丈母娘，比他小兩歲。我這才恍然大悟。老謝曼跟小新娘在一起很快樂，她跟他在一起很快樂，丈母娘跟他們兩個在一起也很快樂。她來拜訪他們一個月，他呢則是帶著她四處玩。她覺得他肯花時間陪她好窩心，我們覺得他陪她應該是爲了取悅老婆吧——而她也確實是値得男人取悅啊，尤其是一個老男人。夫妻倆入住旅館而沒待在家裡，是因爲兩人得趕搭早班的火車。這下子我們就沒必要擔心了，很多男人都娶年紀小很多的女人，又沒有法律禁止吧。霍普批准了讓他擔任新工作，所以他就搬到了田納西，從此展開新生活。」

史洛特沉吟了一下下，然後開口說：「好吧，我想我們要的資料也差不多都有了。謝謝你，傑克森。」

說來，這是我當天第二回感覺良好的走出聽證會。我沒說半句我不想說的話，眞相的某一部分也給記錄下來了。皆大歡喜。只是後來我們爲他們贏得了戰爭，而他們卻把所有的罪責全都推給我們擔。不過到這時候，老謝曼已經死了，所以其實也無所謂了。

尼可拉・克力斯多佛（Nicholas Christopher）

出版過十七本書，其中包括六本小說，九本詩集，一本評論黑色電影以及美國城市的文集，還有一本爲孩子們寫的小說。此外，他也編輯了兩本詩選。他的書已翻譯爲多國語言。目前定居紐約。

他有一段文字如下：愛德華・霍普從一九一三到一九六七年間，曾住在華盛頓廣場三號四樓的工作室裡。我住的地方離他那棟棕石建築只有幾條街，所以我幾乎每天都會經過那裡。我可以看到他的窗戶透出光線，那照亮了他許多畫作的光線，也可以看到他畫作裡的經典元素，如紅磚、折線形屋頂，以及他工作室附近的建築（包括我自己那棟）——但爲了配合他的構圖，都已巧手重新組合過。他的作品對我來說彌足珍貴，原因在此。

Rooms by the Sea, 1951

29 1/4 X 40 in. (74.3 X 101.6 cm). Yale University Art Gallery, Bequest of Stephen Carlton Clark, B.A. 1903

海邊的房間

1

有兩扇門可以通往這棟房子。第一扇是設在一個沒有家具的房間，直接開向外頭的大海。這扇門只能由水路進入。陽光明燦的日子裡，這門一定是開著的，光線穿過門，斜射到房間裡，在靠門的那面牆上打出了兩個三角形：一半是暗，一半是亮。而太陽落到地平線時，這片牆就呈現出日晷的效果：打亮的那一半慢慢縮小，直到整面牆都暗了下來。

第二扇門是在房子另一頭的前廳，開向一條崎嶇的小徑。小徑一路蜿蜒，穿過森林，抵達城市邊緣一座鮮爲人知的公園。公園裡的噴水池四周，環繞著石刻的噴水美人魚，但如今噴泉已經乾涸了好幾個月。城市街道上的建築是紅與棕色，陽光曬進那些磚頭裡，掀起了一波波塵埃。黃昏時，藍色的窗戶變成了琥珀色。防火梯上坐著女人，她們在抽菸，在閱讀，偶爾抬起眼睛，看著藍紫色的雲如同流水一般湧向大海。其中一個女人是紅頭髮，她正在閱讀一本書名叫做《海邊的房間》的回憶錄，那是一個世紀以前的著作。作者克蘿婷·瑞蒙提利亞的丈夫，是巴斯克區一位移民到美洲的船業大亨。她本人也是來自巴斯克，而就在她三十歲年少早逝前不久，她才以他們自己的語言尤斯卡拉語（Euskera）寫下這本書，目的是要取悅她的丈夫（譯註：巴斯克位於西班牙北部，文化和語言都和西班牙其他地區不同，目前已是獨立自治區。巴斯克人的祖先來自何方，迄今仍無定論。而巴斯克人特有的古老語言尤斯卡拉語也截然不同於印歐語系，來源不明）。當時她只私下印行了小量的冊數，而那其中，如今就只剩下幾本了。至於英文譯本，則是直到最近才發行的。先前提到的紅髮女人卡門·隆森今年三十歲，她是克蘿婷·瑞蒙提利亞的曾外孫女，英文版和如今非常稀有的尤斯卡拉語版的書她各有一本。

卡門今天是九點抵達這棟房子的。她從森林走出來，沿著小徑漫步而下，指間捏著一根菸，腋下夾著《海邊的房間》的兩種版本。她從小徑底端的一顆石頭底下抽出了一把鑰匙，將門鎖打開，然後走進屋子裡。她穿了件綠色洋裝，綠色的絲綢領巾印著三叉戟圖案；腳上搭配了綠鞋子，頭上戴著頂插了根孔雀羽毛的藍色麂皮帽。她擦著珊瑚色的口紅，好搭配她指甲油的顏色。在克蘿婷·瑞蒙提利亞那本回憶錄的蝴蝶頁有一張黑白照，裡頭的她戴的正是同一頂帽子。

卡門沿著一條有十二扇白色窄門的的甬道走下去——這些門是從一艘沉沒在碧絲卡海灣的郵輪莎賓娜搶救而來的。她穿過有著開向海邊的門的那個房間，然後坐在隔壁房間的一張紅色沙發上，這裡有扇窗開向外頭的海，不過沒有門。她脫下帽子和圍巾，並將夾住她波浪般鬈髮的髮夾取下來。她身材高挑，長著一張細緻的臉，膚色白皙沒有雀斑，雙手結實有力。她霧藍色的眼睛和在微風中飄動的窗簾搭配得宜。

她把她那兩本書並排攤開在一張矮桌上，外加一本她放在屋裡的尤斯卡拉語／英語字典。雖然她研究過尤斯卡拉語，也曾在巴斯克度過兩個夏天，但她讀的速度還是很慢，一個字一個字默唸著，翻譯時吞吞吐吐，聲音壓得好低。

有兩扇門可以通往這棟房子……菜香味從好幾個房間以外的廚房飄過來，應該是在炒青蔥吧，烤架上的馬頭魚肉發出滋滋的聲響，烤箱裡烤著小麵包。

2

廚師是當天早上釣到那條魚的。他站在門口，朝大海拋下釣魚線，他的兩腳架在門檻上擺啊擺的，細碎的波浪舔上他涼鞋的鞋底。他的名字叫做所羅門．費比思。他爲卡門的母親卡麗達工作好多年了。她過世時，將房子留給了女兒，而費比思也留了下來。他答應卡麗達他會將《海邊的房間》交給卡門。他是生在塞內加爾的西班牙人，會說法文、塞內加爾語，以及尤斯卡拉語和西班牙文。雖然他已定居在美洲，但他只說最基本的英文；他宣稱說，這是因爲他說的語言種類已經夠多了。他和卡麗達大多是以尤斯卡拉語交談，而這也是她決定雇用他的原因之一。他倆之間的對話，家裡其他成員（包括卡門和她的父親克勞斯），幾乎都聽不懂。克勞斯．隆森是個丹麥醫生，他多年前在威尼斯和卡麗達邂逅，並於兩個月後娶了她。卡門六歲時，他過世了，那是費比思來到他們家的第二年。以往在克勞斯每年生日的那天，卡麗達都會喝上一杯多年前他在羅馬向她求婚那晚兩人共享的同一款香檳：她會向他敬酒，說他是她這輩子唯一愛過的男人，而且此愛永遠不渝。自從她的丈夫死後，她和費比思交談時，就都只使用尤斯卡拉語了。

費比思年輕時去過西班牙，並曾在巴塞隆納和馬德里最高級的烹飪學校學過廚藝。之後他在兩家五星級飯店待過：畢爾包的蘇坦納以及塞維拉的亞特蘭提斯。他最擅長做的是巴斯克菜。當年瓚．亞扎羅拉——一位來自古老巴斯克家族的當紅律師——就是在亞特蘭提斯的餐館吃完六道菜的大餐後，誇讚費比思說，他的廚藝實在精湛。亞扎羅拉當時在南邊離當地五十哩處的卡迪茲開業，他曾到過許多巴斯克餐廳用餐，然而在庇里牛斯山地區，他卻一直無法找到像費比思這樣出色且有創意的廚師。亞扎羅拉說，他有個住在美洲的有錢表妹正在找一位廚師，不管費比思在亞特蘭提斯拿到多少薪水，亞扎羅拉繼續說，她都可以多付三倍的錢。而且他的工作許可證、簽證、住的地方，以及醫護需求等等，她都會幫忙打點好，此外，她也可以立刻給他一大筆津貼——由他決定要用哪種貨幣，並存在他選擇的不管哪個國家的銀行。請問他有興趣到民宅服務嗎？費比思聽了大吃一驚，心中半信半疑，他說這事他得再考慮考慮。亞扎羅拉於是回答說，他希望能在二十四小時之內得到回覆——在他離開塞維拉之前。費比思於是找了人打聽，他問了他的老闆，也就是旅館經理，也詢問了代理旅館業務的律師事務所。亞扎羅拉的資歷無可挑剔，他的提議絕無虛言。費比思於是決定轉換跑道，而他也從來沒有後悔過。過去二十五年來，他自己也成爲富豪了。他還沒有告知卡門，他打算很快就要退休，回到西班牙去。

費比思肩膀寬闊，胸部厚實如桶。雖然已經六十八歲了，他結實的手臂，龐大平坦的雙手，以及長長的脖子卻讓他的身材看起來比實際還要高。他穿著廚師的白色罩衫和長褲，但不戴廚師帽——他那一頭濃密蓬亂的白色鬈髮上頭，戴的是一頂垂著金色流蘇的紅色土耳其氈帽。而他的住處則是在數不盡的甬道的另一頭，跟房門面海的那個房間之間的距離非常遙遠，所以根本就沒有人能夠找得到。這樣也好，因爲他接受這份工作有一個條件就是，他的住處必須享有絕對的隱私，無論何時都不能有人闖入。

3

這棟房子還有其他非常獨特——對卡門來說是嚇人——的特色。比方說，每一年，在沒有人力介入的情況下，房子裡會多一個房間。這是從費比思入住的那一年開始的——就在克勞斯．隆森罹患肺癌的幾個月以前。卡麗達．隆森說這全然只是巧合，而且她也不覺得這有什麼好奇怪的，因爲房間本來就會突然冒出來的，彷彿是從海上而來。

她說這一類事情雖然違反物理學定律，不過其實經常發生，只是通常都沒有人注意到。卡門六歲的時候，曾經要她舉幾個有被注意到的例子。

「比方說長了兩顆頭的蠑螈，」卡麗達回答說：「而且巴西的山區裡還有往上流的瀑布呢。」

「這都是你親眼看到過的嗎？」卡門問道。

「當然，要不我怎麼會曉得？把這些奧妙當成吉祥的預兆吧——甚至是老天賜福好了。」

卡門了解到，對她母親來說，無法解釋的事物其實是更有力量，更眞實的。而卡門逐漸長大以後，也習慣了她母親封閉式的邏輯，以及天馬行空的奇想。

然而一年年過去，眼看怪事一直沒有停止的跡象，就連卡麗達也開始不安了，因爲眞的不曉得最後到底會增生多少房間。七年之後，她聯絡到當初爲他們蓋房子的建築師事務所，並把怪象詳細解釋了一遍。他們聽了覺得不可置信，所以等他們帶著原始的建築藍圖來到這兒，然後整個走完一圈之後，大家都很驚訝這個房子竟然眞的多了七個房間，而且結構穩固，還上了新漆呢。起先，建築師們都很肯定她是在開玩笑，覺得她是找了別人另外加蓋的。可是開這種玩笑又有什麼好處呢？何況，他們跑這一趟是以四百美元的鐘點費來計費的呢。兩年後，他們無預警的跑來突襲，心想這下子一定可以抓到她的小辮子了，沒想到卻發現又多了兩個房間。有一名建築師在房子裡四處漫遊，誤闖到一間暗房，摔斷了手臂。另外一個——一名西班牙大右派，父親曾在獨裁者佛朗哥底下做事——則忿忿表示，這就是跟巴斯克人做生意的結果啦，然後他便把藍圖丟到屋前的草坪燒掉了，說是驅魔。走前他還給卡麗達一道回馬槍，奉勸她要找個驅魔師而不是建築師。隔天這人便心臟病發，差點死掉。

4

一個月前一個濕熱的午後，卡門駕船時出了個意外。那天，她獨自駕著曾經屬於她母親的一艘帆船出海。她小時候便學會了如何駕船，也從來沒有出過事；然而這一回，有一道瘋狗浪突然從平靜的海面上打過來，淹上了甲板。她並沒有摔倒或者受傷，也沒有失去意識，船本身並沒有翻覆，然而有好一會兒帆船卻給懸在浪裡，她彷彿是給懸在了靜止不動的時間當中。她好擔心那道浪會把她拋進海裡。結果還好那浪捲向了濃霧之中，大海又恢復了平靜，於是她便駕著船回到岸上。

打從那天開始，卡門就很確定，屋裡的房間又以更快的速度增生了——不是逐年增加，而是逐月遞增。每當她開始數房間時，得到的數字總是不一樣。雖然從外頭看去，房子好像和三十年前剛蓋的時候沒有兩樣，然而每回她在屋子裡探險時，總覺得裡頭的空間又更大了。到了後來，她不得不承認，她很容易在自己的屋子裡迷路。房子在她的腦子裡增生得太大了，房間和走道不再只是增加數目而已，它們也同時在膨大、縮小，甚至改變位置。房子整體的布局變得不穩定起來。她如果連著幾天在同一條走廊起步探索的話，會發現有時候走廊是引向四間臥室，有時候卻又只有兩間。要不它就是引向一個死胡同，讓她面對面撞見前方一個上鎖的衣櫃。

有的房間是臥室，有的是客廳。牆壁漆上白色，天花板是藍色的。臥室的擺設全都一樣：一張床，一個五斗櫃，一個床頭櫃。客廳則都擺了張書桌，搭配上一盞綠色的玻璃燈以及一張軟墊椅子。每一張書桌上面都放了一本藍色筆記簿以及一枝自來水筆。床鋪一律是鋪得整整齊齊，而筆記簿則都是空白的。

睡在房子裡的只有費比思——在他隱密的住處；以及卡門——不過她最近搬出去了。她的臥室兼工作室是小小的二樓裡唯一的房間，這裡是她專屬的空間，宛如瞭望台，可以從一個迴旋樓梯走上來。這裡可以看到三百六十度的景觀：三扇窗戶面海，第四扇面對著森林。

卡門不知道爲什麼費比思對這棟房子瞭若指掌，比其他每個人都更熟。他不只可以從他的住處輕易進出，也可以在其他房間之間穿梭自如。她問起他時，他先是假裝聽不懂。然後她便又以她不純熟的法文再說一遍，但他還是閃爍其辭，只回答說，這棟房子是幸運屋：「就跟你母親一直強調的一樣。」卡門知道，他是不會再多說什麼了。

5

雖然費比思是看著卡門長大的，但她對他的所知卻是出奇的少。他的童年，他所受的教育，他在塞內加爾的生活——全是個謎。他從來沒有用他熟稔的任何一種語言談起他的過去。卡門很確定她的母親知道的比她多，多很多，不過卡麗達不願多談，她只大略提及了費比思的身世。

她告訴卡門說，費比思的父親是西班牙傳教士，他娶的法國女人是一位工程師的遺孀。他曾勸阻她不要自殺。有一天，她走到了一個林間村落的廣場——有好多條狗睡在一片片樹蔭底下，還有雞群在塵土間啄食——然後舉槍抵住自己的心臟。冰冷的槍管抵著她的胸部，一滴滴汗珠聚集在她的後腰。廚師的父親趕忙丟下當時他正在分送的福音小冊子——《得救之後得指引》以及《在光明之海啓航》。他兩手合十，在寡婦的面前跪下來。她大吃一驚，然後一語不發面無表情的緩緩放下了槍。他站起身來接過那把槍，將扳機扣回原處，而她只是瞪眼看他。之後他把她帶離了熾熱的太陽，走到一株鐵木底下一張發了霉的板凳旁。她立刻癱倒在椅子上，大哭起來。他坐在她身邊，兩人有整整四個小時都沒講話，然後她才告訴他，她的女兒，她唯一的孩子，在雨季爆發洪水時，溺死了。一個禮拜以後，她嫁給了傳教士，而那之後九個月，她便生下了日後成爲這棟屋子裡的廚師的小孩。她爲他取名爲所羅門，並把他摟在懷裡，告訴丈夫說，這個孩子會活到一百歲都不止。

卡門原本就知道，費比思唯一的近親就是兩個姐姐了。她們是雙胞胎，如今已經七十歲了，一個住在馬賽，是退休的理科老師，另一個住在達卡，是一家夜總會的老闆。他有一張兩姊妹的照片，是她們二十歲的時候拍的，就擺在廚房的架子上。兩人穿著白色洋裝，在大太陽底下共撐著一把傘。卡麗達說費比思從來沒結過婚，而卡門也沒看他交過朋友。雖然他只是僕人身分，不過他在這屋子裡已經住了二十五年，而且家事都交給他管，每年除了有兩個禮拜的時間他會去探望姐姐以外，他很少離開這個地方，不過有時候他會駕著他的海上獨木舟出洋，划上好幾哩以後才回來，而且一年四季無論天氣如何，他每天都固定要游兩次長泳。他一個禮拜有兩次會收到經由水路寄來的雜貨和日常用品。他在廚房的料理台上擺了一個西洋棋盤，每當做菜的時候，他就會把書上記載的有名的棋局演練一遍。阿列金、卡帕布藍加、墨非（譯註：Alekhine, Capablanca, Morphy他們都是世界聞名的棋手）。

卡門和費比思的關係表面上看似單純，實際上卻頗為複雜。他們通常是以兩人都會講的法文交談。兩人會討論他準備的餐點，而且因為他們都喜歡駕船，所以也會談起水流和風的各種走向。但這就是她所能碰觸到的他個人生活的底線了。卡門一直對她母親和費比思之間的關係感到好奇。當初一輛水上計程車把他載到開向海的那道門前面，而他立刻以尤斯卡拉語跟卡麗達打招呼時，她對他立刻有了好感，兩人的相處也一直非常融洽。有一陣子，卡門甚至懷疑他倆之間關係曖昧。不過自從父親過世以後，卡門才領悟到卡麗達對丈夫至死不渝的忠誠與愛有多強烈。夜晚她從來不跟男人出遊，更別說發展出什麼浪漫的關係了。雖然她跟他保持著適當的距離——每餐都由他烹飪與服侍，而且他也從來不會和他們同桌——不過她比較是把他當成駐地藝術家，而非僕人來看待，兩人會一起下棋，一起在菜園工作。對卡門來說，最最詭異難解的一點其實就是費比思這人置身於他們當中了。聘用他之前，他們曾雇了個廚藝還不錯的管家。卡麗達雖然喜歡美食，但她其實可以好幾天都不吃正餐，每天只靠茶、乳酪和一顆蘋果就可以度日了。多年前她和新婚丈夫到巴斯克區long stay度蜜月時，她愛上了當地的文化和烹飪，她好喜歡他們獨特的菜色，以及豐富的烹飪細節。那些放在鐵鍋裡的湯和燉肉，可以在紅磚爐灶裡煨上好幾天。而現在，她也照著費比思要求的規格，找人爲他砌了同樣的爐灶。

卡門問她母親，爲什麼過了這麼多年，他們對費比思還是所知甚少時，卡麗達毫不遲疑的就答說：「關於他，我已經知道了所有我需要知道的了。我喜歡有神秘感的人：他們不會把眞正的自己顯露出來。費比思剛來這裡的頭幾個月，我都在等著他開口談他自己。然後我才發現，他其實是不可能開口說的。於是我才突然想到，其實我只要知道這一點就夠了。我尊重他的隱私。如果你逼著問他的話，卡門，他會往後退。他會消失的。」

6

費比思情緒激動的模樣卡門只見過一次——在她母親的葬禮上。他跟卡門描述起她母親死亡的經過。就在葬禮的前兩天，卡麗達於例行晨泳的時候，人在廚房窗口的費比思遠在她自己警覺到之前，就已經發現大事不妙了。當時她離岸上約莫一百碼，她以爲自己是抽筋，然而其實那是輕微的中風——她的右半身幾乎都要僵掉了。疼痛難忍。在岸上的話，她也許可以撐到醫護人員趕來救護的時候，但在海上就不行了。她想辦法要以左臂拍打海水，好保持身體的正位，讓自己的頭可以浮出水面。費比思說他立刻衝出廚房，奔到面海的房間，踢掉鞋子跳進水裡。他的泳技精湛，但她離岸邊實在太遠，而他又得逆流游去，所以才會無法在她沉下去之前趕到。後來他把她撈出水面，摟著她側身游回岸邊，然後高舉雙手將她放到打開著的門的門檻上，並爬上垂掛下來的短梯。他爲她做人工呼吸，緊按她的胸部好將水擠出肺部，讓心臟重新跳動。不過已經太遲了。他趴在她身上哭泣，他在葬禮上哭泣，他跟著卡門一起哭泣——她聞訊後立刻搭機返家，及時趕上將母親的骨灰撒上海面。那一整個禮拜，他都很關心卡門的一舉一動，然而之後他卻完全不肯講話了。他原本就是沉默寡言，而現在則是打死都不肯開口了。有一陣子，他要求卡門將她的所需所求全部寫在紙上交給他，而他也以書面做回應。她雖然仍在守喪，但還是點頭同意沒有怨懟。她猜想，他還願意留在屋裡爲她做飯的唯一原因，應該就是基於對她母親的忠誠吧。

有那麼一次，卡門實在忍不住好奇心的誘惑，打破了屋裡唯一一條絕不能違背的規則（由她母親定下來的），於晚餐過後偷偷跟著費比思從廚房走到他的住處。她靜靜走過兩條短廊之後，才發現已經聽不到他的腳步聲了，而自己則是置身於一間黑漆漆的大房間，四周是冰冷的石牆。結果她是靠著摸索著那三面牆，才找到了一扇門，通往一條她從沒見過的走道，而那寬度也只是容她擠身而過而已。她曲曲折折的繞過好幾個彎之後，才走到了廚房旁邊的儲藏室。

從此以後，她就不再跟蹤他了。

7

自從這次事件以後，疲倦，然後是恐懼，開始啃噬卡門，讓她日益消瘦。她無法入眠。她找過兩個醫生，兩人都說她的健康狀況良好。他們開了安眠藥給她，要她戒菸。她想到要出國。她曾在奧地利和義大利學過素描與繪畫，而且過得很快樂。在母親過世以前，卡門從沒想過要回到兒時的家居住。然而現在這裡就是她的家了，而她於短暫居留的這段期間則是畫了日後讓她成名的《海洋畫布》。在這同時，她也想要畫出她心靈之眼所清楚看到的宏偉屋宇，但她無論如何都沒辦法以鉛筆描繪出來。她覺得這是她下一幅畫成功的關鍵。她不斷的描了又擦——改變屋頂的斜度，窗的數目，門廊與門的大小——下定決心要定出房子的大小，填上所有的細節。

安眠藥沒有效，而她也無法再忍受另一個瞪視著黑暗的無眠的夜了，所以她便在城裡租下一間公寓。那是一棟棕石建築，位在一條安靜的街道，有濃蔭遮蔽。從此她便夜夜好眠了，所以她只有白天才會回到她那棟房子畫畫。她在面對海洋的房間享用午餐，晚餐則請費比思爲她打包裝籃，於黃昏時帶回她城裡的公寓。她沒有解釋自己採用這個療癒法的原因，而他沒有多問，她也毫不驚訝。

她繼續閱讀克蘿婷・瑞蒙提利亞的《海邊的房間》。她已經差不多讀完了英文版，但如今卻覺得尤斯卡拉語版又比先前更難理解了。她已經沒有太多精力可以揮霍了。克蘿婷花了很長的篇幅談論她的婚姻、她和她丈夫共享的書籍與音樂，以及他們兒子的出生——卡麗達・瑞蒙提利亞未來的父親。她也於書中稍稍提及了她所住的維多利亞式的大房子。卡門領悟到，它的地基應該也包括了目前這棟房子的工地，不過它應該有五倍大。書裡這棟四層樓的屋宇的建材是來自印第安納州的石灰岩。門與窗的飾條是橡木，而屋頂則是石板瓦。她在書中大略描述了屋內裝潢的各樣細節——這是他們家族生活的背景。家人在裡頭出生、死亡、生病、戀愛、享受美食美酒、坐在玻璃房裡凝望著星空，而夜裡，則躺在床上諦聽浪潮有節奏的輕柔拍打聲。家裡的成員——男人、女人，以及小孩——成天就是游泳以及釣魚還有沿著海岸散著慢慢長步。這是一棟算是滿新的房子，蓋得好，空氣流通，陽光充足，而且是不斷的在擴建，卡門讀到這裡，背脊還眞有點發涼。瑞蒙提利亞家族好像有著無可救藥的翻修癖，他們會添加新的廂房，打掉牆面，重新設計房間，換用新的家具。

卡麗達曾經告訴卡門說，很不可思議的是，書裡的這棟房子並沒有留下任何照片、圖畫、素描，或者其他以影像證明它存在的東西。書房的一次大火，毀掉了家族相簿、財務記錄，以及一個收納了屋子設計圖和構造圖的檔案櫃。卡麗達曾到郡公所的檔案室詢問過有沒有副本，但卻一無所獲。

有一天午後，卡門發現尤斯卡拉語版的書裡的一七八和一七九頁之間夾著一張發黃的照片。正是這棟房子呢。整個瑞蒙提利亞家族的人於一個下雪的聖誕節早晨排排站在屋前。由於當時下著雪，而照片又湮得灰黃，所以他們的臉已經很難辨認了。屋子最突出的特色便是一對有著三百六十度視野窗戶的塔樓，一個瞭望台，還有一對雕在大門兩旁石灰岩上的露脊鯨了。

說來，這張照片便是這棟房子留存下來唯一明確的影像了，而《海邊的房間》裡一系列簡短且片段的描述則是爲這影像添了枝葉。

此外，卡門的素描本裡也有幾張它的圖像，因爲她一直想要畫下來的，便是這棟維多利亞式的屋子。

8

克蘿婷在書裡的最後一章，開始以記述事實的語調敘述起一個古老的巴斯克傳說：他們家族是「失去的大陸亞特蘭提斯」之居民的後代。傳說亞特蘭提斯是被一場神秘的大災變毀掉的（也許是地震或者火山爆發），並沉入了大西洋的海底。而它的最後一個國王則是嘎德斯（Gades），他建造了位於西班牙南端海岸上古老的卡德斯城（Cadis）——國王以自己的名字為此城命名。亞特蘭提斯僅有的少數生還者被海浪沖到了這座城市，他們往北行進，在庇里牛斯山的高處定居下來，選擇的地方是盡可能離海遠些，而且她也為這個故事添加了她個人的詮釋：生還者當中曾經差點溺斃的那幾位，變形成了兩棲生物，並被迫留在後頭；為了活下去，他們必須待在近海之處，於是他們便成了漁夫，沿著海岸豎起支柱，搭建了懸空的屋宇。他們每天都必須有至少八小時的時間待在海裡——不是在海灘邊游泳，便是游到遠離海岸之處（不能搭船）。

克蘿婷的丈夫和他的父親與祖父一樣，繼承了龐大的捕魚船隊。等到他接管公司時，他們旗下已經擁有二十四艘船了。船隊其實早在他的曾祖父時便組成了，而這個曾祖父自己便是水手世家出身的：他們最早的先祖是過著純樸簡約生活的漁民——也就是從亞特蘭提斯越洋來此定居的那些生還者。

9

在她試圖跟蹤他的幾個禮拜之後，費比思在餐廳的長桌旁服侍卡門享用午餐。他準備了比平常都要豐盛的正餐，而且全是海鮮，其中包括了鮟鱇魚湯、海菜沙拉、檸檬醃章魚，還有塞了蟹肉和扇貝的烏賊。卡門以葡萄酒搭配美食，一邊閱讀著《海邊的房間》。她比較了兩種語言的版本，發現英文版的最後一章至少有三頁被撕掉了。

她看得非常專心，兩本書輪流翻閱，一邊還查看字典，所以她都沒注意到費比思已經端出了一盤塞著山羊乳酪的杏桃，以及一瓶葡萄酒。他就站在長桌的另一頭盯著她看。她看到他穿著一套雙排釦的藍色西裝，搭配著藍色襯衫，以及淡藍色的領帶，而不是通常的一身白，不由大感驚訝。

「謝謝，」她說。「好美味的一餐。」

「我能坐下來嗎？」

他再一次讓她感到驚訝，不是因爲這是他頭一回想要和她同桌共餐，而是因爲他是以英文發問的。

「當然，」她說。

他放下酒杯和酒瓶，拉了把椅子坐下來。「這是我們屋子裡最陳的葡萄酒了。福斯帝諾雷歐嘉紅酒。」他再次斟滿她的杯子，然後也爲自己斟了一杯。

「你講英文呢，」她說。從他口中說出來的英文聽來很怪。

「我從來沒說我不會英文。我只是說，我講的語言種類已經夠多了。我得跟你談一談。」他的雙手放在桌上交疊起來。「我看你已經快要讀完這本書了吧。」

「沒錯。」

「想來你已經注意到，這兩個版本的頁數其實差不多，不過最後一章就不一樣了。你想知道原因嗎？」

「我正在跟原文版奮戰呢。」

「我可以幫你省點力氣，而且還可以補充幾件你應該要曉得的事。你已經讀到她說的巴斯克人的起源了吧。」

「你相信她的說法嗎？」

「當然相信。英文譯者省略了不少內容。由於她自己也是巴斯克人，所以也跟我們其他人一樣有所隱瞞。我們都不希望讓長久以來謹守的秘密曝光。」

「所以你也是巴斯克人囉。」

「我剛來這兒的時候，並不曉得。不過如今回顧起自己的一生，我才發現其實我早該想到的。我的父親不會說尤斯卡拉語。他是在瑪拉加長大的，離巴斯克區很遠，不過他的確就是巴斯克人。他不知道自己的身世，是因爲他是孤兒，從小就被一對西班牙夫婦收養了。我後來發現他的親生父母是死在一場大火裡——在冬諾斯帝亞，也就是西班牙人所稱的聖西巴斯提安城。」

「那位譯者省略掉的內容是什麼呢？」

「某些巴斯克人會死兩次。」

「什麼？」

「那些定居在海岸邊的巴斯克人的後代都是兩棲人——就像克蘿婷所說的一樣。他們在放棄了此生的地上生活之後，就會變成完全的水棲生物了——時間長達一年——然後他們才會眞正消失。變身的日子將到以前，他們心裡會知道，也會預做準備。他們可以再活一年——前提是完全只能過水上生活，而不只是一天八小時而已。」

卡門瞪眼看他。

「你不相信嗎？」費比思問道。

「我不確定。」

「你的曾祖母在書裡很詳細的描寫了這個過程，而她自己也親身走了一遭，」他頓了一下。「你的母親也一樣。」

「你說什麼？」

「你的母親並沒有溺斃，也沒有火化。」

「所以你那時是跟我撒謊了。」

「應她的要求。」

「那就是她撒謊了。」

「在你趕來這兒參加喪禮以前，她已經藉由水路離開這兒了。」

卡門把書推開，身體湊向了他。「那是一年多以前的事了。」

「沒錯，所以現在她是眞的不在了。很抱歉，講這些嚇到你了。我本來是打算選個比較恰當的時機才說的。」

「意思是什麼時候呢？」

「哪一天我們一起駕著帆船出海的時候，」他的語氣平和。「不過現在我也沒別的選擇了，因爲已經到了我得爲自己預做準備的時候了。我今天就要離開。」

「說走就走嗎？」

「通常都是這麼突然，只有極少數的人會有比較充裕的時間。我已經活了一百年，我還可以再活一年。」

「你應該是六十七吧。」

他笑一笑。「相信我，我在塵世的日子比這還要久。你的家人對我一直很好，不過現在我得回到我們最初的來處了。」

「巴斯克區嗎？」

「不，在那之前，在卡德斯之前，」他頓一下。「你聽懂了嗎？」

「我知道你在說什麼，可是我不懂。」

「我句句都是實話。」

卡門喝了些酒。「意思是我也會面臨同樣的事，你就是在告訴我這個。」

他點點頭。「不過那會是很久很久以後的事了。」

10

那就是費比思最後的告別，卡門從此以後再也沒有見過他。

幾小時以後，她發現他的海上獨木舟不見了。他把他的鑰匙放在廚房的流理台上：好幾把家用鑰匙，以及一把很大的黃銅鑰匙，上頭浮雕了一把三齒魚叉。廚房很整潔，他的圍裙就掛在勾子上，不過他兩個姐姐的照片已經不在了。

卡門攥著他的鑰匙，穿過費比思通常使用的那扇門離開廚房。她走下她先前見過的那兩條短廊，不過這一回她沒有迷路，而是踏上了一條燈火通明的長廊。這兒沒什麼特別的：牆面是白的，上頭掛著藍色的壁燈，天花板也是藍色。她經過一個又一個房間，它們白色的門都是來自沉沒的郵輪莎賓娜。在這道走廊的底端立著一道藍色的門，上頭嵌了個黃銅鎖。這一回，她是毫不費功夫就走到了。

她敲了兩次門，不過她曉得費比思已經走了。她打開門鎖，走進一間龐大、環形的藍色房間，這裡聞起來有海的味道。房間的圓形窗感覺很像舷窗，但又更大。窗戶全都面向海。床上已經空無一物，整個房間空蕩蕩的，書桌是空的，衣櫃和壁櫥也是空的。浴室很大，鋪著藍與白的磁磚，搭配著黃銅色的金屬配件。洗臉盆、馬桶和淋浴間都是白色的，不過眞正吸引卡門的還是裡頭的環形浴缸：新近才放掉水，裡頭深藍色的磁磚還很潮濕。七呎深，直徑十五呎，看來比較像是游泳池，而不是浴缸。在這兒，你可以很輕易的沉入水中，或者漂浮好幾個鐘頭。八個鐘頭吧，她想著，因爲如果天候惡劣，或者工作不允許他外出的話，他就無法待在海裡了。

卡門已經把她大部分的東西都搬到城裡的公寓了。當天晚上，她把其餘的東西也打了包，包括她的畫布和油彩，還有她的書。走過房門面海的房間時，她發現那扇門已經關上了。她熄掉所有的燈，把屋子上了鎖，然後走上石板小徑。

當她越過肩頭回望時，她看到的並不是她才剛離開的屋子，而是湮黃照片上的那棟大房子，是她素描本裡的那一棟：窗戶亮著燈火，屋後的海是一大片亮藍。她凝神注視了好一會兒，才走進森林。她沒有再回頭看了，而且也沒有再回到那個地方。

麥可・康納利（Michael Connelly）

寫過二十八本小說，其中多本都是以洛杉磯警局的警探哈瑞・鮑許為主角。他目前住在佛羅里達和加州兩地。他頭一次在芝加哥美術館看到愛德華・霍普的《夜遊者》時，他正著手寫他的第一本鮑許警探系列的小說，也因此得到靈感，而將這幅畫寫進了小說的結尾。

Nighthawks, 1942

33 1/8 X 60 in. (84.1 X 152.4 cm). Friends of American Art Collection, 1942.51, The Art Institute of Chicago

夜遊者（譯註：原文Nighthawks照字面翻是夜鷹，意思是夜貓子）

鮑許眞不曉得這兒的人是怎麼受得了這種天氣的，感覺像是從大湖吹來的冷風都要把他眼窩裡的眼珠子給凍僵了。他來這兒的任務是要監視人，行前卻毫無心理準備。他穿了好幾層衣服，但最上層卻只是一件鏈了襯裡的軍用風衣而已——就算給一隻西伯利亞的哈士奇穿上了，只怕也沒法幫牠保暖吧。鮑許一向不愛自怨自艾，不過此刻他卻免不了想著：我已經是一把沒用的老骨頭了。

他監視的對象走上了華巴許大道，然後往南轉往密西根大道，而此刻她則是沿著葛蘭特公園直行而下。鮑許知道她的目的地，是因爲前一天她在上班的書店午休時，也是沿著這條路線走的。到了美術館時，她拿出她的會員證，所以很快就可以入館了，而鮑許則得排隊等著買門票。不過他倒不擔心會把她給跟丟了——他知道她會去哪兒。他並沒有勞神寄放風衣，因爲他簡直就要凍僵了，何況他知道在美術館裡頂多只會待一個小時——女孩還得回書店上班。

他快速穿過一間間展示廳，走捷徑抵達了霍普的常態展。她就坐在裡頭唯一一張長板凳上。她已經拿出筆記本和鉛筆，開始工作了。前一天他還眞有點驚訝，因爲她雖然不斷的抬起眼睛研究畫作，但卻沒在本子裡畫素描。她是在寫東西。

鮑許猜想，霍普的這張畫應該是美術館的鎮館之寶吧。很多人就是專程來看它的，而且常會不經意的站在她前方，擋住她的視線。她從來沒有清個喉嚨提醒他們。她從來沒有說過什麼。她有時候會往左或者往右歪個身，好避過某個擋住視線的人。鮑許覺得他好像看到了她嘴角一抹淡淡的微笑，彷彿她還挺高興可以從一個嶄新的角度來看畫。

長凳子這會兒擠來了四名日本觀光客，就坐在她旁邊。他們看來像是高中生，特地過來研究大師最有名的畫作。鮑許站在展示廳的另一頭，就在監視對象的背後，免得被她注意到。他搓揉著雙手，想搓進些許溫暖到手裡。他的關節因爲剛才在刺骨的嚴寒裡走了九條街來到美術館，而隱隱作痛。先前在書店附近，由於找不到室內的空間可以有個好的視角盯看書店的前門，所以他只好跑到一家修車廠的門口旁邊晃蕩，等著她於午休時間出來。

鮑許看到一個學生起身了，板凳的另一頭這就空出了一個位置。他朝空位移行，然後坐下來，他和監視對象之間還有三個學生可以當擋箭牌。他沒有往前傾身，免得被發現，只是低著頭斜眼瞥向板凳的另一頭，希望可以看見她在筆記本裡寫了什麼。不過由於她是用左手寫字，所以他的視線給擋到了。

有那麼一會兒，前方聚集的群衆散開了，露出了畫作，所以他便抬眼看過去。他的視線給畫中單獨坐在櫃臺邊的男人吸引住了——他面對的是畫中的陰影。櫃臺他的斜對面，坐著一對男女。他們看來好像很無聊。單獨坐著的男人沒有理會他們。

「Iku jikan（日文：時間到了）。」

鮑許的視線移開了畫作。一名年長的日本婦女正不耐煩的對著板凳上的學生招手。該走了。兩個女孩和一個男孩站起身，匆匆走出展示廳，加入班上其他同學的行列。他們可以跟大師傑作共處的五分鐘時間已經過了。

這一來，板凳上就只剩下鮑許自己和他監視的對象了，而且兩人之間只隔著四呎的距離。鮑許這才想到，坐在這兒是犯了策略上的錯誤。如果她的視線移開畫作和筆記本的話，她就可以很清楚的看到他的臉。如果明天再跟一次的話，她也許會認出他來。

不過他並沒有馬上移開，因爲擔心會引起她的注意。他決定再等個兩分鐘，然後起身。他會扭頭快步離開，免得她看見他的臉。總之，目前她好像並沒有注意到他的存在，所以他便又回頭看起畫來。他心想，不知畫家爲何決定要從室外的角度，展現餐廳的內部呢？他是立在夜晚的暗影中作畫的。

沒想到她開口了。

「很棒，對吧？」她問。

「抱歉？」鮑許回問。

「我是在說這張畫。好棒啊它。」

「大家都是這麼說的，嗄。」

「你是哪一位？」

鮑許僵住了。

「什麼意思？」他問。

「你會認同他們當中的哪一個？」她說。「畫裡頭有個獨行俠、有一對好像不太喜歡在那兒的男跟女，還有個在櫃臺後頭工作的男人。你是哪一個？」

鮑許把視線從她身上移到畫上。

「這我不確定，」他答道。「你呢？」

「絕對是獨行俠，」她說。「那個女人看來好無聊，她在檢查自己的指甲呢。我從來都不無聊，我認同獨行俠。」

鮑許凝視著畫。

「嗳，我也是吧，我想，」他說。

「你覺得背後的故事是什麼？」她問。

「嗄，他們嗎？你怎的會覺得有個故事呢？」

「一定都有故事的，畫畫就是在講故事。你知道爲什麼這幅畫取名叫Nighthawks（夜遊者／夜鷹）嗎？」

「不，不太清楚。」

「嗯，夜晚的部分很明顯了，還有就是得瞧瞧女人旁邊那個男人的鼻子了。」

鮑許照辦了。這是他頭一次注意到這點：男人的鼻子跟鳥嘴一樣又尖又彎，確實是有鷹鉤鼻的感覺。嗯，夜遊者／夜鷹。

「我懂了，」他說。

他笑起來點點頭，他學到了東西。

「可是你瞧瞧那光線吧，」她說。「畫裡所有的光都是從咖啡館裡頭打出來的。是店裡的燈光把他們吸引進去的。這畫很清楚的是在展示光與暗，陰與陽。」

「我原以爲你是畫家，不過我看你是在筆記本裡頭寫字，不是畫畫。」

「我不是畫家，我愛講故事。算是作家，我希望。有一天吧。」

他知道她只有二十三歲，這年紀恐怕還太小，不足以寫出什麼有份量的作品來。

「所以你是作家囉，不過你是來這兒看畫的，」他說。

「我是來找靈感的，」她說。「我覺得我可以寫上一百萬字來講這幅畫呢。我有問題的時候，就來這兒；然後問題就解決了。」

「什麼樣的問題？」

「寫作就是要講出下一步又會發生什麼事。偶爾我的腦子會堵到，所以我就來這兒，看看類似這樣的東西。」

她擎起空出來的手，指著畫，然後點個頭。問題解決了。

鮑許也點點頭。他覺得他可以了解靈感這回事：靈感可以在不同的領域之間跑來跑去，你可以在某個專業領域裡獲取靈感，然後用在好像全然不相干的地方。他一直都覺得自己悉心研究薩克斯風的音色，有助於他成爲更好的偵探。他不太確定原因何在，他恐怕無法解釋這其中的奧妙——不管是對自己還是對別人。不過他知道，聽了法蘭克．摩根彈奏的〈搖籃曲〉，確實是可以讓他的工作表現更優秀。

鮑許朝她腿上的筆記本點點頭。

「你是在寫這幅畫嗎？」他問。

「其實不是，」她說。「我正在構思一本小說。我常來這兒，是希望畫裡有個什麼可以沾染到我身上來。」

她笑起來。

「我知道，聽起來很可笑，」她說。

「其實不會，」鮑許說。「我懂。你的小說是在講一匹孤狼嗎？」

「沒錯，就是這樣。」

「以你自己爲藍本？」

「有時候。」

鮑許點點頭。他喜歡跟她講話——雖然這就破壞行規了。

「我說了我的故事，」她道。「那你又是怎麼會來這兒呢？」

這話嚇到他了。

「我爲什麼來這裡？」他問，意思是要拖時間。「就爲這幅畫啊，我想親自過來看一看。」

「需要連著兩天來嗎？」她問。

鮑許愣住了。她笑起來，指指她的眼睛。

「大家都說，好的作家都懂得觀察，」她說。「昨天我也在這兒看到你。」

鮑許難爲情的點點頭。

「我注意到你好冷，」她說。「你的風衣……你不是這裡人，對吧？」

「不，不算是，」鮑許說。「我來自洛杉磯。」

他一邊說，一邊盯著她看。他的話跟美術館外頭的寒風一樣刺骨。

「請問你是誰啊？」她問。「這是怎麼回事？」

鮑許在前廳等了二十分鐘以後，葛里芬的保鏢才把他領到辦公室去。葛里芬坐在一張龐大的桃花心木貼面的書桌後頭，也就是鮑許頭一次跟他會面時他坐的地方。

鮑許透過他右手邊拉開了窗簾的窗戶，可以看到游泳池平靜的水面。葛里芬穿著一套長袖的高領運動服。他的臉看來紅咚咚的，應該是做了對他來說算是運動的不管什麼吧。

「抱歉讓你久等了，鮑許，」他說。「我剛在健身房練划船。」

鮑許只是頷個首。葛里芬指著他書桌前頭的一張椅子。

「請坐，」他說。「告訴我你發現了什麼。」

鮑許還是站著。

「我不會花你太久的時間，」他說。「你提供的線索不能用。我去了芝加哥，不過那人不是她。」

葛里芬往後靠坐，意思是要消化鮑許講的話。他有錢有權，而且很不習慣被人告知他交辦的事沒成。雷吉諾．葛里芬沒有辦不成的事，他擔任製片的電影有三部得了奧斯卡金像獎。

「你跟她講了話沒？」他問。

「嗳，」鮑許說。「講了滿久。而且她和她的室友出門上班的時候，我也搜了她的公寓。我沒找到什麼可以證明她在隱瞞她真正身分的證據，那人不是她。」

「你搞錯了，鮑許。就是她沒錯，這我清楚得很。」

「她是八年前逃家的。時間都那麼久了，人是會變的──尤其那種年齡的孩子。那張照片沒拍好。」

「照說你應該是專家，鮑許，有人大力推薦你。沒想到我找錯人了，也許我該另請高明。」

「不用費事了，你需要的是遺傳學家。」

「你這話什麼意思？」

鮑許的手一直插在外套口袋裡。從芝加哥回來以後，他已經把風衣的襯裡抽掉了，可是聖嬰現象帶來的下雨模式卻還是在天使之城（譯註：意指洛杉磯）作怪，所以這件風衣他仍然無法離身。風衣雖然沒能幫他在芝加哥保暖，不過至少它可以幫他在洛杉磯保乾——只是這款風衣確實是給了他一副老掉牙的偵探造型。他的女兒就這麼提醒過他，但至少他還不至於戴頂軟呢帽來搭。

他從風衣左邊的口袋掏出一只塑膠袋。他往前傾身，把東西放在書桌上。

「DNA樣本，」他說。「這是我搜她公寓的時候，從她的梳子拿下來的頭髮。找家檢驗室抽取裡頭的DNA，然後跟你的比一比。這一來你就會有科學證據，說明一切了。沒什麼好懷疑的，她的確不是你的女兒。」

葛里芬一把抓住袋子，看了看。

「你說她有個室友，」他說。「媽的你怎麼知道這不是那個人的頭髮呢？」

「因爲她的室友是非洲裔美國人，而且那人是男的，」鮑許說。「隨便哪家檢驗室都可以告訴你，這個袋子的內容物是來自一名白人女性。」

鮑許把手插回口袋。他想離開這裡。他知道起先其實根本就不該接這案子的。葛里芬的女兒坐在〈夜遊者〉前面的板凳上跟他講的那些故事彷如當頭棒喝，讓他醒悟到，他在接案以前應該要先調查雇主的背景才行。活到老，學到老。私探這門行業，鮑許是新近才加入的。他離開洛杉磯警局還不到一年。

葛里芬把塑膠袋從桌面的另一頭拉了過去，放進抽屜裡。

「我會找人檢驗，」他說。「不過我希望你能繼續幫我。你應該還有別的點子吧，畢竟尋找失蹤多年的人口，你有過那麼多經驗了。」

鮑許搖搖頭。

「你是雇我到芝加哥去，你是要我找照片裡的人，」鮑許說。「我照辦了，不過現在已經查明了照片拍到的不是她。我對接下來的事已經沒興趣了。何況如果你的女兒想要讓你知道她的下落的話，她自然會主動跟你聯絡。」

葛里芬好像動怒了——也許是因爲鮑許拒絕他，也許是因爲鮑許說了他該默默等著女兒主動來找他。

「鮑許，這事還沒了結喔。我要你繼續查案。」

「要找人查案再簡單不過，只要翻翻電話簿就行了。我們的關係沒有必要繼續下去了。我跟你，老實說，已經沒什麼好談了。」

鮑許扭頭面向辦公室的門，葛里芬的保鏢就站在那裡。他正越過鮑許的肩頭看著他的老闆，等著他打個手勢或者口頭指示他該怎麼做。讓鮑許離開，或者擋著不讓他走。

「讓他去吧，」葛里芬說。「這人已經沒用處了——怪不得他打開頭就要我先付現。她點到他的死穴了。我知道照片裡的就是她，可是她制住他了。」

保鏢打開辦公室的門，然後站到一旁，讓鮑許出去。

「鮑許！」葛里芬叫道。

鮑許正要穿門而過。他停下腳，轉過頭，準備正面迎向葛里芬最後一波的謾罵。

「她跟你提了茂宜島的事（譯註：Maui是夏威夷的觀光勝地），對吧？」葛里芬問道。

「我不知道你在說什麼，」鮑許道。「我跟你講了，那人不是你的女兒。」

「當時我是他媽的喝醉了，之後就再也沒有過第二次。」

鮑許等著他說下文，不過顯然沒下文了。他轉過身，走出門口。

「我自己出去就好，」他對保鏢說。

門在他身後關上，鮑許一路穿越屋子走到前門時，保鏢都在後頭跟著。有那麼一下子，他聽到葛里芬又在他關了門的辦公間裡頭大聲嚷嚷。

「當時我喝醉了！」

這也可以叫做藉口麼，鮑許想著。

出了屋子以後，鮑許踏上他的車，駛離了葛里芬的領地。他希望自己老舊的Cherokee吉普車有在他們的石板車道上頭滴些油。

等他開到離葛里芬的領地有幾條街之遠後，他把車子停在路沿，然後拿起插在座間杯架裡的發燒業務手機（譯註：原文為burner，有一定使用期限，為業務專用手機，滿期後手機號碼自動註銷，不會洩漏使用者的隱私）。他以快速鍵撥打了一個設定的號碼。

鈴響三下以後，有人接了。

「喂？」是個年輕女人的聲音。

「是我，」鮑許說。「我剛離開了你父親的房子。」

「他相信你的說法嗎？」

「應該是不信，不過很難講。頭髮他拿了，說是會找人檢驗。果真這樣的話，他也許會信。」

「而且結果不會追查到你女兒身上？」

「不會，她的ＤＮＡ從來沒給列入記錄裡。檢驗結果會是『不符』。希望他能就此罷手。」

「我得再搬家了，不能冒險。」

「很明智。」

「他有提到茂宜島嗎？」

「有啊，就在我要走的時候。」

「他的說法跟我一樣嗎？」

「他沒給個說法，不過單是他提起來，我就很確定你說的是事實了。我早知道我做得沒錯。」

沉默片刻以後，她才又開口了。

「謝謝。」

「不，該說謝的是我。照片的事你想到原因了嗎？」

「嗯，我想到了。那是有一次我們書店爲推理作家大衛・萊利舉辦簽書會時，我無意間被拍到的照片。後來萊利簽的那本書的電影版權，被我父親的製片公司買走了，不過我並不曉得這件事。我父親的公司會蒐集媒體裡有關他們製作的影片還有智慧財的相關報導，以便規畫行銷策略。好死不死，我竟然就出現在簽書會那張照片的背景裡——父親會看到，應該是因爲他查閱了有關《死亡陷阱》的新聞剪報吧。」

這話鮑許想了想，是說得通。簽書會上的一張照片，給了父親追查逃家女兒下落的線索。葛里芬當初提供照片給鮑許，說是要雇他找人時，並沒有告訴他照片的來源。

「安琪拉，」鮑許說。「這樣說來，我覺得你可能也得換個工作才行。搬家還不夠，最好是能搬到別的城市去。」

「好吧，」她靜靜的說。「你說的對，只是我實在太喜歡這裡了。」

「找個溫暖一點的地方啊，」鮑許說。「比方說邁阿密。」

他在搞笑，不過她沒反應。他只聽到一片沉默：安琪拉正在考慮得要搬家，以免父親找到她。

沉默間，鮑許的腦中突然閃現了畫作的影像。獨自坐在櫃臺邊的男人。不知道夜遊者的生活安琪拉可以撐多久——不斷的搬往另一個城市，永遠都得獨自一人坐在櫃臺邊。

「聽著，」他說。「這個手機我不打算丟，好嗎？我知道我們說好了不再聯絡，不過我不打算照著計畫走。你隨時都可以打電話給我，好嗎？如果你需要幫忙，或者只是想找人講講話，都可以叩我——隨時。好嗎？」

「嗯，」她說。「那這個手機我也留著吧。你要叩我也可以。」

鮑許點點頭——雖然她其實看不到。

「我會跟你聯絡的，」他說。「保重了。」

他結束談話，把發燒手機塞進他風衣的口袋裡。他看了看後視鏡，等著後頭的車子一輛輛開走，然後駛離了路沿。他好餓，眞想吃點什麼。他又想到了那個獨自坐在櫃臺邊的男人。

我就是那個人，他開著車，一邊這麼想著。

傑佛瑞・迪佛（Jeffery Deaver）

曾經當過記者、民謠歌手，以及律師。他是國際知名的暢銷書作家，作品已被翻譯為二十五種語言，銷售於一百五十個國家。

迄今他已出版了三十七本小說，三本短篇小說集，以及一本非小說類的法律專書，另外，他也曾為一張西部鄉村音樂的唱片作詞。

他寫的《少女墳場》曾被改編為HBO電影，由詹姆斯・嘉納主演，而他的小說《人骨拼圖》則於一九九九年被環球影業翻拍成電影，由丹佐・華盛頓飾演癱瘓的警探林肯・萊姆（Lincoln Rhyme），安潔莉娜・裘莉飾演他的女助手愛蜜莉亞・薩克斯（Amelia Sachs）。

迪佛的父親是一位知名畫家，他的妹妹茱莉則致力於耕耘青少年小說園地。迪佛多年前曾嘗試以手指作畫。不幸的是，大師的畫作早已蹤跡杳然，這是因為當年母親大人一聲令下，他只好將所有的畫作都從他臥室的牆壁刷除掉了。

Hotel by a Railroad, 1952

31 1/4 X40 1/8 in. (79.4 X 101.9 cm). Hirshhorn Museum and Sculpture Garden, Smithsonian Institution; Gift of the Joseph H. Hirshhorn Foundation, 1966. Photography by Lee Stalsworth

三十二年啊，這是無論多少財富都換不來的。在偉大的衛國之戰中（譯註：意指第二次世界大戰中蘇聯對抗德國之戰），我隸屬於六十二兵團的第十三來福槍營隊（我們的座右銘爲奮勇向前，絕不讓步！噢，這八個字我們確實是恪守無誤啊！）。而於史達林格勒攻防戰中，我很榮幸的是在瓦西里．祖伊柯夫將軍的麾下作戰，而當時您所率領的部隊則是於天王星行動中，擊垮了德軍的羅馬尼亞側翼，並包圍了德軍的第八兵團（而他們於僅僅幾個月後便宣告投降，這是我們偉大的祖國日後戰勝納粹德國的重要關鍵）。我本身曾在保衛史達林格勒的血腥戰役中受傷多次，雖然傷痕累累痛苦不堪，但仍持續奮戰。國家褒揚我的貢獻，曾贈與我三等寶格登．克民寧斯基勳章，以及二等光榮勳章。而且當然，我所屬的兵團以及將軍同志您所率領的兵團，都榮獲了列寧勳章。

大戰結束後，我仍然留在軍中，並加入了蘇維埃軍事情報總局，這是因爲高層認爲我有蒐集情報的專才。我曾告發過多名軍人，指控他們對軍隊、對革命理念的忠誠度似乎不夠。而我所告發的每一個人最後也都認罪，並被判有罪，其中有的是判死刑，有的是送去勞改。我在情報局裡的紀錄輝煌，很少人能比得過。

我經營了好幾個間諜網，成功的阻擋了西方國家滲透我們偉大祖國的企圖。而我也是透過情報局的推薦，才晉升到我目前的上校位階。

一九五一年三月，我奉派要去保護一名重要人士，他在我們偉大祖國對抗西方帝國主義的計畫當中，扮演了相當關鍵性的角色。

我所指涉的這名人士便是前德國科學家海利希・迪特，當年他是四十七歲。

迪特同志出生於德國魏森費爾斯城的奧柏內撒區，他的父親是數學教授，母親則在他父親任教之大學附近的一家寄宿學校擔任理科老師。迪特同志有一個小他三歲的弟弟。迪特同志曾在哈雷—維騰貝格馬丁路德大學主修物理，他於該校取得理工學位以後，又從奧地利英斯伯格的李波德・法蘭茲大學取得物理碩士的學位。不久後，他在柏林大學完成了物理博士的論文——他專研的領域是α粒子壓縮離子化。是的，將軍同志，我跟您一樣對這門深奧的學科也不熟悉，然而他專攻的領域卻是關係重大。這點容我稍後再做進一步的說明。

他在校時，曾加入社會民主黨的學生黨部以及社民黨所組成的準軍事社團，但不久之後，他便離開了這兩個組織，這是因為他對政治興趣不大，寧可在教室或實驗室裡進行研習。據稱他有部分猶太血統，因此無法加入納粹黨，不過由於他沒有政治傾向，而且也未公開信奉猶太教，所以他還是得以保留他的教職以及研究工作。而納粹對他特別寬容，主要應該還是因為他才華洋溢。亞伯特・愛因斯坦本人就曾說過，迪特同志是不世出的奇才，也是少數科學家中，可以同時領會物理學的理論與實際層面的人。

迪特家族漸漸察覺到，像他們這樣具有猶太血統的知識分子如果繼續待在德國的話，很可能會有生命危險，所以他們便有了移民的打算。迪特的父母和弟弟（及其家人）順利的離開柏林到了英國，然後又轉往美國，然而迪特同志由於研究計畫尚未完成而延遲了他的行程。他在預計要離開柏林的前夕，被蓋世太保攔下了，這是因爲他的一位教授寫了推薦函，建議強行徵召他協助德國對外抗戰。由於他的研究領域如前面所提與α粒子相關，迪特同志接到指令需得協助國家發展本世紀最重要的戰爭武器：原子彈。

他服務的單位隸屬於德國第二核子武器計畫（納粹所主導的鈾元素研究計畫）——這是由軍械部，以及附屬於教育部底下的研發處所共同規畫執行的。迪特同志貢獻斐然，然而由於他的猶太背景，他的官位和薪水都沒有顯著的晉升。

我們偉大的祖國於衛國之戰戰勝納粹之後，由國家安全總局所主導的阿爾索計畫（譯註：負責探查德國於二次大戰中的科學研究計畫與成果）當中，有個派駐在德國的官員舉薦了迪特同志，說他是敵方核武計畫的重要科學家成員。其後，迪特同志在與我方的安全人員經過反覆討論之後，終於達成了令人振奮的結論：他決定志願前來蘇聯，爲我們偉大祖國的原子彈研究計畫效力。他鄭重聲明，他認爲能夠協助我方對抗西方國家入侵，並防堵他們將罪惡的資本主義霸權及墮落的惡習散播到整個歐洲、亞洲，以及世界各地，是他畢生最大的榮耀。

迪特同志立即被送往蘇聯，並展開了他的再教育與訓練課程。他成爲一名共產黨員，學會講俄文，也逐漸了解到一九一七年俄國共產革命的血淚史，以及普羅階級的偉大價值。他熱烈的擁抱我們偉大祖國的文化以及人民。而在這段過渡期結束之後，他便立刻奉派至赫赫有名的實驗物理科學研究院工作。該院所位於本國最優秀的保密行政區：薩羅夫（譯註：保密行政區是蘇聯的一種特別行政區規畫，目前俄羅斯境內還有四十二個。這些行政區是軍事工業的科研、生產所在地，在地圖上不標示，也不對外界公開），而我，便是被派駐此地，負責保護他的情報員。

我花了許多時間與迪特同志共處，所以可以很負責任的說，他是全心投入工作，而且貢獻良多。他其中的一項成就便是協助研發我們偉大祖國的第一顆氫彈——也許您還記得，將軍同志，那是去年八月才引爆的；而那場核彈測試所用的RDS—6則是威力高達四十萬噸TNT炸藥的熱能核彈。目前，迪特同志的團隊又開始致力於製造一枚威力高達百萬噸等級的可裂變裝置——與美國人所研發的一樣（不過眾所周知，他們的武器從各方面來說，都比不上蘇聯製造）。

和大多數來自國外、且為我方國防大業戮力貢獻的科學家一樣，迪特同志也是在我方嚴密的監控之下。我有一個任務是要將他對我們偉大祖國的忠誠度予以評分，並將我的判斷交予所有相關的部會參考。在我細心謹慎的觀察之後，我確信他是百分之百的擁抱我們的理念，而他的忠心不二更是毋庸置疑。

以下請聽我舉幾個例子。如我先前所說，他有部分的猶太血統，而他也知道我曾舉發住在保密行政區薩羅夫的幾名男女，指證他們有不合於革命理念以及反動的言論與行為，而巧合的是，他們每一個都剛好就是猶太人。我詢問迪特同志，我採取的行動是否讓他感到困擾；他搖頭保證絕對不會。他表示，如果有任何人（就算是朋友或家人，無論是猶太人或外邦人），只要他們展現出一絲絲反革命理想的傾向，他都會斷然採取和我一樣的反擊。為了證明我對大衛的子孫（譯註：意指猶太人）並無任何惡意，我解釋說，中央委員會有個規畫是要一一清查出蘇聯境內的猶太人，好讓他們回歸到新成立的以色列國，而我擔任的便是清查工作。他得知這個訊息後，對我表示了欣慰之意。

迪特同志沒有結婚，所以我曾為他以及美麗的女人之間安排「巧遇」，目的是希望他能娶個俄羅斯本土的女人（結果雖然都未成功，不過他的確和她們當中的幾個交往過長短不等的時間）。這些女人，每一個都曾跟我詳細報告過他和她們之間的談話，就連在他覺得完全無須防衛、最最私密的時刻，迪特同志的雙唇都不曾吐露出任何不忠於國家的語言。

更有甚者，已有數不清多少次，我們於一同享用一瓶伏特加之時，他會聆聽我長篇大論的詳述馬克斯的唯物辯證主義，並唸誦一段又一段資本論中的篇章。由於他的俄文還未臻於完美，所以我也會選讀普拉達共黨官報裡，我們的最高領導人赫魯雪夫所發表的演講的片段記載。而他，總是表現出高度的興趣。

此外，他的忠誠也展現在他生活裡的另一面：他對藝術的熱愛。

他曾說，對繪畫與雕塑的熱愛，是他們家族裡行之久遠的傳統了。他的弟弟是上紐約州一所大學的藝術史教授，而那位弟弟的女兒——迪特同志的姪女——則是一名住在曼哈頓的畫家／舞者。在他終於取得黨部同意，可以和家人通信以後，他所有的信件都是先由我過目，以便確定其中沒有任何抨擊當局或者不忠於黨國的言論（信中當然更是不可以討論他的工作了）。他們信裡的主題，只能限定在他以及他的家人對藝術的熱愛。

他於信中描述了我們偉大祖國蓬勃發展的藝術，大力讚揚那些辛勤耕耘、致力於推展革命理想的蘇聯藝術家。他對家人提到自從列寧同志時代以來，最能代表我國文化的社會寫實主義畫風，並推崇有加。這些畫家的作品不只技巧精湛，而且也全力擁抱了我們偉大祖國的價值的四大基石：黨部爲上、意識形態爲上，無產階級爲上、眞理爲上。他寄給家人的，包括了一張由狄米崔・梅夫斯基所畫的俄羅斯農村景色的明信片，還有一張是福拉迪米爾・戈博（出身於著名的列賓美術學院）所繪的《沉思的農夫》，以及一張預告即將舉行的全國黨代表大會的海報（迪特同志本人也打算參與這次大會），而海報上印製的則是米托凡・葛列科夫所繪之振奮人心的《信號兵與旗手》——這部作品，不用說，自然是受到所有愛國的俄羅斯人的敬重了。

他的弟弟回函時所寄的，通常也是明信片或者小張海報。那上面所印的都是他認爲迪特同志可能會喜歡，也有可能拿來裝飾他住處的畫作。這些卡片連同信函，都是由蘇維埃軍事情報總局的技術部門先行過濾處理的，但我們並未在其中找到任何隱藏的訊息或者微縮影片等等——其實我本來就不覺得有這種可能。我關心的重點其實是在另一個層面，將軍同志，因為關心確實還是有其必要的。

說起來，想必您也知道美國中情局底下有個國際組織部門，這個狡詐的部門（我必須說，蘇維埃軍事情報總局便是頭一個發現他們詭計的單位）近年來企圖把藝術當成武器，將不知所云的、墮落的美國「抽象表現主義」繪畫推廣到全世界。像傑克森・波拉克、羅柏・馬哲威爾、威廉・德・庫寧以及馬克・羅斯科之流的畫家，以荒謬的手法不斷的污損畫布，所有的藝術行家想當然耳都會把他們的成品當成不敬的褻瀆吧。這些男人（以及偶爾冒出的女人），如果是在我國犯下這種放縱自我的罪行，肯定是要關進牢裡的。如今，中情局便是藉由他們旗下國際部門卑鄙的宣傳手法來對外宣稱，西方國家看重的是個人表達的自由與創造力，而我們偉大的祖國則是反其道而行。這個主張簡直是豈有此理。怎麼，就連美國總統哈瑞・杜魯門都對抽象表現主義頗有微詞呢，他曾說過：「如果這個叫做藝術的話，我就是王八。」

不過當我發現迪特同志的家人——以及他本人，很顯然——對這種不知所云的低劣成品也有反感時，我確實是如釋重負。他們寄給他的畫作以及素描都是寫實派作品（其中展示的是傳統的構圖與主題，和我國革命時期的作品非常神似），其中包括了美國畫家如弗雷德里克・雷明頓、喬治・英內斯，以及愛德華・霍普，還有一位則是義大利古典時期的畫家亞科波・維納利。

沒錯，寄給迪特同志的複製畫，確實就和支持我們偉大祖國的價值的政治宣傳藝術品一樣，有異曲同工之妙！舉兩個例子來說吧，傑羅姆．邁爾斯的畫作是描繪美國移民在紐約街頭辛苦求生，而德國畫家奧圖．狄克斯的作品則是嘲笑威瑪共和時期的頹廢與墮落。

如果世上有人對他所投奔的國度無比景仰的話，那就非迪特同志莫屬了。是的，我身為情報人員的直覺告訴我說，如果這位傑出人士涉及任何危險的話，問題絕對不是出在他的忠誠度，而是國外的情報員或者反革命分子企圖要謀害他，為的便是要在原子彈的領域裡打擊我們偉大的祖國。保護他免於受到這種傷害，是我人生唯一的目標；而我，也盡了全力執行任務。

此刻，我已交代好「背景」了，塔薩里基將軍同志，所以請容我開始講述今年十一月十號所發生的不幸事件吧。

迪特同志在黨內一向非常活躍。只要時間允許，他都會去參加黨代表大會以及各種集會，不過這些活動在薩羅夫這種保密行政區是很少見的，所以偶爾他也會遠行到俄羅斯較大的城市，或者蘇聯境內的其他共產國家，去參加這類活動。而其中的一次便是我先前提到的，那張印製了畫家葛列科夫畫作的海報所預告的全國黨代表大會——預定於今年十一月在柏林舉行。屆時，第一書記赫魯雪夫以及東德的行政院長奧圖．葛羅特渥，都會發表演講。這次大會將慶祝東德新近獲得的自治權，而且據稱他們兩人應該會宣布兩國即將展開同盟關係。我們偉大的祖國的每一個人都很想知道，這兩個先前敵對的國家將來的關係會是如何發展。

我爲這趟旅行備妥了各項安全事宜，也聯絡了內政部，以及新近成立的蘇聯秘密警察KGB。我想知道他們是否掌握有任何於大會中可能對蘇聯公民造成潛在威脅的資訊，尤其是關於迪特同志個人安危的情報。他們都回說沒有——沒有接獲類似這樣的情資。不過我還是全力戒備，以防萬一。但我並不是單獨負責守護責任，一名KGB維安官員尼可來．阿列索夫中尉，也與我們同行——我們兩個都將帶槍上陣。而且我們也會和赫赫有名的Stasi密切合作（我雖然不是東德秘密警察的粉絲，不過又有誰能否認他們冷血無情的效率呢）。

我們接獲的指示——來自蘇維埃軍事情報總局，以及我們偉大的祖國的國安部會首長——是要確保迪特同志的安全，不能讓他落入反革命分子或者外國情報員的手中，而且我們當然也得提防罪犯了，因爲東柏林是不法活動的溫床，該地吉普賽人（亦即居無定所之天主教徒與猶太人）所犯的各種罪行早就已經臭名遠播了。

我們也接獲了更進一步的指示說，如果西方特派員或者反革命分子企圖綁架迪特同志的話，我們必得確保「他不致於提供敵方任何關於核武計畫的機密資料」。

上級並未多加闡述，不過內中含意我們自然心知肚明。

我必須誠實的說，將軍同志：如果事情果眞發展到那種地步，我知道我一定會殺掉迪特同志，以免他落入我們偉大祖國的敵人手中——雖然心中的悵然是不能免的。

我們做好安排之後，便於大會開始的前一天，十一月九號，搭乘一架軍機到達華沙，然後又搭了火車抵達柏林。我們已經在該城的潘科區安排好住處，離順豪森宮殿不遠。由於大會要到隔天才會開始，我們三人便於晚間去看了一場芭蕾舞劇（柴可夫斯基的天鵝湖，表現尚可，然而還達不到莫斯科大劇院的標準）。觀賞過後，我們到一家法國餐廳用膳（大家還開玩笑說，對付西方國家其實用不上原子彈嘛，因為他們自動就會把自己吃到撐死！）。我們在旅館抽了菸，喝了白蘭地，然後便各自回到房間就寢。阿列索夫同志和我輪流值班，看守迪特同志的房門。Stasi已經清查過整棟旅館確保安全，並向我們保證說，每一名房客的身分都查證過，絕無問題。

沒錯，當晚確實風平浪靜沒有出事，不過我還是得說，雖然沒出亂子，但我卻無法成眠。原因倒不是我得守護迪特同志，而是我腦子裡不斷的在打轉，在想著：我這會兒跑到的這個國家，幾年前才殘忍的屠殺了我多少同袍啊，而且我也因為對抗他們負了傷。可是現在的情況卻翻轉了，我們兩國所擁抱的理想簡直是一模一樣。這便是俄國革命所帶來的全球性教訓吧，也證明了普羅大眾無敵的力量。我們偉大的祖國一定可以征服全世界，永續永存於這個世界上！

隔天早上，我們參加了黨代表大會。好一場振奮人心的活動啊。噢，能親眼看到第一書記赫魯雪夫真是我畢生絕大的光榮——他一出場，無產階級世界大同歌的音樂立刻響起，會場的所有男女都齊聲鼓掌，一起揮舞著蘇聯紅旗。東柏林好像有一半的人口都到場了！一場又一場的演講持續下去——總共花了六小時，毫無間斷。大會進行到尾聲時，我們意興昂揚的離開會場，並由一名尖嘴猴腮、表情嚴峻的東德秘密警察陪同，一起到了一家啤酒廳用餐。之後我們便搭車到火車站，準備等候前往華沙的夜車。東德秘警則是在此處和我們道別。

而這個火車站，便是我提到的突發事件的發生地點。

我們一起坐在人潮眾多的候車室裡，原本大家都還在抽著菸看報，然後迪特同志便放下報紙站起來，說他想在火車來以前用一下洗手間。KGB探員和我當然也就起身陪他一起過去。

我們三人走向洗手間時，我注意到近旁有一對中年男女。女人坐在椅子上，腿上擺了本書。她穿的是一套玫瑰紅的洋裝。男人穿著西裝褲、襯衫，還有背心，站在她身邊抽菸。他的眼睛看著窗外。奇怪的是，當晚天氣嚴寒，但他們兩個都沒穿外套，沒戴帽子。我心裡納悶著，他們看來好像有點眼熟，但卻想不起在哪兒見過。

接著迪特同志卻突然打個彎，直接走向那對男女。他對他們耳語了不知什麼，然後便往我和阿列索夫同志這邊看過來。

我馬上有了警覺，但在我還來不及反應之前，女人已經拿起了書——在那底下她藏了一把槍！她攥住Walther手槍，槍口指向我和阿列索夫，而那名沒穿外套的男子則將迪特同志一把拉走。女人以帶著美語口音的俄文，命令我們把武器丟到地板上。阿列索夫同志和我趕忙拔槍，但女人立刻連發兩槍——擊斃了阿列索夫同志，也打傷了我。我的手槍從手裡飛出去，我也猛個跪倒在地，痛苦不堪。

但我馬上回了神，站起身來，取回手槍——心裡想著我可以用左手射擊。我顧不了傷口的疼痛，也無視於自身的安危，馬上衝到外頭。然而爲時已晚：那兩名探員連同迪特同志，都已消失無蹤。東德陸軍總部底下的犯罪調查處以及Stasi，都派了官員到火車站展開調查，但他們根本無心於此。這是西方國家和俄羅斯之間的問題，東德並不想介入。而且他們好像還懷疑，阿列索夫同志就是死在我的手裡——當時並沒有目擊證人願意出面澄清事實。Stasi對這個說法並沒有提出佐證，只是表示，他們無法相信一名中年女性會有本事犯下這種案子……不過當然，眞正的原因是，逮捕攥在手裡的鳥兒，要比跑到森林裡四處搜找眞凶容易多了——尤其是當那個眞凶又是敵方國安單位的探員的話。

兩天之後，他們下了結論說我是無辜的，不過他們其實根本就沒有把我當人看！我被護送到波蘭邊境，然後就給不屑的留置在那兒。我還得拜託當地非常不合作的警察，請他們安排交通將我送到華沙，再讓我轉機飛往莫斯科。想想我還得把自己所有的證件攤開來，跟在場的每一個制服人員證明我是蘇聯情報當局的高級官員呢！

回到家後，我在醫院裡接受照護，醫療傷口。而一當我出院後，上級便要我準備好一份陳述書，詳細說明十一月十號的突發事件，並交給將軍同志您的委員會過目。

所以現在我便將這份報告交給您參考。

如今我已清楚曉得，迪特同志突然被人帶走，是美國華府的中情局所爲，而迪特同志的弟弟和姪女則是幫凶。顯然，他們家人對藝術的熱愛只是個藉口。迪特同志所寄的第一封信裡提到他的這個興趣，爲的就是要讓家人知道，他已經找到了和美國情報單位秘密溝通的方法了，而且他希望能夠及早投奔到西方國家。現在我們已經知道，他的弟弟和姪女根本不搞藝術。他們本身其實也是小有名氣的科學家。

毋庸置疑，迪特同志的弟弟所聯絡的中情局人員，從那時起便開始函寄那些我先前提到的名畫明信片給他了。不過這些畫並不是隨機挑選的，每一幅畫其實都隱含了某種意義，要由迪特同志來解讀。據我推敲，中情局傳遞的信息應該是這樣子的：

- 十七世紀畫家亞科波·維納利的畫作，描繪的是大天使長米迦勒拯救瀕死的人，意思是要告訴他，老美確實有意願要將他從我們偉大的祖國救出去。
- 弗雷德里克·雷明頓所繪題名爲《騎兵》的作品，畫的是攜械的男人——意思是拯救行動會用到手槍。
- 喬治·英內斯的作品畫的是紐約州山谷的田園風光，而那就是他弟弟所住的地方——這是召喚他加入他們的訊息。
- 而「移民」的訊息——也就是從東方逃到西方——則是隱藏在傑羅姆·邁爾斯所畫的紐約大樓景觀裡頭。

您想必記得，迪特同志本人寄到美國的名畫中，有一幅便是印製了葛列科夫的《信號兵與旗手》的海報。這個訊息的重點不在圖畫的內容本身，它只是要點明：全國黨代表大將在東柏林舉行。中情局解讀正確，推想迪特同志應該是會參加這次集會。柏林的美國情報員輕易便可搜查出各家旅館的入住資料以及火車的購票記錄，以確立他和他的護衛將於什麼時間、從哪個火車站離開東柏林。

奧圖．狄克斯的明信片——畫的是德國景色——是美方寄給迪特同志的倒數第二張卡片。顯然他們是想藉此確認，西方情報員可以在這個地點和他接觸。而最後一張寄給迪特同志的明信片則是最重要的關鍵：一幅愛德華．霍普的名畫。

這個作品的題名是《鐵路旁的旅館》，裡頭畫了兩個人：一名穿著玫瑰紅洋裝的中年女子，她正在看書；另外則是一名沒穿外套、也沒戴帽的男子，而他，則是盯著窗外（也難怪當初我在火車站瞧見那對男女時，會覺得眼熟了。這是因為前不久，我才看到了霍普的這幅畫）。這張明信片是在告訴迪特同志，他可以經由什麼方式，認出即將在東柏林帶他脫逃的兩名情報員：他們會穿著霍普作品中的人物所穿的衣服，而且也會擺出相同的姿勢。

我已描述了綁架的過程，而那之後所發生的事我現在也略知一二了。那天敵我雙方在火車站交火之後，一輛等在車站外頭的車子，把兩名情報員和迪特同志載到東柏林一個秘密的地點，然後他們便從該處潛行到西德去。之後，一架美國的軍機則從那裡將迪特同志載往倫敦，然後轉往美國。

這便是我對一九五四年十一月十號發生的事件的記憶與評估了，將軍同志，而且我也已清楚講述了導致該結果的所有前因。

我知道國安部門在寫給您的信裡指出了KGB的立場，他們認為迪特同志逃出我們偉大的祖國並飛往美國，還有阿列索夫同志的不幸死亡，錯全在我。這封信宣稱，我根本就沒有看出迪特同志的眞正本質：他其實並不忠於黨國，而他對我們偉大的祖國也沒有任何感情。他其實只是在演戲：一邊花時間探知我們原子彈計畫的進展，一方面等待著機緣逃到西方。

而這封信也指出，我根本就沒有預期到會有這種投奔西方的花招。面對這項指控，我只能說迪特同志的詭計和策畫——透過畫作和西方世界聯繫——確實是天才的傑作。我必須承認，他的計謀就連像我這樣資深的情報員都難以測度。

總之，迪特同志確實是個不世出的奇人。

也因此，塔薩里基將軍同志，我只能以無比謙卑的心，懇求您爲我向第一書記赫魯雪夫求情。畢竟他跟我一樣，也曾在沙場上爲國效力，請他在即將開庭的審判中爲我說話，並回拒KGB的建言：要我爲這個悲劇性的事件負責，判定將我送到勞改營無定期服刑。

無論我的命運如何，請您了解，我對第一書記以及對黨對國的忠誠，是永遠不變的——而且也和光榮革命的理念一樣，永遠不滅。

您忠心耿耿的

米蓋・塞吉耶維奇・西朵若夫

莫斯科路比安卡監獄

克雷格・費格森（Craig Ferguson）

寫過電影以及電視劇本，也爲單人脫口秀寫過幾個小時長度的台詞。他出版過兩本書，不過他受不了「作家」這個頭銜，他說自己其實只是個「低俗，而且有點假文藝氣息、有點臭屁的秀場藝人」罷了。他會化很濃的妝，而且他作秀時講的笑話，一般所謂的作家應該是不屑爲之的。目前呢，他算是活得挺愉快——意思就是說，裝模作樣之所謂的知識分子們都不太瞧得起他。

他娶了個他深愛的好棒的女人，養了幾個聰明美麗而且他很疼愛的孩子，同時也是好幾隻貓狗的照顧者，只是他並沒有那麼愛牠們（其中一隻狗倒是還ＯＫ）。喔差點忘了，他還養了一條魚，而這條魚因爲他小兒子的緣故，也未免太常進行魚鰭再生的動作了吧。

他爲本書貢獻了一篇故事，是因爲他相當崇拜霍普先生和卜洛克先生兩人，而且他還眞是很怕卜洛克先生呢。此外，他也很迷貓王跟聖奧古斯丁，不過如果你已經讀完本篇故事的話，你應該早已了然於心了。

有時候，他很擔心死亡這檔子事。

South Truro Church, 1930

29 X 43 in. (73.7 X 109.2 cm). Private collection

神的工作

傑佛遜．T．亞當斯牧師——擔任本教區的牧師已經五十多年了，而且頗受愛戴與敬重——深深的吸了他手中那支細長脆弱的牙買加式大麻菸，並將那口菸深深hold在他的肺部裡。此刻他已經不再有high的感覺了，而且也沒有任何不愉快的感覺如恐慌或者妄想發作什麼的了。老實說，他是根本已經無感了，但他還是滿享受這個儀式的。

他站在教堂外面，聽著裡頭傳來的音樂。今天天氣太好了，進到室內未免可惜。涼涼的、靜靜的，高高的天空上掛了一層層如瀑布般的白雲，打散了太陽的照射，讓四周的景色看起來比較美——過濾後的光線柔化了尖銳的線條，淡化了所有小小的不完美處，就像加工處理過的老明星的照片。

大海靜靜的、一副有罪惡感的樣子，彷彿它才吃了什麼似的。

反正他也參加過太多葬禮了。你不可能牧養一個教區那麼久，還沒有一絲絲倦意吧。濃濃的倦意。

涼涼的，靜靜的。

不只是這一天而已。

教堂裡那個可憐的沒用的老朽啊。多年來，他的身體越來越寒、動作越來越慢，搞到他現在是整個兒的停擺，而且凍在那兒了。

樂音好美。上主日學的本地小朋友們正在以憂傷、空靈的方式詮釋貓王主唱的〈呼拉呼拉搖啊寶貝〉，這首歌是來自他於一九六一年所主演的大爛片《藍色夏威夷》。可笑，愚蠢，詭異，而且悲傷。

就像他的一生。

自從他跟比利透露自己得了癌症以後，比利就開始要他抽大麻了。比利給他看了網路上的許多文章，還怪腔怪調的說，這些都是「站在最尖端的健康專業人士」寫的——每次比利跟你講個什麼他覺得很重要的事情時，就會祭出這種置入性廣告的語氣。

比利說：「這當然治不好你啦，不過總是可以減輕你的壓力，外加減緩你做化療以後會有的噁心吧，」這個台詞他是引述自賣大麻菸給他的那個裝模作樣的自由派藥劑師（地點是波特蘭的某家藥局）。藥劑師還暗示說——雖然他表面上說的是另外一套——其實大麻很可能會治好癌症呢。

傑佛遜已經跟比利說了，他不打算接受化療，他說他覺得自己都八十幾了，既然很快就要面對大限，那又何必自找麻煩呢，何況奈斯密醫生也說了，化療其實也沒什麼幫助。這話比利根本就聽不進——不管什麼話，只要是跟他的理論有衝突，他就會置若罔聞，讓人是既好氣又好笑。就這樣，兩個老人已經養成了習慣，一起坐在海灘上，抽著優質且合法的大麻，慢慢等著死亡，或者解方。說起來，傑佛遜眞的很享受大麻的滋味；大麻讓他覺得平靜，沒有恐懼，而且會傻呆呆的搞笑——不吸大麻的話，他就無法獲取這種正面的能量。

至少剛開始時，他沒辦法。

就是大麻讓他跟比利緊緊相連的——他原本萬萬想不到，在自己生命的盡頭，比利竟然會是最親密的人。比利的興趣涉及各種旁門左道，而且他也熱切的相信各樣神秘事物。多年來，他老是纏著傑佛遜，不斷的問他各色各樣的問題，主題包括了耶穌和他的使徒，還有聖經出埃及記中提到的約櫃，還有外星人，以及消失的亞特蘭提斯，而且，有那麼幾個教他心驚膽戰的禮拜，比利竟然問起印度密教性愛（tantric sex）的屬靈特質哩——要演練這種性愛，比利確實是少了個伴，不過他倒是靠著自己，一板一眼很熱切的實驗了起來。

傑佛遜已經再三解釋過，以他身爲八十幾歲的高齡長者，而且又是長老會教徒，更別提他身爲教會牧師的身分了，這些問題有很多都是在他的專業領域之外。尤其是密教性愛的部分，拜託拜託以後就別再問了吧。

不過他倒是很佩服比利屬靈的飢渴。他對「不明事物」一直都是保持著無底洞般的旺盛胃口——雖然這人本身卻是一路往老年的深淵直直落。而且比利也很熱心，他會開上好幾小時的車到波特蘭，爲的就是每個禮拜要提供牧師優質且合法的大麻——雖然傑佛遜已經跟他說了無此必要。

當然，比利自己也很愛大麻。他從youtube的教學影片學到了大麻菸的製作法。兩人試過各種不同招式，其中包括了單張捲紙製作的大麻菸（這款菸有兩種粉絲：一是主張「我是白人，我優越」的牢友們，一是一九二〇年代標榜自由開放的小女生），另外他們也試過很瘋玩的大學蠢男愛用的水菸製作法。更有甚者，他們也試了要製作布朗尼蛋糕夾大麻，不過由於多年來一直都有媽媽跟老婆提供服務，所以兩人食物製作的技術根本就上不了檯面。就這樣，搞到後來他們終於決定採用牙買加黑人教派式的「三張菸紙＋紙板做的濾嘴」製作法（**譯註：Rastafari音譯為雷斯塔法力，這是起源於牙買加的信仰，結合了非洲和基督教信仰，他們認為上帝將統一全球的黑人，讓他們全部回到非洲；大麻對他們來說是聖物，會用在儀式性的祈禱當中**）。想要達到high的境界，這種方法感覺上是最有宗教味道的。

整個儀式性的準備過程，其實就差不多跟吸進這神聖的大麻一樣重要。

他們結識已經超過七十年了——雖然並非一直都是朋友，但小學和初、高中時，兩人一直同校，而且還念同一個年級呢。傑佛遜曾離開家鄉，到外地去念神學院（這要感謝他虔誠的父母），之後則是回到家鄉，成爲亞當斯家族裡頭第三代爲鎮民的屬靈需求服務的神職人員。所有鎮民都爲此感到歡欣，因爲本鎮居民幾乎都是漁民和他們的家人，傳承與延續對他們來說相當重要——如果你面對的是變幻無常的大海，這點確實是有撫慰的力量。

比利接收了他父親的修車廠，娶了芭芭拉．法蘭區爲妻。他們生了兩個女兒，但他跟她們已經久無聯絡。這是因爲芭芭拉有一次去溫哥華參加銷售大會時，認識了一名影印機業務員，之後她便帶了兩個女兒，跟著他跑到亞利桑那的普雷斯科同居去了。

總之傑佛遜和比利過去只是知道有彼此的存在，但從來沒有眞正交流過——直到珍恩過世以後，這才有了改變。傑佛遜從來沒有想到，比他小十歲的妻子竟然會比他早走；然而就在她六十歲生日後的一個月（也就是他七十歲生日後的兩個月），她竟然心臟病發，倒在廚房的地板上。醫生後來告訴他說，她也許在撞到地板以前，就已經死了。這話的意思是要安慰他，但是傑佛遜卻完全沒有覺得好過些。那樣的死法感覺很不公平，應該是男人的死法才對——雖然她其實一直都長得很壯。

他們的獨生女茉莉根本就沒有回來參加葬禮。她高中畢業後就逃到了加州，而她成了山達基信徒（Scientologist）以後，他們曾經很不明智的質疑她的信仰，所以她便把自己的父母歸類爲鴨霸型人物（譯註：山達基教主張，百分之二點五的人類是鴨霸型人物suppressive person，希特勒便是個例子），並切斷了所有的聯繫。

他牧養的教友們和大部分人一樣，在面臨突發死亡的時候，都會展現出非常善良的一面，他們對他非常體貼，也樂於伸出援手，協助他處理各種大小事務，不過他們也跟世俗所有的人一樣，比傑佛遜更早就回到原先生活的常軌裡。但比利就不一樣了。他還是每天都會出現在他家裡，而且是月復一月從不間斷。當然囉，他的利他行爲多半應該也是因爲他其實也找不到別人可以聊天，不過傑佛遜倒是眞的開始天天都盼著比利到訪。每天晚上七點他都會把水壺放上爐子，準備迎接老友。

時間一點一滴的溜逝了，而這兩個一輩子都住在相隔才幾哩路地方的老人，也開始相互講述起自己這一生的故事。此時他們已經不在意被笑，也不怕羞了，所以兩人自然就會談起自己的弱點。身爲丈夫、身爲父親、身爲愛人，以及身爲男人的弱點。當然，分享彼此的短處是會加深兩人之間的情感與連結，而且這種信任感是只有受詛咒的人才會懂得的。

比利的事輕易就全部攤出來了，因爲他一開口便停不下來，而且他是百無禁忌什麼都講；不過偶爾他也會提出一、兩個問題，而他傾聽回答時所表現的超級深入的專注力，還眞是嚇死人。

最後，他終於從傑佛遜的口裡挖到了兩個最最了不得的秘密。其中一樣，就連珍恩都不曉得。

傑佛遜是養子，而且也是個無神論者。

養子這個部分，比利聽了眞是大吃一驚，憤慨不已。他一直以爲傑佛遜是土生土長的北佬：看在老天的份上，他的名字不是亞當斯嘛（譯註：聖經創世紀記載，亞當是神造的第一個人。美國自從南北戰爭以後，南北分裂的意識以及互相歧視的情況非常嚴重，本篇故事的背景是美國北方麻州的鱈魚角——愛德華・霍普所畫的教堂所在地——所以比利才會以北佬本位的思考方式認為，取名叫亞當Adam或亞當斯Adams的人，絕對只能是北佬）。從此比利便開始著了魔似的，一心只想找到傑佛遜親生父母的下落——這點其實根本不可能做到。多年前傑佛遜的養父母由於不希望他們不孕的羞恥傳遍全鎮，所以早就封鎖了所有可能的線索。而傑佛遜之所以會知道眞相，也只是因爲母親臨死前，他詢問過她，爲什麼他們只生了他一個，而他的耳朵又爲什麼那麼大。

原先他只當他的醉鬼母親耄耋昏聵，又兼吃了Oxycntin止痛劑昏頭脹腦，所以才會胡亂說了一通，不過之後他又問了他父親。當時他的父親還活著，住在報春安養院裡一日日枯萎而去。這家機構服務的對象是年紀老邁，而且需要全天候照護的神職人員。

他的父親證實了他母親的說法，而且還附加了讓人震驚的資訊。他說他們是一九三四還是三五年的聖誕節過後不久，在密西西比州傳福音的路上，花了錢跟一戶佃農買下當時還是小嬰兒的他。

傑佛遜跟珍恩提起了這件事，而有一陣子兩人也是想盡辦法要得知更多資訊，不過那年冬天他的父母相繼死去之後，其實就沒有人可以詢問了。

「這會兒你根本不可能查到我的眞實身分了，」傑佛遜告訴比利說：「何況大家都要死了，查又有什麼意義呢？」

不過比利覺得，知道自己的眞實身分非常重要——何況現在有了網路，什麼資訊都可以查到啊。

其實根本就找不到，當然。沒有任何網站會列出這種老掉了牙而且不合法的資訊在上頭。網路搜索徒勞無功的結果就是，比利爆出了豈有此理的驚人之語，說他很肯定傑佛遜其實就是已過世的艾維斯·普里斯萊（譯註：美國搖滾樂天王貓王的本名）的雙胞兄弟。

艾維斯差不多是在同一個時間，出生在密西西比州的圖珀洛城。他的父親是窮苦的佃農，而他的雙胞兄弟傑西則是胎死腹中，不過比利認定這不是事實，他認爲虔誠但是非常窮困的葛萊蒂絲和維農·普里斯萊，由於擔心自己無力照顧兩個孩子，便把其中一個小嬰兒賣給了一對不孕的夫妻——來自北方且虔誠無比的教會人士。

比利說完之後，傑佛遜掌不住大笑起來。是那種很深沉的有喉音的笑聲，比利聽了好感恩，因爲打從珍恩死後，他就沒見過老人露出半絲笑容。

他們把傑佛遜的秘密血緣拋諸腦後。

然而另外一個秘密其實更是擾人。這個秘密之所以冒出來，是因爲沙灘上的那頭死鯨魚。

那是四月裡一個明亮、寒涼的日子，兩人才剛抽完一大根超級強力的墨西哥優質大麻。這種植物的藥效很強，所以兩人有一陣子根本沒辦法說話，他們就只是坐在沙丘頂上，四隻布滿血絲、滿是淚水的眼睛，直直盯著一隻北大西洋成年露脊鯨龐大無比的屍體在他們眼前慢慢腐化。鯨體是被前一天沖來的凶猛大潮拋上海岸的。

比利，當然，是先開口的那一個。他跟傑佛遜說，他上網google了鯨魚的資訊。然後兩人便忍不住歇斯底里的大笑了整整十分鐘之久。

心情平復以後，兩人便安靜的陶醉在大麻引發的喜樂裡頭，那是如同做愛之後的至福狀態。這時，比利開始解釋說，他上google查到資料說，北大西洋露脊鯨是地球上瀕臨絕種狀況最爲嚴重的生物之一。

「他們說，現在地球大概只剩下五百多頭呢，」他告訴傑佛遜。

「這我可不驚訝，誰叫牠們老是不斷這樣子的把自己拋上海灘哪，」傑佛遜頓了好一陣子，才開口道。

「牠是滿老的，我看應該是著陸以前就死了吧。」

「跟珍恩一樣，」傑佛遜說。「我好想她。都已經十年了，但我還是一直等著她出現。好奇怪，是吧？」

「等你蒙主寵召的時候，就會再看到她的，」比利發出他最最輕柔，最有安撫味道的聲音。

傑佛遜輕輕一笑的聲音，比利很不喜歡。

「你不同意嗎？」

傑佛遜說，沒錯，他確實不同意。他說這麼多年來他看過太多人蒙主寵召了。老的小的，健康的不健康的，好的還有不那麼好的，而他們死的時候，看起來幾乎都是一個樣子。好像空掉了。像是一切都結束了，什麼都沒有。

比利問說，難道他連神都不信了嗎，而傑佛遜的回答還眞是讓他的朋友難過到極點了：他說他不信。他說以前他是信的，但是年歲漸長，而生命卻往他的海灘，或沿海上上下下的別的海灘，遞送越來越多發臭的死鯨魚時，他就開始覺得聖經只是神話而已。是避免大家抓狂乃至絕望的童話故事罷了。而他不再相信那個謊言以後很久很久，他都還是繼續當牧師的原因就是，他覺得他可以藉由教會來提供撫慰，幫助那些沒有聖經就活不下去的人。

「我就讀過一本挺撫慰人心的宗教書哩，書名叫《好人走霉運時》（譯註：When

Bad Things Happen to Good People是一本猶太教教士寫的書，企圖解釋何以上帝會讓好人遭遇苦難）。還眞有幫助呢。」

「比利，每個人都會走霉運啊，好人壞人都一樣。根本沒有個模式。說什麼一切上帝自有安排，全是胡說八道。」

「你這話不是當眞吧！」

「我是再認眞也不過了，」傑佛遜悲哀的說。

他這麼多年來都在教會宣講他自己覺得是謊言的話，讓比利大感震驚。傑佛遜說他只是跟演員一樣，扮演好他的角色，爲的就是提供他的顧客一些娛樂和安慰罷了。

「如果你自己都不信上帝，那你傳道講神到底有什麼意義啊？」

「這是我長年的習慣了，我想。我只是繼承家業，把它當成工作吧。這樣又有什麼不好呢？」

「不好是因爲不誠實。你沒跟大家說眞話。」

「依我看來，眞話是給過度高估了，」傑佛遜斬釘截鐵的說。

朋友這番開誠布公的談話，比利聽了非常煩惱，不過他凡事都異常樂觀的看待，而且聽不下的話就當耳邊風的本事已經臻於化境，所以他便把這全都歸於是癌症和墨西哥強力大麻聯手造成的結果，所以也就不以爲意了。

比利這輩子從來沒有動念想過，天底下並沒有一個全能的神——沒有一個能以超乎凡人想像的方式，來行奇蹟的神。他不是笨蛋，他只是得天獨厚，全心擁抱聖奧古斯丁的信念罷了。而且，他廚房的牆上還掛著一幅聖奧古斯丁名言的鑲框刺繡呢。

「想要了解神的心思，就如同想將大海倒入杯中。」

這個禮物是來自那個爲了更好的選擇而拋下他的妻子。

他們每天都在鯨魚的旁邊會合，一起看著牠腐化，同時也要確定他們是待在逆風的方向，因爲過了一陣子以後，臭味就開始變得非常噁心了。

巨大的肋骨骨架露出來以後，樣子就像是一家老教堂的廢墟給掛上了一片片爛肉，而這時候傑佛遜就不再抽大麻了。

他告訴比利說，他不需要大麻了，並且引用了變身怪醫海德先生和傑基爾博士的例子來做解釋（譯註：《變身怪醫》The Strange Case of Dr Jekyll and Mr Hyde是羅伯特．路易斯．史蒂文森的名著，講述了體面紳士亨利．傑基爾博士喝了自己配製的藥劑後，化身為邪惡的海德先生的故事）。

比利點點頭表示了解。「因爲大麻把你變成了海德先生——一個不相信上帝的怪物？」

「完全不對，」傑佛遜說。「故事進行到某一處時，傑基爾博士領悟到，他需要靠藥劑來防止自己變成海德先生，這跟他配製的藥起先的功效是完全相反的。藥劑已經改變了他。我的狀況也一樣。現在如果抽大麻的話，我會變得神經緊張、怕東怕西，反倒是不抽的時候，我會覺得好些——比較放鬆，而且舒坦（groovy）。」

「現在大家還會用舒坦（groovy）這個字眼麼？」

「我就用啊，」傑佛遜回答道。

「所以你還是不信上帝囉？」

「沒錯，還是不信。」

比利決定不要再談這個話題了，所以他就沒再開口。傑佛遜因爲是他的朋友，也就順著他的意思沒再多說。

夏天已經過去了一大半，而他們駕船出海時，鯨屍也差不多消遁無蹤了。比利是跟丹尼斯・米契借來這艘附了個外掛馬達的小木船，而米契之所以點頭答應，是因爲他賒帳請比利幫他的卡車裝了新的變速器。傑佛遜體力衰退的程度幾乎就跟死鯨魚腐化的速度一樣戲劇化：他如今也是急速的在消萎了。他們的想法是，兩人可以出海釣魚，不過兩人都明白，這是老牧師面臨大限之前最後一次出遊了。

兩人噗噗發動了船，駛出老舊的石砌碼頭，乘著一波柔緩的浪潮開上了茫茫的灰色大海。此時沒有風，而遠處的地平線則湧起了濛濛白霧，那顏色只比水色要淡一些些。能見度有限，不過兩人都是熟門熟路的老人了。他們知道他們要往哪兒去。

傑佛遜靜靜坐著，越過船頭看著前方。陸地消失了之後，比利便把引擎關掉了。兩人默默坐了一會兒。不同於以往，這次是傑佛遜先開口說話。

「你知道，」他說：「我覺得無神論者死掉的時候，好像應該就不再是無神論者了。」

他們相視而笑，不過這馬上就給打斷了，因爲船隻突然猛個斜向一側，差點把他們摔進水裡。

「媽的那是怎麼回事啊？」傑佛遜耳語道。

「天曉得，」比利說。

兩人驚魂還未定時，只見一頭北大西洋露脊鯨碩大的尾鰭，在約莫離船側十五呎處打出了海面，然後又再次狠狠甩下，意思是要讓他們在冰涼的鹽水裡頭受浸吧，而且順便可以再一次把船打歪掉。

「快點，發動引擎啊！」傑佛遜吼道。

比利扯了扯啓動繩，可是引擎卻拒絕在這個關鍵時刻發動——完全符合故事書裡所說的外掛式引擎行之久遠的傳統。他拉了又拉，而在這同時，他們開始感覺到小船輕輕的升出了水面。

鯨魚就在船身底下。

小船立在龐然巨鯨的背上慢慢升起，到了離水面兩呎的高度。然後，鯨魚便輕輕的、靜靜的，將船再次放下。

他們探眼看向船的側邊，目瞪口呆，對這頭握有他們生死大權的怪物，感到肅然起敬。鯨魚的頭就在船邊，牠往側向翻了身，所以牠那隻發亮的黑眼睛便直直的朝他們看來。

兩人默默凝望，看著龐然巨獸稍稍移開了去，牠慢慢的繞著他們的船隻，順時鐘轉了三圈，然後才回到混沌的海底，連一波漣漪也沒有掀起。

兩個老人彼此對看了好一會兒，然後彷彿先前演練過似的，他們異口同聲一起大叫起來，吼得像是大獲全勝的球賽迷。他們叫著笑著，以勝利的姿態握起拳頭朝空揮舞。

一陣子過後，他們喘著氣，安靜了下來。

比利接住了傑佛遜的眼神。他做了個決定，快步衝上前去，把他的朋友推向船側。沒有人說話，沒有聲響，傑佛遜沒有叫出聲來。比利看著他追隨鯨魚，消失無蹤。

傑佛遜．T．亞當斯牧師——擔任本教區的牧師已經五十多年了，而且頗受愛戴與敬重——深深咬住了他手中那支牙買加式大麻菸，並將那口菸吸進去。他聽著教堂裡傳來的音樂，心想應該是比利選的吧。〈呼拉呼拉搖啊寶貝〉呢，眞是的！

他忍不住笑起來。

艾維斯．普里斯萊穿著他賭城後期那套怪裡怪氣、綴滿亮片的行頭，踱著步悄悄走向他來。

「嘿，老兄，看到你還眞高興哩。」

傑佛遜轉頭看著他，發現他們兩個長得還眞像。他說：「我是因爲腦子萎縮到快沒了，才會看到幻象對吧？」

艾維斯聳聳肩。「不曉得耶，老兄，」貓王說道。「有時候，其實不用想得那麼複雜吧。」（譯註：美國第二任總統約翰・亞當斯和第三任總統湯瑪斯・傑佛遜——獨立宣言主要起草人——都是死於一八二四年的七月四號，也就是美國發表獨立宣言的五十週年紀念日當天。這是個神秘的巧合，本篇小說的作者將小說的主角取名為傑佛遜・T・亞當斯應該是有他的用意吧）。

史蒂芬・金（Stephen King）

騰不出時間爲選集寫東西其實並不稀奇，不過他對本書的主題頗有感覺，所以他並沒有馬上回絕編輯的邀稿。「我好愛霍普，」他寫說：「請容我先把這事兒記在備忘錄裡好了。」後來他選了他打算用的畫——因爲有那麼一絲絲可能他可以騰出時間來。「有這麼幅畫叫做《紐約的房間》，我家就掛了張複製品，因爲我對它很有感覺。」這幅畫顯然強烈打動到他了——〈音樂房〉也因此而快樂的誕生了。

Room in New York, 1932

37 X 44 1/2 in. (94 X 113 cm). Sheldon Museum of Art, University of Nebraska-Lincoln, Anna R. and Frank M. Hall Charitable Trust, H-166.1936. Photo © Sheldon Museum of Art

音樂房

恩德比夫婦在他們的音樂房裡——雖然是叫音樂房，不過其實這只是家裡空出來的臥室而已。他們曾經想要把它當成小詹姆斯或者小珍兒·恩德比的育嬰房，不過試了十年以後，小小寶貝會從子虛烏有處降臨到人世間的可能性，似乎是越來越小了。如今，他們已經可以平靜無波的接受現況了，因爲至少他們還有工作啊——多少人都還得排隊領救濟品呢，所以他們算是有福的。沒錯，現在是碰上了經濟不景氣，不過由於手頭有個活兒可做，所以他們也就有餘裕啥都不想、只想這個活兒，而且兩個人都還滿喜歡日子可以這麼過。

恩德比先生正在看紐約美國日報，這份小報出版還不到半年，有一點點偏向腥聞報導的味道，但也還好。他通常都先從漫畫版開始看，不過手頭有活兒可幹的時候，他會先翻到城市新聞版，大略掃過所有的標題，尤其是警局日誌。

恩德比太太就坐在鋼琴邊——這琴是她父母送的結婚禮物。她時不時會摸摸琴鍵，但又不會眞的按下去。今晚音樂房裡唯一的音樂，就是第三大道傳來的車水馬龍聲了：跟交響樂一樣，透過開著的窗戶傳進來。第三大道，三樓，這是位在一棟挺厚實的棕石建築裡頭的優質公寓。他們很少聽到樓上或樓下鄰居的聲音，而他們的鄰居也很少聽到他們的聲音。這樣對大家都滿好的。

此時他們身後的衣櫃傳來一聲澎響，然後又是一聲。恩德比太太伸開手掌，好像是要彈琴了，不過澎響止住以後，她又把雙手擱上大腿了。

「還是沒看到那位老兄喬治．堤蒙斯的新聞呢，」恩德比先生說，他手裡的報紙沙沙在響。

「也許你該看看歐本尼先鋒報吧，」她說。「萊辛頓大道跟六十街交口那家書報攤應該有賣。」

「沒必要啦，」他說，終於翻到了漫畫版。「紐約美國日報已經很夠了。如果歐本尼市有人報導堤蒙斯先生失蹤了的話，就讓有興趣的人上那兒找他去吧。」

「好吧，寶貝，」恩德比太太說。「我信任你。」其實也沒什麼理由不信；截至目前爲止，他們幹的活兒都很順利。堤蒙斯先生是他們關進隔音衣櫃裡的第六個客人了。

恩德比先生咯咯笑了起來。「搗蛋雙胞胎（譯註：美國暢銷漫畫The Katzejammer Kids裡的雙胞胎兄弟專愛和權威作對，對象包括他們的母親，一名船長，還有一個探長）又在找大人麻煩了耶。這回他們是逮到老船長非法捕魚——他從大砲口裡射出漁網哩。挺好玩的，要我唸給你聽嗎？」

恩德比太太還沒來得及回答，衣櫃裡又傳來一聲澎響，接著是一連串微弱的聲音，有可能是他在大叫。除非把耳朵貼上衣櫃，否則還眞難聽清楚，不過她可沒打算湊過去。琴竟已經是她願意接近堤蒙斯先生的極限位置了——當然，要處理他的屍體時又另當別論了。「眞希望他安靜下來。」

「會的，寶貝。應該快了。」

又是一聲澎響，好像在反駁。

「你昨天就是這麼說的。」

「我講太早了，」恩德比先生說，然後：「噢，爽啊——狄克・崔西又在追捕梅乾臉了（譯註：漫畫裡的主角Dick Tracy是個聰明強悍的警探，而梅乾臉則是於二次大戰期間在美國進行破壞工作的納粹黨員）。」

「每次瞧見梅乾臉，我就汗毛直豎，」她說，也沒轉個頭。「希望崔西警探這回可以把他永遠關起來。」

「不可能的啦，寶貝。大家都在爲主角喝采，可是他們眞正愛看的還是歹徒。」

恩德比太太沒搭腔。她正等著下一聲澎響。

澎響來的時候——如果來了的話——她又會等著下一個。等待是最難捱的過程。這個可憐蟲應該是又餓又渴了，他們早在三天前就沒再餵他，也沒給水，因爲當時他已經簽好了最後一張支票，所以他的戶頭根本沒錢了。他們的第一步是清空他的皮夾，裡頭約莫有兩百塊。像目前這麼蕭條的不景氣時期，兩百塊簡直就等於中了特獎，而且他的錶應該也可以再添二十元的進帳（但她覺得這有可能是高估）。

而眞正的寶庫呢，其實是堤蒙斯先生在歐本尼國立銀行的支票帳戶：內含八百元整。先前餓過頭的時候，他是高高興興的簽了好幾張支票可以領現，而且每一張都在正確的位置上註明是「出差費」。想來他應該有個妻子和小孩得仰賴這筆錢過活吧——老爸出差到紐約還沒回家呢。不過恩德比太太可沒打算順著這個路數想太多。她寧可想像著，堤蒙斯太太在歐本尼的豪宅區有個富爸爸和富媽媽——就像狄更斯小說裡會出現的那種好慷慨的老夫妻。他們會收留她，並且照顧她和她的小孩——也許是調皮的小男生吧，可能就跟搗蛋雙胞胎一樣，壞得好討人愛。

「史拉哥打破了鄰居的一扇窗，可是卻嫁禍給南西哩（譯註：史拉哥和南西是題名為南西的漫畫裡的小朋友），」恩德比先生咯咯笑著說。「跟他一比，搗蛋雙胞胎簡直就是天使嘛！」

「史拉哥戴的帽子眞是不像樣！」恩德比太太說。

衣櫃又傳來一聲澎響——這一捶還眞是大聲，想想這人其實應該已經瀕臨餓死狀態了呢。然而堤蒙斯先生原本確實是個大塊頭，就連在他那杯用餐搭配的紅酒裡頭混上大量的水合氯醛安眠藥，他都還是有辦法對抗恩德比先生，所以恩德比太太也只好參上一腳了。她猛個坐到堤蒙斯先生的胸膛上，直到他靜下來才罷手。不太淑女沒錯，不過也沒辦法了。事件當晚，第三大道那頭的窗子給關起來了——只要恩德比先生帶客人回家用餐的話，理當如此。他都是在酒吧跟他們結識的。恩德比先生非常開朗外向，也很懂得在人群裡找出落單的生意人——而他們通常也是開朗外向，喜愛結交新朋友（尤其是有可能成爲他們潛在客戶的新朋友）。恩德比先生挑人的判斷準則是西裝，另外，他對金錶鏈也是情有獨鍾。

「大事不妙，」恩德比先生說，他的眉頭摺起了一道皺紋。

琴凳上的她僵住了。她扭頭看著他：「怎麼啦？」

「殘酷明王把閃男．高登和黛兒．雅登關進盟谷星球的鐳礦區了（譯註：這是來自美國一九三〇年代的外太空歷險漫畫《閃男系列》，殘酷明王是盟谷星的大統領，閃男來自地球，與王對抗）。那裡滿滿都是看起來像鱷魚的怪物——」

這回衣櫃裡傳來了一聲微弱的哀嚎。有鑑於聲音是來自於隔音良好的空間之內，所以這聲響其實應該是大到足以把可憐蟲的聲帶都撕裂的地步吧。堤蒙斯先生怎麼還有力氣發出這種等級的哭號呢？他已經比他前面那五位多撐了整整一天，而現在，他這種可怖的生命力已經開始刺激到她脆弱的神經了。她很希望今晚就是他的最後一晚。

準備用來把他打包的地毯就等在他們的臥室裡，而車身漆上了恩德比企業五個大字的小卡車則是停在附近的轉角處，油都加滿了，正準備著要再去一趟紐澤西的松林濱海區。他們剛結婚時，確實是有個恩德比企業的，然而由於不景氣——紐約美國日報都習慣稱之爲經濟大蕭條——所以兩年前他們便收了生意沒再做了。而現在，他們則是有了個新的活兒可幹。

「黛兒好害怕，」恩德比先生繼續說：「所以閃男就一直給她打氣。他說薩科夫博士會——」

這會兒是一連串的澎響了：十下，也許十二下，後頭則是跟著先前那種尖叫聲——雖然給隔音設備搗住了，不過還是叫人不寒而慄。她可以想像一滴滴血滲出堤蒙斯先生的嘴唇，而他破裂的指節則是滴滴答答淌出血來。她可以想像他的喉嚨已經青筋暴露，而他原本豐肥的臉則給拉得老長，因爲他的身體爲了存活，得啪啪啪的把臉部和脖子的脂肪跟肌肉組織全都嚼掉。

不過且慢，照說人體應該沒辦法吃掉自己，以便保持存活狀態，對吧？這種想法就跟十九世紀的骨相學一樣，毫無科學根據。說來他現在應該是渴死了吧！

「眞眞惱人！」她忍不住叫道。「像他這樣子叫啊吼的沒個停，眞是討厭死了！你幹嘛要把這麼個壯漢帶回家呢，寶貝？」

「因爲他荷包滿滿，」恩德比先生溫和的說。「他打開皮夾要付我們第二輪的酒錢時，我就看出來了。他帶來的進帳夠我們撐三個月了。而且如果省著點用的話，五個月也沒問題。」

澎，澎，澎。恩德比太太的手指壓到她細緻的太陽穴上，開始揉起來。

恩德比先生很同情的看著她。「如果你想要的話，我可以早點了結他。餓了這麼多天，他也沒辦法怎麼反抗了，尤其他又已經耗掉那麼多精力，所以只要拿廚房裡一把最鋒利的菜刀猛個砍下去就好。當然，如果由我來幹的話，爛攤子就得你來收拾了。總要公平點吧。」

恩德比太太大驚失色看著他。「我們或許是小偷，不過我們不殺人。」

「如果給逮到的話，別人給的評價恐怕不一樣。」他語帶歉意，不過口吻堅定。

她兩手緊緊交握在她那身紅色洋裝上頭，指節都掙白了。她直勾勾的看著他的眼睛。「如果我們給傳喚到被告席的話，我會把頭抬得高高的，告訴法官和陪審團說，我們也是大環境底下的受害者。」

「寶貝啊，我知道你一定會很有說服力的。」

衣櫃門的後頭又傳來一聲澎響。恐怖。就這兩個字沒錯，他的生命力實在好恐怖。

「我們的確不是殺人犯啊，我們的客人只是缺乏糧食供應而已，景氣這麼差，很多人都一樣吧。我們沒有殺人，他們只是逐漸凋零而已。」

恩德比先生一個多禮拜前從麥索利酒吧帶回來的男人，又發出一聲嘶嚎。有可能還講了話，有可能是在說看在老天的份上。

「應該就快了，」恩德比先生說。「如果今晚沒走，那就是明天吧。然後我們就有很長一段時間都不用上工了。不過……」

她的眼睛還是定定看著他，兩手交握。「不過怎麼樣？」

「有一部分的你其實還滿享受這個過程吧，我看。不是現在這個部分，而是我們逮著他們的那一刻——就像獵人在林子裡逮著獵物一樣。」

這話她想了想。「也許吧。當然，看見他們皮夾裡綠花花的鈔票時，我是很開心：讓我想起小時候，爸爸都會安排尋寶遊戲給我和弟弟玩。可是之後……」她嘆了口氣。「等待的過程我一直都不習慣。」

更多澎響了。恩德比先生翻到財經版。「這人來自歐本尼，而歐本尼來的人本來就很欠扁。彈個什麼吧，寶貝。這樣你會開心點。」

於是她便從琴凳底下抽出樂譜來。她彈的是〈改頭換面〉。然後她又彈了〈跳舞的心情〉，以及〈今夜你的風采〉。恩德比先生大聲鼓掌，安可安可的要她再彈一次〈今夜你的風采〉，等到最後的樂音消失之後，隔音衣櫃傳來的澎響以及嘶叫聲也終止了。

「音樂！」恩德比先生宣稱道。「音樂的力量何其大，野獸都服服貼貼了。」

說著兩個人便笑起來，是輕鬆自在的笑，是結婚多年、彼此相知相惜的人會有的笑。

喬・蘭斯代爾（Joe R. Lansdale）

寫了四十幾本小說，以及四百篇短文，其中包括了短篇及中篇小說，報導類文字以及為別人寫的序。他編輯過十二本文集。他的某些作品曾拍成電影，其中包括《七月寒潮》以及《聖誕節僵屍》，另外電視劇Hap And Leonard則是改編自他的同名短篇小說。他的長篇小說曾得過多項大獎，包括愛倫坡獎，以及終身成就獎。他和妻子凱倫養了一隻鬥牛犬和一隻貓，他們目前住在德州。

New York Movie, 1939

32 1/4 X 40 1/8 in. (81.9 X 101.9 cm). Given anonymously.
The Museum of Modern Art, New York, NY. Digital Image ©
The Museum of Modern Art/Licensed by SCALA / Art Resource, NY

放映師

有的人以爲我的工作輕鬆愉快，這是因爲他們搞不懂，我要做的其實不只是啓動放映機而已。首先呢，你得在恰當的時間替換下一捲帶子，而且帶子得上得平順，免得放映中途影片卡住了，你知道。技術不到位的話，嗯，帶子有可能會啪個飛開，然後影片就在精采處斷掉了，或者帶子有可能打結，然後被燈泡燒掉。這下子底下所有的人都會開始叫囂了——這可會壞了生意，也影響到你，因爲老闆肯定會知道。沒錯，放影出錯的時候，觀衆準定吵得震天響，老闆絕對會曉得的。

這種倒楣事發生在我身上的次數不多。帶子飛掉過兩次，還有一次是燒到了影片，不過原因是拿到貨的時候，帶子某處打了結，我抽出來的時候不可能看得到。錯不在我，老闆也很清楚。

話雖如此，整個放影過程其實都不能掉以輕心。

這跟挖水溝那種勞力的工作不一樣；沒錯，水溝我是挖過，因爲我高中沒有念完。還差一年多才能畢業，但我因故沒法再念下去。如果沒有文憑的話，能混口飯吃的機會眞是不多。

總之，我本以爲有一天可以再回學校，考個試之類，然後畢業，但結果卻是不了了之，不過有段時間我倒是拿了點積蓄，去看了一些電影。電影院裡有那麼個擔任放映師的老先生，名叫柏特，我認識他是因爲他認識我老爸——雖然他們不是很熟。後來我開始去放映間找他聊天，所以他就乾脆讓我坐在那裡頭免費看電影。柏特眞是個大好人，他幫了我好大一個忙，對我來說他就像守護天使一樣。他給了我新的頭路。

回想起來，那時只要我到放映間去，一等連播的兩部電影播完之後，要從頭放映時，他就會教我怎麼使用放映機。所以後來柏特決定退休，只靠退休金過活的時候，就由我接班了。當時我是二十五歲，如今這個工作我已經做了五年。

這個差事有個好處是，我可以免費看電影，雖然其中某些片子看一次就很夠了。如果要我再看一次《七對佳偶》的話，我可能會哭到昏倒。我就是不愛那種歌舞片。其實就算你不看著銀幕，免不了還是得一遍又一遍的聽著台詞，而如果那部片子連放了一個多禮拜的話，你應該就可以像錄音機一樣把台詞都背下來了。電影裡頭有些挺棒的搭訕詞我也試用了一些，不過從來就不管用。

我長得不英俊，但也不至於難看得嚇人，問題是我在女人面前不自在。我就是不行，我從來都學不會，不過我父親卻是很有女人緣。他長了一頭烏黑的鬈髮，五官突出，眼睛亮藍。而且因爲做很多勞力的工作，所以身材很棒。他會讓女人發暈。不過一旦要到了想要的女人，他很快就會發膩，準備再找下一個——我母親就是現成的例子。沒錯，他很懂得怎麼把她們弄上床，還從她們身上摳到一些錢。他是她們的夢中情人

——直到他拔腿跑掉。

他老愛說：「女人就這麼回事，每天都有熟了的冒出來，當然也有還沒熟的啦，不過她們也能將就著用。她們全都吃我那套狗屁，然後才沒兩下，你想要的就上手了，接下來就是拔腳再去找另一座山征服去也。」

老爸就是那種人。

柏特常說：「像他那種可以輕輕鬆鬆就讓女人脫褲子的男人啊，還以爲男女之間就只能那樣子，沒別的了。其實不然，我跟蜜西啊，我們已經結婚五十年了，慢慢兒的都不會特別急著想要看到對方光屁股，不過我們都還是想著要在吃早餐的時候看到對方的。」

這就是柏特對男女關係很精簡的忠告。

喔，還有一件事。他老說：「不要老坐在那兒想著她在想什麼，因爲你想不出來的，而且說到底呢，她也不知道你在想什麼。重要的是，她有需要的時候，有你頂著。」

問題就在於，我從來沒有一個會得需要我的人。我覺得這是因爲我的姿勢的關係。柏特老說：「抬頭挺胸，卡萊特，不要彎著腰，你又不是駝背。看在老天份上，眼睛要看著對方哪。」

我也搞不清我怎麼會這樣，駝背我是說，不過事實就是這樣。也許是因爲我長太高了，六呎六，而且我又瘦得跟樹葉一樣。我雖然老想著要改變，不過有時候我覺得是回憶的重擔把我壓垮了。

有一天晚上，羅文斯坦先生雇了個新的帶位員。她可眞了不得。他要她穿紅衣裳，別的顏色都不行。戲院裡的裝潢大半是紅色，椅背是某種紅色的布料做的。有些椅子因爲有了年紀，變得油漬漬的，應該是油頭小夥子留下的痕跡。舞台上的布幕也是紅的。布幕拉起的時候我就興奮起來，然後布幕就整個拉開，好讓我開始放影片。我好愛看著布幕整個拉開。一顆心整個抽緊起來，有種好玩的刺激感。有一回我跟柏特提起來，心想他搞不好會笑我，但他卻回說：「我也一樣啊，小夥子。」

禮拜天早上放卡通片以前，舞台上會先安排小丑跟雜耍演員表演，另外還有狗狗特技跟什麼爛魔術師之類的。他們在舞台上蹦蹦跳跳的，把台下的小朋友搞得野性大發，他們會叫啊吼的，還往台上猛砸爆米花跟糖果。

偶爾會有隻狗狗決定在台上拉坨屎，要不就是哪個小丑跌下他騎的腳踏車以後，往第一排的觀眾席跌了個倒栽蔥，或者也許是玩拋接的雜技演員漏接了個橘子，然後頭上給猛砸一記。這一來孩子們可就樂翻了。仔細想想，人類可眞是挺奇怪的，因爲只要有人出了糗或者受了傷，大家都會給逗得樂不可支——你說是吧？

剛提到的那個帶位員，她叫莎莉，電影裡的女孩跟她一比，就跟過期的火腿和乳酪一樣不能看了。她眞是個大美人，年紀比我小，小個六、七歲吧，留了一頭金色的長髮，臉蛋光滑得就跟陶瓷娃娃一樣。戲院提供了紅色洋裝給她穿，不過她自己的衣服大半都是褪了色的。她會在戲院裡換上制服，化個妝。她穿上紅色洋裝配上高跟鞋，一走出來，哇，整個地方都刷一下亮起來了。洋裝是羅文斯坦夫婦倆提供的，羅文斯坦太太根據她的身材修改到合身爲止，而且呢，還眞是合得不得了。我這麼說並不是不懷好意，不過莎莉穿上了確實是合身到極點——如果她去曬出一身古銅色皮膚的話，只怕就要撐破了衣服。對，就是合到這種地步哩。

羅文斯坦先生今年至少六十五歲了，有一回他跟我一起站在糖果櫃臺後頭，我是想拿熱狗跟一瓶飲料，準備帶到放映室去。那是我每天的午餐＋晚餐，因爲完全免費。而這一回呢，在戲院開門時，也就是近中午的時候，我們看到莎莉從對面的更衣室走出來——小丑和雜技演員跟狗狗也都在那兒換衣服。她穿著紅洋裝，踩著高跟鞋，金色的頭髮在她肩膀上晃啊晃的，而且她還對著我們笑呢。

我覺得我的兩條腿都要癱掉了。等她走進電影廳準備上工的時候，羅文斯坦先生說：「只怕得請茱德把那身衣服再放寬一點才好。」

我沒搭話，不過我心裡想著：「還是不要的好。」

每天我在放映室的時候，我都會往下偷偷看著莎莉。她就站在布幕旁邊，紅色的燈泡發出光來打到她身上。光線不強，只是要方便觀衆上洗手間，或者上點心櫃臺買吃的時候，不要不小心摔斷了腿。

莎莉的工作是領著觀衆就坐。好呆的做法，因爲其實他們想坐那兒就坐哪兒。她是戲院額外的支出，不過羅文斯坦夫婦有別的想法，他們覺得她可以吸引很多青少年上門。其實我覺得有些已婚男人應該也不介意多看她兩眼吧。她有股魅力，搞到後來我變成一直都在盯著她瞧。就那麼坐在放映室裡瞧著她。通常如果我發膩的話，我會往下看最後面的觀衆席，那兒有好多少男少女擠在一起，兩手摸來摸去，吻得咂咂響，不過我老覺得這樣不太好，看著他們親熱，而且他們跑到戲院這樣搞好像也不太好。也許我只是在嫉妒吧。

搞到後來，我人在上頭，就只好一直只盯著莎莉瞧了，因爲她每晚都會固定站在那個地方，紅色的燈泡照亮了她，連她的金髮都帶了點紅，而且她的洋裝也更紅更亮了。有那麼一次，好久以來就是媽的那頭一次，我看她看得太入神了，竟然忘了換帶子，電影就那麼斷掉了。我趕緊七手八腳的上好帶子，因爲底下那一堆人全都在唉啊叫的，直抱怨。

羅文斯坦先生不太高興，當晚我下工以後，他訓了我好一頓。我知道他講的沒錯，我也知道他沒有惡意。他知道放影過程難免會有不順。他知道我的專業技術沒問題。不過他說的沒錯，我得專心點才行。不過，實在很難要我後悔看了莎莉。

就在這場訓話以後不久，事情有了轉折。當時羅文斯坦太太已經離開了售票處，沒等她丈夫就先回家了。她自個兒有車，所以就只剩下我跟他兩個人守在點心櫃臺了——我會過去，是想拿免費的飲料喝。這時候，莎莉走出了更衣室，她身上套了件寬鬆的碎花舊洋裝，她瞧見我們的時候笑了起來。我眞希望她是因爲我才笑的。她朝我的方向看過來時，我特意挺直了身。

就在這個時候，有兩個男人推開了玻璃門，走到櫃臺來。其實通常每個晚上，我都會在那之前的三十分鐘就把所有的門都上了鎖，可是這回是因爲我還在找飲料什麼的，所以我還沒鎖門。

通常前廳的玻璃門都上了鎖以後，我跟羅文斯坦先生（有時候莎莉也一起，雖然她都習慣比我們提前一點點離開）會一起走到後面，由羅文斯坦先生鎖上後門。每天晚上他都會說：「要搭便車嗎？」而我都會說：「不用了，我喜歡走路。」

如果莎莉也跟我們一道的話，他也會問她同樣的問題。

莎莉也寧可走路，不過她跟我是反方向。

我們每晚都是這麼來的。

我的確比較喜歡走路。有一回我搭了便車，可是羅文斯坦先生的車裡雪茄菸的味道實在太重了。我爸以前常抽雪茄，味道一模一樣——廉價而且趕不跑。那種菸味會跑進你的衣服裡，搞得你得洗不只一次才能把那臭味給除掉。

何況，我喜歡走路。有兩次，我甚至在雨裡頭走路回家。羅文斯坦先生跟我理論了老半天，不過我跟他說我喜歡雨。我喜歡從雨裡頭走進家門，全身好冷又濕答答的，然後脫了衣服拿毛巾擦乾身體，再沖個熱水澡，之後就穿上內衣褲上床睡覺。很簡單的過程，也許有點傻吧，不過我喜歡。有時候我會在沖完澡以後泡杯熱巧克力，毛巾搭在肩上就那麼坐著喝，然後才上床。

不過這一回因爲前門該鎖的時間沒鎖上，這幾個傢伙就走了進來。無所謂了，因爲他們那種人，其實遲早總要走進來的。

他們其中一個穿著藍色西裝，長得就跟消防栓一樣。他戴了頂暗色帽子，帽沿往後推了一些，就是你偶爾會看到的那種調調，可這在他身上看起來卻好蠢。不過應該也不全是外表的關係吧。他擺出來的那個模樣就是在告訴你，晚上他躺床上的時候，其實不會想著電力是怎麼來的，又或者門會旋開的原因是什麼。另外一個傢伙，他比較瘦，講話沒那麼粗，他穿了套棕色西裝，戴著棕色帽子，而且有隻褲腿一路到他腳踝都是鼓著的，好像是在裡頭綁了一支小手槍。

他們帶著笑容走過來，然後高的那個，他看著羅文斯坦先生，說道：「我們是社區保護委員會的代表。」

「社區什麼？」羅文斯坦先生說。

「無所謂啦，」矮壯的那個說。「你只需要靜下來，乖乖聽我們講解我們提供的服務就好了。我們可以保證你的安全，因爲搞不好會有人想闖進來燒掉這個地方，或者搶劫啊打人什麼的。我們保證這種事不會發生。」

「我有買保險，」羅文斯坦先生說。「我這生意做了好多年，從來沒出過事。」

「不對，」高個子說。「我們這種保險你沒有，我們保證的可多著了，少了的話，有些事情恐怕難免要發生哦。」

就在這時候，我跟羅文斯坦先生才恍然大悟，聽懂了他們的意思。

「依我們看哪，你們是該付的錢還沒付，」高個子說。「這一帶呢，所有這些店家，我們上禮拜全都收到了錢，現在就只剩你們一家還沒給。不付錢的話，只怕後果不好看。」

「我可不加入，」羅文斯坦先生說。

高個子輕輕搖了搖頭。「可能由不得你喲。壞事說來就來，沒個準。這麼好的一家戲院，你可不希望出岔吧。這樣好了，猶太人先生，我們這就走了，不過下禮拜二我們會再過來，這樣你就有差不多一個禮拜可以考慮考慮。只是過了禮拜二以後，如果我們還沒拿到，嗯，一個禮拜一百塊的話，只怕你就會少了我們的保護。那一來，什麼稀奇古怪的壞事都有可能找上門噢。」

「那就到時候見了，」壯的那個說道。「也許可以開始往罐子裡丟些小錢囉。」

他們進門時，莎莉停了腳。她就站在原地聽著，隔了也許七呎遠吧。壯的那個轉過頭，看著她。

「咱們可不希望這個妞兒的舊洋裝給弄皺吧。而且跟你說喲，妹妹，你那裡頭包著的，可還眞是挺美的咪咪哪。」

「不許你這樣子說她，」羅文斯坦先生說。

「我想怎麼說，就怎麼說，」壯的那個說。

「我們的警告只此一次，沒有下回喲，」高個子說。「場面不要搞得太難看，你只消付清你每個禮拜的一百塊，我保證你什麼都順順當當的。」

「就這句話，」壯的那個說。「順順當當。」

「一百塊，這可不是小錢啊，」羅文斯坦先生說。

「聽好了，」壯的那個說。「這可便宜得很，因爲天曉得你這裡會鬧出啥個事來，包括你，你的員工，你那個胖老婆，還有這個乖乖女，再加上那個智障，不管哪一個出事，你都得花更多錢搞定呢，而且有的事就連銀子都沒辦法補救喔。」

之後他們就踏步出門，晃啊晃的挺悠哉的。莎莉走了過來，她說：「他們是什麼意思呢，羅文斯坦先生？」

「是在敲詐，甜心，」羅文斯坦先生說。「你別擔心，只是今兒晚還是由我載你們回家比較好。」

我們照辦了。我並不介意。我坐在後座，就在莎莉的正後方，我看著她的頭髮，透過雪茄菸的味道聞著她的髮香。

當晚在我自己那間小公寓裡頭，我獨個兒坐著，想著那兩個傢伙。他們讓我想起我自己的老爸。滿口混帳話，比霸凌還要霸凌，這種人壞到骨子裡了還自鳴得意。我很為羅文斯坦先生和羅文斯坦太太擔心，還有莎莉當然，而且不瞞你說，我也在擔心我自己。

隔天我還是跟往常一樣去上工，而我去拿午餐時——拿我的熱狗要上放映室去的時候——莎莉走過來說：「昨晚那兩個人，他們危不危險啊？」

「不曉得哪，」我說。「有可能吧。」

「我需要這份工作，」她說。「我不想辭掉，可是我又有點害怕。」

「我懂，」我說。「我也需要這份工作。」

「你要繼續做下去？」

「當然，」我說。

「可以拜託你保護我嗎？」她說。

這有點像是在找一隻麻雀跟老鷹對抗，不過我點了頭，說道：「沒問題。」

我其實應該要她及早走人另找出路的，因為壞事有可能說來就來。我以前見過的——很不好的事。

不過問題是，我太自私了。我希望莎莉留在我身邊。我希望天天都可以看到她，可是我裡頭又有另外一個我在想著，萬一出事的話，我也許沒辦法保護她。單單善意有可能還不夠。柏特以前就常說，通往地獄的路，鋪滿了善心。

那晚下工以後，正當莎莉準備走路回家時，我說：「我陪你走回去好嗎？」

「我跟你是反方向，」她說。

「沒關係。我送你到家以後，再回頭走就好了。」

「也好，」她說。

我們走著走著，她說：「你喜歡當放映師嗎？」

「喜歡。」

「爲什麼？」

「薪水不錯，又有免費的熱狗可吃。」

「我喜歡待在上頭的放映室，每部電影我都可以看。我喜歡看電影。」

她笑起來。

「我也是。」

「說來有點怪，不過我也滿喜歡放映間裡頭那種有隱私的感覺。我是說，你曉得，在那上頭我是會有點孤單，不過其實還好。偶爾會有電影看得我都想吐了，那我就會看看書。我看書的速度不快，一本書我可以看好幾個月呢。」

「我看雜誌，也看書，」她說。「我讀過賽珍珠的《大地》。」

「挺好的。」

「你看過了？」

「沒有，不過我挺羨慕你看過了。聽說這書不錯。」

「還可以。」

「我其實比較喜歡電影，」我說。「不用花那麼多時間，就可以享受到好故事。只要一、兩個小時就結束了。還有一個優點是，我可以高高在上，躲在放映室裡頭，往下看著大家，還可以看到銀幕上的演員——影帶是由我操控的。感覺上，我好像是所有人的主人。我覺得我好像是高高在上的神啊什麼的，而且那些電影，那些演員，他們做的事情，我覺得他們是靠著我才有辦法做到的。聽來怪怪的，對吧？」

「是有一點，」她說。

「我每個禮拜都要一遍一遍的重放他們的生活，之後呢他們就走了。對我來說，他們已經不存在了，不過接著又會來一批新的人歸我管，你知道。他們都是裝在canister（金屬罐）裡頭送到我手裡。我沒辦法擋著不讓他們做他們要做的事情，不過沒有我的話，他們就什麼也做不成了。是我按了開關啓動影片，讓他們眞的可以活起來。」

「這倒是個挺新鮮的perspective（角度）來看事情，」她說。

「Perspective?」我說。「這我喜歡。我喜歡你用的字。」

她好像有點不好意思。「不過就是個字罷了。」

「是啊，不過我知道的字沒你多——要不就是我雖然知道，可是不會用。不知道怎麼用。我老擔心我的發音會有問題。像剛才，我就好怕說canister，雖然那個字我是學過。」

「沒關係啊，」她說。「aficionado這個字我也不太會唸。我知道我發音不對，可又不曉得該怎麼唸。我得聽到會唸的人唸了才會。」

「我連這個字是什麼意思都不曉得，」我說。「或者該怎麼用這個字造句。」

「這我是花了點力氣在學，」她說。「我週末在修一些學分。大學有開一些這樣的課，這個字我只在課本裡頭看到過。」

「大學，嗄？」

「你也來上嘛，滿好玩的。」

「可是得花錢。」

「划得來的，如果修滿兩年的話，我就可以找到更好的工作了。我本來是想結婚的，可是又覺得自己還太年輕。我得先做個什麼，看看外頭的世界，再開始擦小孩的屁股。再說，我以前約會過的男生，好像沒一個是做老公的料。」

「組成家庭其實也許沒那麼好，」我說。「有些就挺失敗的。」

「我覺得我會喜歡，我應該會是個好妻子。只是現在不行，我需要再享受一下單身生活。」

就在這時候，我開始想到，有個家或許還不錯。搞不好我可以跟她共組一個小家庭。不過這只是腦子想想而已。我們經過了馬津街的一家藥局，我在他們的櫥窗上頭看到我們的反影。她看來像是什麼女神之類的，而我，呃，我看來就像幾根綁成一捆的木棍外加一把亂糟糟的頭髮。就像我先前講過的，我長得雖然不醜，不過就在那個時候，我曉得我跟她是不同掛的。我也看到了那家店就要打烊了，有幾個小夥子跟他們的女友勾肩搭背、說說笑笑的走出來。

其中有個小夥子斜眼瞄著我們，他瞧見莎莉跟我一道。我看得出他是在想：「這人怎麼把到她的啊？」然後他們就轉個彎，走掉了。

最後我們走到了她住的地方，那是個兩層樓的紅磚建築，雖然燈光不亮，不過總比我那兒要好。至少這兒有個路燈，而且透過他們玄關的玻璃門，你可以看到裡頭亮著一盞燈。

「我住頂樓，」她說。

「挺好的，高高在上。」

「嗯沒錯。你說了，你喜歡高高在上——在戲院裡。」

「對啊。」

「我有時候會站在窗口，看著外頭的人。」

「我也愛看人，」我說。「只是他們沒有電影好看，不過一部電影放到第二或者第三回的時候，我就會開始看著樓下的觀眾——除非電影是超級好看的那種。有時候一部電影我可以連看幾個晚上都不膩呢——我知道誰是誰，知道是誰壞了事，還有結局會是怎樣。可眞實的人呢，我就猜不透他們會做些什麼了。我喜歡電影，是因爲我知道最後會怎麼個收尾。」

「有趣，」她說。

我不太確定她是不是眞的覺得有趣，眞希望我原先談的是天氣啊什麼的，而不是我怎麼個喜歡高高在上，窩在我的放映間裡頭。我有時候還眞白癡。這話老爸以前最愛講了：「你啊，兒子，根本就是窩囊廢，他媽白癡一個。」

「好吧，」我說。「你到家了。」

「嗳，是到了。謝謝。」

「不客氣。」

我們在那兒又磨蹭了會兒，然後她說：「那就明天見了。」

「好啊。你要的話，明天我也可以送你回來。」

「再說吧，也許。我是說，要看情況。我在想，也許我是想太多了。」

「嗳，你沒事的。」

我爲她打開了玻璃門，讓她走進去。她在樓梯口扭過頭，回眼看著我笑起來。我看不出她的笑有多眞。不管那笑容意味著什麼，我突然覺得自己好渺小。

我回了一笑。

她轉了身，朝我走來。「那個字的意思是粉絲。」

「什麼字？」

「Aficionado，」她說。「也不知道這樣發音對不對。」

她笑起來，走回裡面去。我比較喜歡她這次的笑容。我透過玻璃門看著她爬上樓梯。

我沖了澡，一邊擦乾身體，一邊照著浴室小鏡子看著我的胸膛。鏡子有裂痕，而我的胸部也是——以前被燒傷的部位全皺了起來，裂痕好深。

我關了燈，上床。

隔天早上我起床以後，就跑到柏特家了。蜜西出門購物去了，而且雖然通常我會很高興看到她，不過這會兒她不在我倒是挺慶幸的。

柏特開了門請我進去，他爲我倒了杯咖啡，又遞來一片土司，我接過來。我坐在他們小廚房的餐桌旁，在土司上頭塗了奶油，再抹了些蜜西做的無花果醬上去。他們的房子後頭有約莫一畝地，上頭種了一棵無花果樹，每年春天跟一部分夏天，都可以看到小花園裡繽紛的花朵。

我吃了土司，喝了咖啡，吃喝間我們什麼也沒說。

等我吃完以後，柏特又爲我倒了杯咖啡。他要我出去，跟他一起坐在後頭的門廊上。那上頭有幾張挺舒服的椅子，我們就這麼坐在有遮蔭的門廊上。

「要不要講一下，你來這兒的眞正原因是什麼？」柏特說。

「有兩個人跑到我們的戲院去，」我說。「死不要臉的無賴。」

「噢。」

「他們威脅了羅文斯坦先生，還有我跟莎莉。」

「莎莉是誰？」

我跟他講了她所有的事，還有他們說的每一句話，他們長什麼樣。

「我知道他們是誰，」他說。「不過我不認識他們，你懂吧？」

「是。」

「聽好了，小子。現在可不比從前，我已經七十四歲了。你瞧我看起來還像個狠角色嗎？」

「夠狠了。」

「那一回……那一回是因爲你沒路可走。不過這次可不一樣，你只要辭掉工作，另外再找就好了。」

「我喜歡這個工作。」

「嗯……是啊，我也曾經很喜歡的。有時候我還滿想念以前的日子，不過現在我比較愛待在家裡，我喜歡活著的感覺，喜歡在家裡看《荒野大鏢客》的影集。我跟蜜西，我們倆過得還不錯。以前她為我吃了不少苦，現在我可不想再讓她受委屈了。」

「了解，」我說。

「不是我不關心你，小子。我的心也在為你淌血啊。問題是，我已經七十四了。以前我要年輕多了，而且那時候，事情比較緊急，你年紀又那麼小……你需要幫助。現在你只要走人就好了，要不就叫羅文斯坦付錢吧。換做是我的話，我會付錢了事。」

「不行，」我說。「我沒辦法走人。」

「那你就要遭殃囉，小子。我跟你說噢，那幾個傢伙可不好惹。那天去了兩個，主使的其實是另外三個。總共五個吧我想。」

「你怎麼知道？」

「我不像以前人脈那麼廣——那是我當放映師以前的事了——不過我還認識一些人，偶爾也會聽到一些消息。哪，這樣子好了，讓我先四處問問吧。」

「嗯，」我說。

當晚我放的電影我根本沒看，而且連片名都不記得了，不過該換帶子的時候，我倒是沒誤事。總之，幾乎所有的時間我都是盯著紅燈泡底下的莎莉在看。她一副好緊張的樣子，東張西望的。

他們說他們下禮拜會再上門，現在才過了三天，所以目前我們應該沒事。只是我會想著，下禮拜時間到的時候我該怎麼辦。

當晚到了要打烊的時候，羅文斯坦說：「我打算付錢給他們。」

「是麼，」我說。

「是啊。我這兒生意做得不錯，他們等於是每個禮拜都要分紅，不過那幾個人哪，我也拿他們沒辦法。那晚之後，隔天我就打電話報警了，結果你知道他們怎麼說嗎？」

「怎麼說？」

「付錢了事。」

「他們果真這麼說？」

「沒錯，依我想來啊，小子，他們應該是買通了警察——能買的那種警察，至少。他們跟店家收錢，警察順便也可以分點利潤。」

我覺得應該就是這樣——畢竟我也是見過世面的。

當晚我又陪莎莉走回家。等我回到我那兒時，只見柏特就坐在門前的台階上。他的旁邊放了一個小小的木盒子。

「媽的，小子。我差點就要放棄了呢。」

「抱歉，我陪莎莉回家去了。」

「很好。你有了女人，不錯。」

「不是你想的那樣，」我說。

「她就是你跟我提過的那個，對吧？」

「沒錯，不過不是你想的那樣啦。」

「怎麼說？」

「呃，不是你想的那樣就對了。我覺得如果她沒給嚇到的話，她應該是不會理我的。我是說，她人挺好的，可是……媽的，你知道我意思啦，柏特。你瞧瞧我的樣子，人家長得就跟洋娃娃一樣，又好聰明。她晚上有去上課。」

「是嗎？」

「她學了很多挺難的單字。」

「她長怎麼樣？」

「好美。」

「挺難的單字，外加漂亮，滿好的嘛，小子。你要加把勁兒追到手才行。你值得的。」

我看著盒子。

「這裡頭擺了什麼？」

他拍拍盒子。「你曉得的。」

「嗯，我應該是曉得。」

「我四處打聽了一下，那幾個傢伙啊，他們打算掌管這一帶，給了警察一些好處。聽說總共有五個，就跟我先前跟你講的一樣。他們的目標應該就是要不斷的擴大版圖吧，而且你曉得，他們是有可能打出一片江山的。」

「好吧，」我說。「就五個人。」

「人數不算少喔。」

「當然。羅文斯坦先生說他打算付錢。」

「那就好，小子。怎麼看都該這麼著才行。不過，我得跟你說，一、兩個月以後就不會是一百塊了，會漲到兩百。他們會把這一帶榨到乾，然後整個接收過去。他們是會這麼來的。轉角那家糖果店已經是他們的了。他們會一步一步來，每次處理幾家店，後面還有別家在排隊，所以他們的事業會越做越大。沒多久以後，這兒四個街區，只怕全要給他們接收了。之後就是往別的街區拓展。他們那種人啊，永遠不會停手的。」

我們好一會兒沒講話。柏特站了起來。

「我得回家去了，」他說。「我跟蜜西說我只出去一下，這會兒已經待太久了。」

「她看到盒子沒？」

「沒有。我很小心。她只知道我在愛上放映機以前，有過一段荒唐的日子。她不知道你跟我的關係，也不曉得我們做了什麼。她以爲你是個小乖乖。她不知道我手上有這盒子。記住，盒子裡頭的東西你不能留。用過即丟，因爲我永遠都不想再看到它了。這幾個傢伙，他們就住在街尾——企業大廈，頂樓。」

「怎麼會叫這個名字的？」

「不知道。總之他們的規模還沒大到有保鏢什麼的，他們就是五個人，外加一套計畫。」

我點點頭。

「羅文斯坦先生跟警察談過，」我說。

「噯，不用你講我也猜得出結果。抬頭挺胸啊，小子。而且別忘了，還有別家戲院，還有別的女孩子。盒子丟掉，趕緊走人算了。」

他離開時，拍了拍我的肩膀。我轉過身，看著他沿著街蹣跚而去，兩手插在口袋裡。

當晚我沒脫衣服就躺在床上，鞋子也還穿著。我躺在那裡，盒子就擺在我旁邊。

我還記得當初我跟老爸住在一起的時候，他老喜歡帶女人回家，跟她們做他愛做的事，也不管我是個小孩子，就躺在離他不遠的地方。

我還記得那樣對他來說還不夠，因爲等她們走了以後，他還會來碰我。他喜歡摸我。他說那樣其實沒關係，可是我覺得很不舒服。

有一回我就直接說出來了。我說了我會不舒服，而且感覺好怪，他一聽馬上把我往暖爐上頭的爐架子推過去，按住我不放。我叫了又叫，可是我們住的那地方，根本沒有人會理的。誰也不在乎。

只除了柏特。柏特和蜜西那時候住我們家附近。當時他才剛開始在戲院上班，擔任放映師的工作，有時候我會上他那兒，跟他聊天。有那麼一回，他瞧見我的襯衫透出血來——就是我給燒傷的那一次。傷口結了痂，痂不小心弄破了，就流出血來。

所以他才會知道我的事。他問我是怎麼傷到的時候，我忍不住一五一十全講了出來。我解開襯衫鈕釦，爐架子留下的印痕就跟刺青一樣明顯。

柏特認識我爸。柏特說，我爸在幫附近某些他認識的人打雜。他的工作得用到拳頭，而且有時候還不只是拳頭。

我是到那時候才知道我爸的行當。我從來沒問，也不在乎。他出門後只剩我一人在家時，我最快樂了。我喜歡上學是因爲這就可以不用看到他了，不過就像我先前講的，我後來是迫不得已辦了休學。

我跟柏特說了我燒傷的那晚，爸是怎麼進了我房間，想要碰我。我反抗了。那時我個頭已經比較大了，但還不是他的對手。他壓住我，硬做了他想做的事，就跟以前一樣。那回我真的好痛。他說如果下回我反抗的話，我還會更痛。他說最後我的下場會跟桃樂絲一樣，他指的是我媽。我本來就在懷疑問題並不簡單，懷疑她不是像他講的那樣跑掉了，所以當下我馬上懂了。我很肯定就是他把她做掉的。

之後他把我推到暖爐邊。我看著他把暖爐打開，然後等爐子熱了以後，他就把我推上去，說是要給我一點教訓。

我不想跟人抱怨家裡的事，不過那回我跟柏特坐在放映室的時候，我一股腦兒全說出來是因為我太生氣了。我覺得我爸那樣子對我，應該是我自己有哪兒不對。

「跟你沒關係，小子。是他的問題，他才是禍根，不是你。」

「我想殺了他，」我說。

「我看是他會把你宰掉啦，」柏特說。「我知道他是什麼樣的人，有什麼樣的能耐。他比我想的還要糟，你絕對不是他的對手啊，小子。你會變成失蹤人口。」

我哭了出來。

柏特伸出手搭上我的肩膀，他說：「好啦好啦，小子，不會有事的。」

後來我就乾脆住到柏特家，他那兒其實離我跟老爸住的地方並不遠——柏特前不久才從我們那邊的公寓樓房搬到附近轉角的一棟屋子去。話於是傳開來，說我跟柏特住在他的新家。老爸有一天就帶著個矮禿子找上門來。禿子沒戴帽子——這在當時還眞是挺少見的。

「我是過來接我兒子走的，」爸說。

老爸跟那個禿頭就站在門外頭。柏特一把拉著開著的門，另一隻手握著一把點四五的自動手槍——藏在門框後頭，沒給瞧見。他們之間隔了扇紗門。我就站在後頭那間像是垃圾堆的小客廳，外頭的人看不到。從我站著的角度，我可以透過對面牆上掛著的鏡子瞧見他們。

「他不想走，」柏特說。「他現在哪，算是在度假。」

「我是他爸，他非走不可。」

「才怪，他不用聽你的話。」

「我可以找警察過來喲。」

「沒錯，你是可以，」柏特說。「請便。不過呢，這小子可就有個故事要跟警察講了。」

「沒錯，他會講個他編的故事。」

「你以爲我信你這套啊？」

「我才不管你信不信。要我兒子立刻出來。」

「今天不行。」

「依我的想法，我們就直接進去找他好了，」禿子說道。

「我原先就在想著，你們也許就是這麼想，」柏特說。「所以我就想著，如果你們果眞來這一招的話，恐怕不會有什麼好結果。」

「人家都說你以前算是一號人物，」禿子說。「不過現在你只是個放映師而已。」

「外頭什麼人都有，關於我的說法也挺多的，」柏特說。「你們就試試看帶著孩子走好了，之後你們就可以四處跟人講講你們自個兒的說法囉。」

「很好，」老爸說。「暫且就讓你留著他好了，不過他終歸還是要回家的。」

「你晚上一個人不好睡嗎？」柏特說。

「你嘴巴給我小心點，」老爸說。「你整個人都給我小心點。」

「除非你是打算要狠，一路殺進這扇紗門來，要不就請走吧。」

「你這是自討苦吃，不打算活了，」老爸說。

「是嗎？」

「像你這樣的人，有個好老婆，又在戲院裡頭有個媽的挺穩當的工作，小心到頭來兩手空空喔。」

柏特全身一僵。

「威脅我的人都沒好結果的。」

「我們上門來呢，」禿子說：「是要給你個機會脫身，要不剛才那個你說是威脅的玩意兒，只怕就要應驗了。」

「那就別等了吧，」柏特說著便亮出他先前藏著的點四五手槍。「我這是在請你們進門。」

「我們的時間很多，」老爸說。「我們多的是時間，還有方法。先生你啊，現在是一腳踩進了糞坑。」

「等收尾的時候，再看是誰踩進糞坑吧，」柏特說。

老爸和禿子轉了身離開。我走上前去，站在門邊。我看著他們爬上一輛車，禿子坐在駕駛座。老爸透過車窗看著柏特的屋子。他瞧見了我。他笑的樣子，像是一頭獅子。

當晚我就睡在沙發上。我原以爲蜜西和柏特是在他們的房間裡，可等我翻個身時，卻瞧見柏特拿了個木盒子站在門邊。他從盒子裡抽出了個什麼東西，放進他的外套口袋裡，然後就出門了。

我從沙發爬起來，穿好衣服，走到盒子那兒瞧瞧。裡頭是空的，盒底鋪著布。沒布的話，就眞是空的了。

我踅出了門，沿著車道走下去，透過樹籬四處張望，這才瞧見柏特急步在走。我等他走遠了，才跟在後頭。

這段路好長，風挺大的，而且下起了和霧一樣的雨。柏特步伐好快。當時他比較年輕，不過年紀也不算小了。總之他動作很快。

柏特走到轉角後拐了彎，可等我也彎過去時，卻看不到他。這時我已經走出了城裡的住宅區，四周有幾棟建築。有那麼一會兒，我就站在那兒，一頭霧水，然後我便踱著步慢慢走下去，等我到了挺高那棟建築的另一頭時，我四處探看了一下。我瞧見柏特站在這棟建築的一個門廊底下，就在一扇門前面。他的頭上有盞燈。他舉起了個什麼，打掉了燈泡，然後他便把手裡的那個玩意兒插到門上。我聽到卡答一聲，沒一會兒以後，他就進了門不見了。

我慢慢走上門廊，可是我硬是沒辦法走進去。我等在那兒豎起耳朵聽，沒多久後我聽到像是有人在大聲咳嗽，然後有人叫了一聲，之後咳嗽聲又來了。

再過一會兒，門給推開來，差點把我撞倒。是柏特。

「媽的，小子。你在這兒幹嘛？」

「我跟蹤你來的。」

「想來也是。」

他擎起手裡的自動手槍，把尾端的滅音器轉下來。他把滅音器放進右邊口袋裡，手槍則放進另一個口袋。

「走吧，動作快一點。別跑，不過也別拖著腳。」

「你解決了嗎？」

「是啊，不過不是你老爸。他在公寓裡——是我問的時候，那個賊禿子說的。」

「你問了他？」

「是啊，好脾氣的問。等他跟我講了以後，我就斃了他——兩槍解決。裡頭還有個我不認識的傢伙，他從浴室走出來的時候。我也斃了他。跟你還是實話實說的好，小子：他們這會兒已經是死得不能再死了。上路吧，別拖拖拉拉的。」

我好驚訝，但也很快樂。我是說，剛那裡頭的人，他們並沒有像老爸一樣傷我，可是他們都站在他那邊。搞不好都覺得是我在說謊。搞不好他們都覺得我給暖爐燒到，是我罪有應得。我們那一帶很多人都這樣想。你父親的話就是法律，而法律就是要嚴格遵守，你如果不贊成的話，就是跟大家作對。

之後我們來到了我爸住的公寓——也就是我和他一起住的地方。我們那棟公寓樓房前面有條小徑，兩旁各種了一排從來沒有修剪過的樹籬。到了樓房裡頭，你得穿過廳堂，然後往左拐個彎，才會走到我們住的地方。

柏特站在樹籬的陰影底下，他說：「這事你確定嗎，小子？死了就死了喔。他可是你父親啊。」

「對我來說他啥都不是，柏特。如果他把我帶回家的話，我只有死路一條，這你應該很清楚。我對他來說啥都不是，我只是他可以當成財產的東西，用完了就丟。他對我媽就是這樣。我媽倒還好，我還記得她身上的味道，只是有一天她突然就不見了——全是因爲我爸。這會兒她不在了，可是他在。」

「再怎麼說，他終究還是你爸。」

「這我無所謂。」

柏特點點頭。他從外套口袋裡掏出了手槍和滅音器，然後把滅音器套上了槍。「這事兒你還是別參與吧，先回我家去。」

「以前你就是做這個的，對吧柏特？」

「全天候工作，」他說：「提起來我可不覺得光彩。不過今晚不一樣，這些個傢伙，還有你爸，幹掉他們我無所謂。搞不好還可以補償某些我幹的壞事呢。」

「我跟定你了，柏特。」

「這樣不好吧，小子。」

「我就要跟。」

我們沿著小徑往前走，到了門口時，柏特把槍交給我。我接過了槍，看著他拿了個小楔子把鎖弄開。我把槍遞還給他。我們無聲的閃進門裡，就跟飄忽的鬼魂一樣。

我們到了老爸房間的門口時，柏特又要拿出楔子來，我立刻抓住他的手。我爸其實有一把備份鑰匙，他把它插進了門框側邊的裂縫裡。不知道的人不會看得到，因爲我們拿了染成木頭色的白堊粉團塞了上去。我伸手繞到框邊，拿下了粉團，抽出鑰匙。我把門鎖打開。

我可以感覺到他在房裡。我不知道怎麼解釋，不過我就是可以感覺到他。他坐在床邊一張椅子上抽菸。等我們看到他的時候，他也察覺到了我們就在房裡。

「你最好別叫出聲，」柏特說。

老爸喀個打開床邊那盞燈。他全身都浸在亮光裡，而且那光線的範圍也大到可以讓他看見我們。我們往前湊過去。

「其實我早該想到你會過來的，柏特。我知道你這人，我知道你幹過什麼好事。」

「你不該威脅我的，」柏特說。

「跟我一起的那個人，阿莫斯，他說幾年前你幫他認識的幾個傢伙幹了好幾票。那時他沒在圈子裡混，只是在外頭看著。他說你是傳奇。我們前幾天去你家瞧見你的時候，我倒不覺得你有什麼傳奇的架勢。不過呢，這會兒你來了。」

「沒錯，」柏特說。「我來了。」

「不管我叫，還是不叫，反正我都沒活路了，對吧？」

「沒錯，沒活路了。」

老爸就是在這個時候，抓起那盞燈，想朝柏特的方向甩，不過電線太短了，插頭沒從牆上拔出來。檯燈砰個往前跳了又縮回去，然後掉在地板上，光線亂掃，接著老爸便站起身來立在椅子前頭，他手裡撈著一把他剛從椅墊底下抽出來的槍。

柏特砰個開了槍。

空中閃了一道光，散出火藥的臭味，猛爆的聲音像是有人咳出了一大口痰，然後老爸便跌坐在椅子上。他的槍在他的指頭上晃啊晃的。他喘氣的聲音好重。他想抬起他那隻撈著槍的手，可是他辦不到——一副他是想要抬起一條鋼樑一樣困難呢。

柏特走上前去，從老爸的手裡拿走了槍，然後交給我。他把檯燈放回去。那盞燈的光打在老爸臉上，好像有重量似的。老爸的臉發白。我看著他，想要有個什麼感覺，但什麼也沒有。我沒爲他難過，但我也沒有覺得很舒服。我什麼感覺也沒。當時是沒有。

老爸喘吁吁的，他的胸部發出喀喀的聲音。想來那一槍是打到了他的肺。

「如果你想要的話，我們是可以看著他死掉，要不我也可以馬上把他解決掉。就看你了，小子。」

我舉起我手裡的槍，指向老爸。

柏特說：「且慢。」

我停住了。

「沒有滅音器，」柏特說。他跟我交換了手槍。「他沒有反抗能力了，就跟你小時候也沒有一樣。湊過去，近距離解決。」

我往前邁進，拿起槍管抵住他的頭，然後按下扳機。手槍咳了一聲。

而現在，那把槍和滅音器都裝在盒子裡給了我。許多年前，柏特拿了塊抹布擦了我爸的槍，然後把槍連同抹布都丟上地板。不過他自己的槍他還留著，而現在則是交到我手裡要我用完即丟。我覺得他的目的不只是爲了安全，不只是怕要坐牢。我覺得這是柏特在告訴我，從此他就要金盆洗手了。

多年前的那一晚，老爸死了以後，我們悄悄走出樓房，快步沿著街走掉。我知道，而柏特也知道，我們做了什麼；而這，就夠了。我們之後再也沒提起那件事，連稍微暗示一下都沒有。

那是我多年來頭一次睡得好的晚上。後來我有了自己的住處，也終於得到放映師的工作。生活安穩——直到那兩個傢伙闖到戲院。

現在惡夢再度降臨。而這回我要保護的卻不只是我自己而已，另外還有莎莉和羅文斯坦夫婦。在手槍和滅音器底下，還有個楔子——是柏特多年前用來打開門鎖用的那一個。我看到那底下還有一張紙。

紙上列出了三個地址，有兩間公寓是在同一棟樓房。

另外一個的地址在城外，幾乎是鄉下了，離鐵軌很近。聽那幾個傢伙講話好澎風好得意，其實他們跟以前的我爸差不多，住在邊緣地帶，生活就是女人和酒。講話天花亂墜趾高氣揚，根本就是混充黑道大哥的小癟三——柏特以前就這麼說過。

我把手槍放進前頭的褲袋裡。扳機凸出來了，我放下襯衫蓋上去，然後把滅音器塞進另一個口袋裡。我把楔子擺在後邊的褲袋，這兒我通常都擺皮夾的，不過這一晚我不需要皮夾。

第一個地址離我這兒不遠，離戲院不遠。

到了外頭，我走下小徑，然後停了腳。有輛車停在路沿。我認得這輛車。有個男人踏步出來。

是柏特。

「我決定還是過來的好，」柏特說。

公寓簡直太容易解決了。柏特從我手上接過了楔子，然後把門鎖撬開。我走進去，看到他們一起躺在床上。光著身子呢，是兩個男的。這種事我是聽過。我開槍把這兩個在睡夢中的人打死，柏特拿著手電筒照在他們身上，讓我看清楚長相。他們不是闖進戲院的那兩個，不過柏特說確實是那五人組裡頭的成員沒錯。兩個人渣嘛，我解決的速度夠快，只怕他們都還不曉得自己是怎麼死的呢。

另外那戶公寓我們也是輕易就進了門，不過什麼人也沒找著。

我心裡開始有了疙瘩，不過也無計可施。

我們開車到了城邊，把車停在路邊的胡桃樹園裡頭。我們下了車，走向前頭的屋子。屋裡亮著一盞燈，附近沒看到房子，不過稍遠處倒是有兩間屋子——黑黑的、沒有聲音。

我們走到窗戶旁邊，偷眼看進去。有個男的坐在沙發上看電視，我們可以聽到他在哈哈笑。電視上的聲音搭配了罐頭笑聲。他不是闖進戲院的傢伙，不過柏特說他是五人組的成員沒錯。

透過一扇開著的門，我們可以看到先前威脅過羅文斯坦先生的那兩個傢伙。他們走出了廚房，一人拿著一罐啤酒。

我們退開了窗邊。

「行了，」柏特說。「把這三個算進去，就是五個了。他們全聚在一起了，這樣也好，你就不用擔心還得到處去找那個不在公寓裡的人——他就是坐在沙發的那個。」

「你確定？」

「我知道這幾個人，」他說。「他們在這一帶已經混了一陣子了。他們就是大家在講的那幾個——到處威脅著店家要錢。原本他們只是別人的小跟班，可是最近卻開始想要劃出自己的地盤來。他們全都在這兒。」

「那現在呢？」

「嗯，要殺他們，應該是趁他們睡著了不會反抗的時候最簡單。不過有句俗話不是說『該來的擋不住』嗎？」

「意思是？」

「意思是這會兒多了一個人，所以我得先回我的車那兒囉，小子。」

我們回到他停車的地方。柏特從行李箱抽出了一支鋸短了的雙管獵槍。槍托也鋸短了。他打開槍來，拿了行李箱一個盒子裡的兩顆子彈擺進去，之後他又抓了把子彈，塞進他的口袋。

「希望用不上這麼多子彈。獵槍的聲音可是震天響哪。」

我們往屋子的方向走去。

我們等在屋子外頭的灌木叢裡，搞了差不多一個多鐘頭吧，一句話都沒講，只是靜靜等著。我回想起當初跟老爸對峙的場面，我把手槍抵在他頭上，他的眼睛順著槍管看著我的臉。感覺挺好的。而當晚稍早那兩個傢伙，我完全不認識他們，也沒跟他們講過話，不過想想他們那夥人根本就是一丘之貉，我也就釋懷了。也許我跟老爸其實還挺像的，只是我不想承認。

過了一會兒，柏特說：「聽好了小子，我們可以改天趁他們睡著的時候再來，搞不好另外那個傢伙會在他自己的公寓裡，這就可以分兩次進行。要不我們也可以大起膽子，一次解決。」

「咱們大起膽子吧。」

「客廳兩側各有一扇門，如果我們從後頭進去的話，就可以分兩路包抄，來個讓他們措手不及的突襲。還有一點，如果另外有人跑來，人數多過咱們想的的話，那就要一併解決，懂嗎？」

我點點頭。

「小心不要火線交錯，傷到自己人，」柏特。「自相殘殺可就糗大了。」

我們溜到後頭。柏特掏出楔子，將它插進門縫裡猛個一拉，那門發出小小的啵聲打開來。聲音不大，還沒大到可以蓋過電視的震天響聲。

到了屋裡，他走右邊，我走左邊。

我們正打算大開殺戒時，坐在我這一頭的傢伙看到了我們。他就是闖到戲院的高個子。他打算探手到他的腳踝，抽出他綁在上頭的手槍。這人藏槍的地方顯然不夠好。我用了裝上滅音器的點四五手槍。它發出那種肺結核式的咳聲，他有將近半邊的臉飛出去了。

柏特就是在這時候擎起獵槍開火的。先是一支槍管，然後另一支。另兩個傢伙馬上應聲倒地，血肉四濺，噴得牆壁到處都是。那把獵槍的聲音在屋子裡聽起來像是兩顆原子彈爆炸了一樣。

柏特瞥瞥電視機。「我好討厭這個節目，罐頭笑聲。」

有那麼一會兒，我以爲他就要開槍打爛電視。

我們快步走出那裡，從後頭的小路離開。罐頭笑聲還在電視上爆響。

唯一接觸過門的就是楔子了，所以不用擔心指紋的問題。

我原本以爲稍遠處的房子會亮起燈來，但其實那兒還是跟先前一樣黑漆漆的。黑暗中的兩聲獵槍槍響，聽起來應該沒有我想的那麼大聲。也許沒有人在乎吧。

上車後，柏特把獵槍擱在我們之間的座位上，然後開了車離開。他一路開到城外滿遠的地方，一直到了河邊。他沿著河一路開下去，然後停在橋下，我們下了車，把兩支槍都抹乾淨了以防萬一，然後便把它們連同楔子和滅音器一起丟進河裡。

柏特把車停在我家前面的路沿後，我準備要下車。「等等，小子。」

我把手移開門把。

「聽好了，你跟我，咱們是好哥兒們。這你曉得。」

「親得不能再親，」我說。

「就這句話。不過我得跟你講句難聽的話，小子。以後不要再來找我了，因爲沒有必要。對你，我是能幫的都幫了，而且我做的已經比我原來想的還要多。這會兒我的過去都已經丟進河裡頭，我可不想再撿回來了。我很喜歡你，小子，我可沒生你的氣什麼的，只是我沒辦法再顧著你了。我沒辦法再去想那種事情了。」

「那當然，柏特。」

「不要誤會我的意思，好嗎？」

「我不會，」我說。

「總之我也只能這麼辦了——不是你的問題。還有，把那槍盒子丟了吧。祝你好運，小子。」

我點點頭，跨出車門。柏特噗一聲把車子開走了。

隔天晚上我陪著莎莉走回她的公寓，而之後的每天晚上也是一樣，因爲她很害怕。直到那幾個歹徒說了要來收錢的前一天，都是由我陪著她走回家。

莎莉和羅文斯坦夫婦倆都很擔心，不過羅文斯坦先生其實已經準備好要付的錢了——雖然覺得很冤，也沒法子了。莎莉說她好恨這檔子事，不過她很慶幸他準備付錢。

羅文斯坦先生讀了報紙，看到新聞上提到公寓樓房還有城外那棟房子發生的命案，但他並沒有聯想到是跟他談過話的那兩人。他不可能曉得。不過他倒是會聊起命案，感嘆說世風日下活得好不安穩。這我表示同意。

我陪莎莉走回家的最後那個晚上，她跟我說：「明天我不來上班了。等羅文斯坦先生付了錢以後，我再回來吧。你以後不用陪我了。我覺得付錢以後，我自個兒回家應該不會有問題。」

「好的，」我說。

「他們到戲院的時候，我不想在那兒——就算他打算付錢。你能了解嗎？」

「了解。」

我兩手插在口袋裡，在那兒站了好一會兒。我很高興她沒出事。

「莎莉，這檔子骯髒事我們先放下不管，下禮拜你跟我一起去喝個咖啡，你覺得怎麼樣？你知道，在我們上工以前。哪天放假的時候，我們或許也可以一起去看電影呢，免費的。」

後頭這句話我是盡量擠出笑來說的，因爲其實我們是整天都在看電影：我在上頭的放映間，她在樓下的觀眾席旁邊。

她回我一抹笑，不過看起來不太眞實。好像是她從哪兒借來用的。

「聽起來挺好的，」她說。「不過我有個男朋友，只怕他會吃醋。」

「我從來沒看過你有伴呢，」我說。

「我們很少出門，不過他是有來過戲院。」

「是嗎？」

「是啊。而且你也知道，我早上都到大學上課，下午和晚上又得來戲院上班，另外還要撥時間念書。我的時間都給佔滿了。我們一個禮拜只休一天，要做的事情實在太多了，而且我總得花點時間陪我男友吧，你知道。」

「是啊。好吧。請問你這個男朋友叫什麼名字？」

這個答案她想得有點嫌久了。「藍迪。」

「藍迪，嗄？他就叫這名字？」

「沒錯，藍迪。」

「跟藍道夫・史考特同名囉（譯註：藍道夫・史考特是美國一九三〇到六〇年代的演員，以扮演西部片裡的大英雄聞名。Randolph藍道夫的暱稱是藍迪Randy）。還記得上禮拜我們放了他那部電影吧——《馬背上的英雄》。你說你很喜歡。」

「嗯，是同名沒錯。他的名字叫藍道夫，大家都叫他藍迪。」

「好吧，」我說。「希望你跟藍迪一切順利。」

迪一樣。

「謝謝，」她說，就好像我說的是真心話一樣。就好像我果眞以爲她身邊是有個藍迪一樣。

那之後，莎莉就再也沒有回來上班了。而且當然，那幾個歹徒也沒找上門來。羅文斯坦先生的一百塊可以留著了。而我們這整個街區，這兒所有的店家，大家也都可以留著自己的錢了。也許會有別的像那樣子的惡棍找上門來，不過那五個人出了那種事情，想接手的人都會有點害怕吧。沒有人知道，到底目前是什麼樣的幫派在把持我們這一帶。說穿了，其實就只有柏特跟我，不過這事沒人曉得。

我挺喜歡待在樓上這個放映間裡頭。有時候我會探頭看著莎莉以前站著的地方，不過她不在了，當然。羅文斯坦先生一直都沒再雇用別的女孩接替她。他覺得大家反正都還是會來看電影。

我在鎮上看到莎莉兩次，兩次都看到她身邊有個男人，不過不是同一個人。我很確定他們的名字都不叫藍迪。如果她看到我了，她也沒表現出來。我老想著，如果她知道我爲她，爲大家，做了什麼的話，她會怎麼想。

我現在每天就是放電影給觀衆看，然後回家。有段時間我三不五時的就會走過柏特的家，我也不確定原因。前一陣子我在報上讀到，蜜西死了。我很想送花或者什麼的過去，不過結果沒有。

前幾天，我看到新聞說柏特死了。

我喜歡我的工作。我喜歡當放映師。一個人獨自待在樓上的放映間裡頭，我覺得挺好，大半時間我都覺得自己過得滿自在的。不過不瞞你說，有時候，我確實是覺得有點兒孤單。

蓋兒・李文（Gail Levin）

紐約市立大學研究生中心以及博魯克分校的特聘教授，她教學的科目廣泛，包括藝術史、美國研究、女性研究以及通識教育課程。她是鑽研美國寫實派畫家愛德華・霍普的權威，曾就霍普的主題寫了許多本書以及文章，其中包括霍普的完整畫集（一九九五年出版），以及《愛德華・霍普：私密的傳記》（一九九五）。另外，她也編輯過兩本關於霍普的選集——《沉靜的場域：向愛德華・霍普致敬》（二〇〇〇）以及《孤寂的詩：向愛德華・霍普致敬》（一九九五）；前一本收錄了當代小說中提及霍普的篇章，後一本則收錄了有關霍普的當代詩文，而且她也爲這本書寫了前言。蓋兒・李文曾於一九七六到一九八四年間爲惠特尼美術館策展，她規畫了好幾個以愛德華・霍普爲主題的大型展覽，深具里程碑的意義。目前這本選集收錄了李文生平所寫的第一篇小說，她引述了多麗絲・萊辛在《金色筆記》裡的名言：「我的結論是：虛構要比眞實的記錄還要逼近『眞相』。」

李文另外也展覽過她的攝影、拼貼作品，以及其他藝術作品。她的拼貼回憶展「不要變成藝術家」曾於二〇一四年五月在紐約的國立女性藝術家學會展出，並於二〇一五年在加州的聖塔芭芭拉、新墨西哥州的聖塔菲以及麻州的波克夏爾巡迴展出。她於二〇一五年拿到傅爾布萊特獎助金，研究亞洲與美洲文化的交流與相互影響，目前她正在著手書寫與此主題相關的著作。

City Roofs, 1932

29 X 36 in. (73.7 X 91.4 cm). Private collection

牧師搜畫錄

大家都稱我為「杉彭牧師」。我是於一九一六年出生在新漢普夏州的曼徹斯特，取名為亞賽雅・杉彭二世，是露絲以及亞賽雅・昆比・杉彭的兒子。我畢業於歌登學院（這是麻州溫罕市一家很好的教會學校），之後我又從安道弗・紐頓神學院拿到了神學學位，並先後於麻州武德鎮以及羅德島溫索凱市的浸信會服務。其後，我搬到了紐約州的奈雅克，在北百老滙大道的第一浸信會擔任主任牧師。我的工作提供了我與妻子和我們的四個小孩安居的住處——很近便的就在教堂旁邊。

不久後，我在教會認識了我們的鄰居瑪麗安・路易絲・霍普。她是本教會的老教友，年事已高，沒有結過婚，獨自一人住在他們家族位於教堂旁邊的老房子裡。她老愛誇口說，她的弟弟（也是唯一的手足）是一位知名畫家，名叫愛德華。然而愛德華・霍普對奈雅克或者他的姐姐好像都沒什麼興趣。

一九五六年的四月初，瑪麗安病倒了，她打電話給愛德華求助。他和他的妻子喬只好立刻從曼哈頓趕到奈雅克來。醫生診斷的結果是，瑪麗安罹患了膽結石以及嚴重的心血管疾病。當時她七十五歲。她住的老房子裡，壁爐早已年久失修，水管也大半都不能用了。房子陰暗異常，是由於瑪麗安非常儉省，只肯使用二十五瓦特的燈泡。她的貓也瘦弱不堪，生病了。

只比她小兩歲的弟弟愛德華很不習慣擔任解救者的角色。他抱怨說他有耳鳴的問題，必須趕回紐約去看醫生，於是喬只好單獨留下來，陪伴瑪麗安。喬覺得她的大姑很難相處，她跟我抱怨說：「瑪麗安和我衝突不斷，根本講不上幾句話。」後來由於愛德華其實並沒什麼大毛病，所以他又回到了奈雅克，幫忙喬處理雜事，照顧瑪麗安，並找人修好她的壁爐——因爲晚春又帶來了一場暴風雪。不過喬告訴我說，她很希望瑪麗安在教會的高尚朋友們可以伸出援手，證明他們是善良的基督徒。而這，就表示我得上場了。

瑪麗安由於年歲已大，再加上身體日益瘦弱，變得越來越封閉，所以她對教會的依賴心也就越來越重了。我叮囑教會團契的姊妹們要看情況前往探視她，而我呢，也特別撥出了時間多加了解她。我請瑪麗安給我一把她家的備份鑰匙——以防萬一有緊急事件發生。我靈機一動，想到可以買一台電視給這個足不出戶的可憐人，而沒多久後，她果眞就迷上了各種連續劇——我這就少掉了一個包袱。由於她整天都黏著電視不放，所以我就獨自行動，把她那棟老屋的裡裡外外都搞得一清二楚。後來我又想到，我其實應該看看屋頂的情況如何，所以有一天我便上到了她的閣樓。

我四處張望了一下，沒看到哪兒漏水，倒是很驚訝的發現了一疊又一疊的愛德華・霍普早期的畫作，包括素描、油畫，還有插畫。我去了那邊好幾趟，四處翻找，發現了許多珍貴的歷史文件，包括年少的愛德華於藝術學校畢業之後，去歐洲旅行三趟時，寫給家人的信函。我得知的資訊越多，也就越加關切起瑪麗安過世後，所有這些珍藏的歸處——沒錯，從此以後我便開始不斷的思考起它們將來的命運了。瑪麗安唯一的繼承人就是她的弟弟和弟媳，而他們又只比瑪麗安小個幾歲而已。他們三人都沒有可以繼承他們遺產的兒女。

依我想來，拯救這些畫作免於佚失的命運，應該是合乎天道之舉吧，而它們的救星自然便是英雄了，所以我便決定要開始插手保護霍普的藝術品。就我所知，廢棄的屋子常有流浪漢聚集，而一間空屋也很有可能給人放火燒掉。古董家具和珍貴的藝術品有可能遭竊，受到損害，甚至毀壞。瑪麗安當然不會允許我搬動這些藝術品，因爲它們是愛德華的財產。然而他多年前搬到紐約時，其實就等於是遺棄了它們啊。世上唯有我是眞心在關切這些藝術品，因爲我看出了它們的價值。我常常光顧圖書館，翻閱關於愛德華・霍普的資料。我努力研讀，想辦法成爲愛德華・霍普專家——我還查閱了霍普家族的宗譜圖呢，也因此得知他的祖先是於十七世紀時坐船抵達了新阿姆斯特丹（譯註：十七世紀時荷蘭移民定居於現在紐約市曼哈頓的南端，將該地取名為新阿姆斯特丹）。

時間一天天過去，我也找出了方法可以爲愛德華・霍普和他的妻子服務。對他們來說，從曼哈頓到奈雅克是一段能免就免的旅途。其實一年當中有半年的時間，他們都是待在鱈魚角極偏遠的南圖若城，根本不可能驅車來訪。這對老夫妻只有在每年十月下旬要回紐約時，才會開車到奈雅克，並將車子留在老屋的車庫裡，所以每年也只有這個時候以及隔年春天要取車時，他們才會見瑪麗安一面。他們跟她並不親，沒事也絕少聯絡，等於是把她當成隱形人。

瑪麗安對她弟弟在紐約的生活所知不多。一九六四年他在惠特尼美術館舉辦回顧展時，她希望能夠偕同她的友人碧翠絲和我前去參加開幕茶會。我自然是熱切希望參加，然而當時八十二歲的愛德華對他姐姐的請求卻是嚴詞拒絕。他寫給她的信裡是這樣說的：「這是我今年唯一一次機會，可以和美術館的負責人以及知名的藝評家和收藏家碰面，到時候我必須全程陪伴他們，根本不可能有時間招待你和杉彭博士以及碧翠絲。」這人眞是一點也不懂得感恩。

而對於他遺棄在他兒時家中的那些藝術品，愛德華更是沒有時間關心。起先，我只是爲他保存了幾張小幅的素描和繪畫，把它們帶回家觀賞、研究。我尤其喜愛一幅他所畫的老家閣樓，以及幾張他早期所繪的油畫自畫像。瑪麗安從來就沒有注意到這些珍寶。剛開始的時候，我對霍普畫作的金錢價值其實毫無概念。事實上，霍普早年的作品都是在他成名之前很久所畫的，一直都沒有在市場上交易過。早年的他根本是乏人問津，一幅畫都賣不掉。

新約聖經以弗所書四章二十八節說：「從前偷竊的，不要再偷；總要勞力，親手做正經事，就有餘分給那缺少的人。」我爲了研究他耗費了許多力氣，而且我不遺餘力的要拯救由我經手的霍普畫作更是辛苦至極，所以我得到的，自然便是我該得的份。我將利潤與我的妻子以及我們的三個兒子和一個女兒還有九個孫兒女分享——兒孫輩們的教育開銷委實不小，而舉辦婚禮以及照顧他們生活所需的錢更是不能少的。珍貴的畫作自然得物盡其用，不能浪費。

瑪麗安一直住在他們的老家，然而一九六五年五月時，竟然有一名戴著粉紅色面具的小偷闖進屋裡，一手捂著她的嘴把她逼到了樓上。當時她都快八十五歲了，健康狀況也因此急轉直下。愛德華和喬只好雇了個管家全天候照顧她的生活起居，沒想到這位婦人堅持要在七月四號獨立紀念日的前後到外地度假，所以他們只好回到家鄉親自服侍瑪麗安長達一個禮拜之久。我自告奮勇，驅車從紐約將他們載到奈雅克，又於七天之後載他們回家。七月十六號那天，瑪麗安緊急送醫，但她仍於隔天不幸過世了。於是我便再次開車到城裡將那對老夫妻載來奈雅克，並爲瑪麗安主持葬禮。

愛德華對舊家興趣缺缺，所以喬只好孤軍奮戰，獨自整理起老屋裡的老照片以及各樣傳家物品。她在奈雅克停留了約莫六個禮拜。她告訴我說，瑪麗安「跟我一樣是戀舊狂……她雖然不喜歡我，不過我知道在墳墓裡的她，應該是很慶幸我並沒有丟掉她的寶物，也沒賣掉他們這棟已有百年歷史的老房子」。她抱怨說，愛德華什麼事都不管，害得她必須呼吸著「整整一個世紀累積的塵埃」，處理各樣雜事。

我很有耐心的等著喬和愛德華相偕離開奈雅克。我手上還有他們房子的備份鑰匙，那屋裡滿滿都是霍普的藝術、他們的家族文件，以及各色古董。此時愛德華的健康開始出現問題，所以我便繼續從閣樓的藏寶窟裡將畫作一件件搬出來。有一個珍貴的荷蘭古董衣櫃深得我心，也啓發了我的靈感，想到可以將它移出這棟空屋，暫存於一個鄰人的住處。如果孱弱的愛德華或者喬意外前來造訪的話，我大可以宣稱說，爲了保障古物的安全，這樣做是不得不然。我只要等到將來霍普所有的遺產問題都解決之後，便可以將我衷心喜愛的物品據爲己有了。世上只有我關愛它，擁有它是我天經地義的權利。

其後，愛德華的健康每況愈下。一九六六年十二月，由於他疼痛難忍，喬叫了輛救護車將他緊急送醫。她打電話告訴我說，他動了兩次疝氣手術。她說爲了他，她只好延緩她爲了改善視力而想動的白內障手術。隔年七月，愛德華又住院了。喬原本準備要去醫院探訪愛德華的，但卻因爲青光眼作怪，而在工作室裡滑倒了。她摔傷了髖骨以及大腿，結果也住進了他去的那家醫院。他們一起在那兒待了三個月。由於罹患青光眼，她的眼睛已經無法動手術了。

一九六六年霍普夫婦出院回家後，日常生活很難自理。他們住在一棟老舊的連棟住宅的頂樓，需得爬七十四層台階上去。無助的兩人，根本無法前往奈雅克處理老屋的各樣物品。愛德華於他動了疝氣手術之後九個月，因爲心臟問題再度住院，而這回出院以後，他連吃東西都有困難。一九六七年五月十五號——離他八十五歲的生日還有兩個月的時候——他死在他的工作室裡頭。

由於朋友們都是看上愛德華的名氣才跟他們交往的，所以他死了以後喬自然是求助無門，只能靠我幫忙了。我在奈雅克爲愛德華主持了葬禮。爲了這場葬禮，我還得遠從匹茲堡搭飛機回來，因爲當時我正在該城探訪。喬在她的文章裡把我描述成耶穌的第十三個門徒——「他是一位高大健壯又英俊的足球教練，很樂於牧養奈雅克的衆多女士們……他熱心的提供大家各種服務，包括會親自下廚，爲瑪麗安烹煮午餐。」她因爲感謝我的幫忙，從遺產裡撥了五百塊錢給我——我長期不間斷的爲他們勞心勞力，這只是一筆微不足道的報償而已。

愛德華過世後，喬孤苦無依非常脆弱。她病了，而且她的視力也日趨惡化。她和愛德華沒有任何在世的親戚。她知道她其實應該要辦理遺囑認證，並處理好奈雅克的屋產，不過她覺得自己「毫無依靠，而且近乎全盲」，所以她「最好還是什麼都別管了」。她連料理日常生活都很困難，她的腿痊癒得很慢，她覺得自己就像囚犯一樣，住在城裡那棟幾近全空的建築的頂樓。紐約大學已經買下了他們的房子，但卻無法把霍普一家人趕走，只能等著兩人都過世後，再開始整修。

在喬的脆弱裡，我看到了機會。愛德華走後，很少有人來探望喬，但我是例外。某一次拜訪時，由於她視力甚差，而且根本無法在工作室裡頭走動，所以我便自作主張，搬走了愛德華一幅沒有賣出的油畫《一九三二年紐約屋頂景觀》。說起來，這畫是等到我爲它找了個溫暖的家以後，才免於被棄的命運。我還說服了喬改寫遺囑，把我列入其中。不幸的是，她並沒有贈與我任何畫作，而且當時我也不知道她習慣鉅細靡遺的登錄愛德華每一件作品的去處。打從兩人結婚後不久，只要有哪件作品移出了工作室做展覽用，或者是出售，或者當禮物送了人，她都會如實記錄下來，數十年如一日。後來我之所以宣稱她給了我《屋頂景觀》，是因爲我知道，如果她懂得感念我爲了拯救奈雅克老屋裡的愛德華作品而不遺餘力的話，她就應該要把這幅畫送給我。然而事與願違——她以她那震顫的手所寫的是，我拿走的這幅畫並沒有出售，而且「仍然在工作室裡頭」。

喬・霍普死於一九六八年三月六號，就在她八十五歲生日之前的十二天，離她失去愛德華的日子只有十個月不到。聽到這個消息後，我立刻趕往鄰家，將我藏在該處的荷蘭古董領走了——誰也不知道這是他們的遺產啊。沒有人記得喬的葬禮——其實根本就沒有她的葬禮。請問又有誰會去參加呢？

喬的遺囑被拿去辦理認證時，我才得知她將愛德華所有的「藝術遺產」都捐給了惠特尼美術館。我持續關注他倆的房子，陸陸續續又添加了些作品到我小小的早期霍普的收藏，直到他們的遺產執行人（一名奈雅克當地的律師）於一九七〇年（也就是喬過世兩年以後）將這棟房子公告出售。房子的買主林尼太太，她以爲自己是買到了房子連同其內容物。我曾要求她贈與我屋內幾樣小物件，但她卻拒絕了。這人如此貪婪，理當讓她來個大失血。她的小氣，迫使我採取了行動。我找到遺產律師，告訴他閣樓裡藏有畫作。律師本人及惠特尼美術館都沒有費心清查過奈雅克老屋的內部，所以他們對這些藝術品的存在根本毫無所知。

在屋子要簽約之前，我兒子和我將閣樓所剩的畫作全數清空。我保留了其中一部分，以及所有的文件和小紀念品，做爲收藏，其餘的則依照遺產執行人的建議，交給了霍普的經紀人約翰・卡蘭西。畫作便是由他手上轉交給美術館的。後來買主得知閣樓已經空無一物時，大感驚訝。她提出了訴訟，要求取消交易。屋子裡所剩的零星家具後來都被拿去拍賣，利潤則捐給了教會。

我的收藏如此這般陸續增加之後，我便慢慢的開始將霍普的畫作拿去拍賣。我寫信給拍賣公司，表明我委託的物件都必須以匿名的方式出售，因爲當時我還不想惹人注意。後來我才得知，如果想要賣到更好的價錢，我就得找個認識藝術家本人的人士條列出每部作品歷年來轉手的資料，因爲唯有如此，才能確認它們是獨一無二的眞品。

有一回，波士頓藝術館付了六萬多美元，買下一幅我送給一位友人的霍普早期自畫像時（他和我一樣，也是薪水微薄的牧師），我大感訝異。霍普的作品水漲船高，我是既驚訝又興奮。我手邊有幾百幅霍普成熟時期的素描，也有許多他早期的作品——其中包括了八十餘幅繪畫。我所欠缺的就是可以證明愛德華或喬・霍普曾經贈送畫作給我的書面資料了。

一九七二年，我打電話給經營美國藝術品的紐約甘迺迪畫廊，這是因爲我在圖書館的藝術雜誌上，看到他們刊登廣告尋求霍普的作品。他們派了一名代表到奈雅克來爲我的收藏估價，不過我只展示了一小部分給他看，而沒有告訴他，我還有更豐富的收藏。這家聞名的藝廊並不在意我是如何取得這位知名藝術家的作品，甚至還很大方的出價要收購我展示出的所有藏品。當天，他們立刻簽下了一張六萬五美金的支票當做定金，以免我又尋求其他買主。那之後，我便趕忙到我們當地的銀行將支票存入，而一等現金入帳之後，我便遞交了一份辭呈給第一浸信會表明辭意。就這樣，我於五十六歲時退休，打算將我的餘生都奉獻於研究愛德華・霍普的畫作，並展開行銷工作。

後來我才發現，惠特尼美術館儼然已成了我強力的競爭對手——他們開始慢慢在出售喬所贈與的愛德華畫作。一九七六年時，惠特尼面臨了巨大壓力——有人指稱他們販售的只是愛德華的贗品而已。其實惠特尼之所以大手筆賣出，是因爲他們手中擁有太多他們不知如何處理的霍普畫作。紐約時報的藝評家希爾頓・克來瑪大肆抨擊，認爲該館根本就是在揮霍我國寶貴的精神資產。對我來說，惠特尼這種做法，就是擺明了我的藏品他們根本看不上眼。

爲了杜絕負面新聞，惠特尼申請到某家基金會的獎助金，雇用了一名年輕的藝術史學家蓋兒・李文擔任霍普收藏的策展人，由她專責研究愛德華・霍普的作品，並整理出一套完整的畫集。紐約時報的希爾頓・克來瑪大力讚揚他們這項決策，他寫道：「李文小姐眼光獨到，學識豐富，必定能夠勝任交到她手中的重責大任。」

這篇評論我讀來心中大有所感，因爲我已經醒悟到，爲了確保我能賣掉手中的收藏，我需要李文小姐爲我仍然持有的所有畫作做擔保。我一讀完這篇文章後，便決定馬上登門拜訪她。我將我的一組小收藏放進行李箱，直接攜入她在惠特尼美術館的辦公室。當時我是以退休人士的身分出現，冷靜、平和，展示出一身日光浴曬出來的古銅色肌膚，而且由於當天是個溫暖怡人的六月天，我穿上了百慕達短褲。

我對李文小姐解釋說，我是愛德華以及喬．霍普的至交好友。我打開行李箱，拿出一組霍普少年期的作品。這位新上任的二十幾歲的策展人，對我帶過去的作品大感興趣，也很好奇。然後她便開始問我，有沒有任何題詞、私人便條之類的東西。簡言之，這些我聲稱是禮物的藝術品，她需要看到證明文件才行。我告訴她說，我沒有。

她在進行研究的過程中，發現喬一直都很仔細的將愛德華．霍普送給她或者其他人的作品記錄在小冊子裡；而且，只要有哪件畫作離開了工作室，她也都會詳實的登錄細節。而漏掉記錄的，其實也可以在她的日記本裡找到資料。不幸的是，當時我並不曉得這件事情。畢竟我們碰面那天，李文小姐也才剛開始著手研究啊——當時她還沒有理由懷疑我。

那年夏天，李文小姐和我的妻子露絲，約好了要在我們位於新漢普夏州新港的度假小屋碰面。這棟房子我是以賣掉霍普部分畫作的收入購得的，不過她並不需要知道這點。她從紐約開車來看我們存放在該處的霍普藏品，但因爲那是她頭一次到訪，所以有許多畫作我還是藏著沒給她看。我不希望這位天真、好問的年輕女士給太多作品嚇到，也不想刺激她提出太多問題。

李文小姐的好奇心委實也太重了，她甚至還問起，我們怎麼會有霍普成熟期所繪的眾多草圖呢。她的推論確實沒錯：這些作品應該是不會連同霍普少年期的作品一起存放在奈雅克的閣樓裡的。我的妻子露絲於是提出了說明：「杉彭牧師是霍普夫婦的遺產受贈人之一，所以霍普的畫作被送到惠特尼美術館以後，他就獲准可以買下他們紐約工作室裡的家具。說起來，那些家具的總值估計也只有一百美元出頭而已，所以我們就藉機撿了便宜，買下一張化妝台，一個高腳五斗櫃，還有幾件荷蘭古董家具。沒想到竟然因此中了大獎——我們在化妝台抽屜的墊布底下，找到了一大疊霍普的素描呢。」這個回答，李文小姐聽了好像還算滿意。

她後來又到了我們位在佛羅里達州墨爾本海灘的避寒小屋拜訪，因為我在這兒還有其他的霍普藏品。這回，她還商請美術館雇了一名專業攝影師前去為我們的霍普收藏一一拍照，她說這是為了要完成她為美術館所編輯的一本霍普的完整畫集。這一來，我們的霍普收藏就會被確認為眞品而流傳於後世了。她眞是我的貴人。

而就在同一年冬天，甘迺迪畫廊的勞倫斯·傅萊曼主辦了一場愛德華·霍普的展覽——其中所有霍普的早期作品以及某些晚期的素描，都是來自我的收藏。他另外也添加了他們在別處收購的藏品，然而他在他所編寫的展覽簡介裡頭，卻完全沒有提到我卓越的貢獻。他的舉動令我非常反感，決定不要再跟他合作。他找了李文小姐和洛依德·古里希（此人曾爲惠特尼美術館的霍普展擔任策畫）爲展覽簡介撰寫文章——兩人對我也是隻字未提。

李文小姐於一九七九年在惠特尼舉辦她的第一次愛德華・霍普展時，我借給她許多他的插畫，以及一小部分素描。這些作品是我從奈雅克的閣樓搶救出來的，當時根本沒有人關心它們的去處。我很驚訝的發現，她雖然在簡介中表達了對我的謝意，但卻沒有照我所說的聲明我是愛德華和喬・霍普的好友。這就表示她對我說的話存疑囉。既然如此，那我又何必配合她的要求，和她分享我的霍普文件呢？

霍普家族收納在閣樓內的所有照片以及文件，我都保留下來做爲收藏。我擁有霍普從巴黎寫給家人的信，以及他於一九二五年到聖塔菲旅遊時，寄給他母親的附有插圖的信函，當時他和喬才新婚不久。另外，我也擁有霍普的兩冊記錄本，其中一本我已賣給了甘迺迪畫廊。後來我發現，洛依德・古里希把喬在遺囑中留給他的幾冊記錄本都交給了惠特尼美術館，但我手中的兩本一直都沒有被列爲他們的遺產。

一九八〇年時，李文小姐在惠特尼美術館舉辦了她第二次的霍普大型展覽：「愛德華・霍普：藝術與藝術家」。對於我爲霍普作品所奉獻的心力，她又一次表現了疏漏之處。畢竟，我爲這次展出，借給了她好幾封霍普的信函以及其他文件，而她也引述了其中的文字，甚至在沒有得到我允許的情況下，擅自影印了內容。我登門找上了她的上司，也就是當時惠特尼的館長湯姆・阿姆斯壯。他希望我能贈與美術館最關鍵性的記錄本（這我仍保留於家中）。我回答說：「嗯，這點倒是可以商量。」我從他的口中得知，李文小姐對他表示，我手中的藏品是我從霍普的工作室以及奈雅克的閣樓偷來的。阿姆斯壯和我達成共識，絕對不會讓這種說法對外公開；他表明，如果我將記錄本以及某幾件作品交給美術館的話，他會立刻開除李文小姐。我們就此達成了交易，而其後發生的事則已是衆所周知的歷史了，所以我也無須贅言。我身爲愛德華．霍普收藏家的角色業已確立，我的兒孫輩們將保管我留給他們的珍貴藏品。

蓋兒．李文於一九七六到一九八四年間在惠特尼美術館擔任愛德華．霍普收藏的策展人。她爲霍普所編寫的完整畫集已於一九九五年由諾頓出版社出版。

亞賽雅．杉彭二世於二〇〇七年十一月十八號卒於他位在佛羅里達州節慶鎮的家中，享年九十一歲。這篇故事中所提到的人物，唯有本篇作者仍然存活於世。

華倫・摩爾（Warren Moore）

南卡羅來納州紐百瑞學院英文教授。他於二〇一三年出版了小說《碎玻璃華爾滋》，而他的短篇小說則曾出現在好幾種小型的網路雜誌並收錄於二〇一五年出版的《黑暗的城市之光》當中。他目前和他的妻子與女兒同住於紐百瑞城。他非常感謝他的父親將霍普的畫作引介給他，也很感激他的母親將瑪姬介紹給他。

Office at Night, 1940

22 3/16 X 25 1/8 in. (56.4 X 63.8 cm). Collection Walker Art Center, Minneapolis; Gift of the T.B. Walker Foundation, Gilbert M. Walker Fund, 1948

夜晚的辦公間

華特看著書桌上的文件時，瑪格麗特聽到火車轟隆駛過的聲音。窗簾的拉繩擺盪著，或許是因爲火車帶來了震動，或許是因爲窗口吹來了微風，這，她並不清楚。她已經失去了感覺，她無法感覺到她這件藍色的衣裳——她的最愛——貼附在她身體的曲線上頭。她眼中只看到華特，而他眼中只看到桌燈流洩出來的那圈光芒所照到的檔案。

先前她已將文件收進了檔案櫃，並將一隻手臂撐在檔案夾上；而這，彷彿是——有可能是——一輩子以前的事了。想到這個，瑪格麗特的臉上泛起了一抹淡淡的笑。任何時間都有可能是一輩子，端看你活多久。先前她偶爾也曾想過，她和華特也許可以一輩子都在一起。在她死去以前。

瑪格麗特．杜邦從來沒有喜歡過自己的名字。她滿喜歡某些影星的名字，比方說珍妮或者貝蒂，然而她的名字呢？瑪格麗特會讓人想到馬克斯兄弟所拍的喜鬧片。然而，她還是死守著這個名字，因爲她其實也沒辦法甩掉它；至於她的中間名露西爾呢，那可就更不討她歡心了。她的名字是來自一個早逝的未婚阿姨，所以有時候她難免想著，這名字可能不太吉祥。不過她的外婆很愛這名字，還記得十幾歲的時候，有個表姊跟她說：「我看當初阿嬤八成是一天到晚都在嘮叨你娘吧。」是啊——她可以想像母親人躺在醫院裡，疲憊不堪，口裡說著：「天殺的，那就只好取名叫瑪格麗特了。」不過她不會大聲說出口——母親在公共場合不會那樣子說話，而且她也不會點根菸叼在嘴上。因爲太不淑女了。

然而瑪格麗特小時候一直都是不太淑女的，也許這就是爲什麼她和母親以前動不動就會好幾個禮拜都不講話吧。母親個子嬌小，但瑪格麗特個頭卻很大，就跟老爸一樣。爸爸九歲的時候，個子就大到可以犁田了，而他也就是那時候輟學的。母親比老爸多念了幾年書才離開學校，而幾年以後，她就嫁給了老爸，兩人一起搬到了城裡。瑪格麗特是幾年以後出生的，她是老二，也是老么——個頭大得母親當時差點難產死掉。這話她已經不知聽了多少遍。

瑪格麗特的個子是超齡得大：「大號瑪姬」甚至比大多數的男生都要高大呢——至少在她得病以前。醫生跟她爸媽說，她是得了猩紅熱，會影響到心臟功能，也會延緩她的發育，不過還好她倒是熬過去了——不是每個人都能痊癒的。總之她是撐過來了，因爲她非活下去不可，而且她甚至都沒想到，人是可以選擇放棄的。她的發育確實是遲緩了下來，但她還是長太高了——看在老天份上，差不多是六呎呢，請問什麼樣的男孩會想跟這麼個女巨人約會啊？她因此就得休學一年，所以回學校繼續念的時候，她又比高中的其他孩子大一歲，個子當然又要高更多了。「大號瑪姬」是又大又笨重呢。有一回學校舉辦舞會時，她摔壞了膝關節，整個人趴倒在體育館的那種難堪，要比膝蓋脫臼還讓人難以忍受啊。

不過她滿聰明的，而且她也努力不懈，念到了畢業，因爲母親和老爸是絕對無法接受她沒念完的。另外她還有去打工——暑假，以及放學以後。而父母忙著的時候，她也都會幫忙做家事。她的姐姐比她大七歲，已經嫁了人，有了自己的家。瑪格麗特高中時還得過打字的金牌獎呢，而且她也會畫畫，她的素描甚至被當地一家百貨公司拿來用在他們的報紙廣告上——上頭還寫了她的名字什麼的。

不過，在葛林斯堡這根本算不上什麼。大家老把她當成「紫羅蘭跟歐尼的女兒」，要不就是叫她「麋鹿」或者「大樹」，或者「大號瑪姬」。這個地方太小了，容不得她當自己。所以她得去個夠大的地方才行。

當她告訴母親跟老爸說，她想到城裡的時候（他們三個都可以在這句話裡聽到紐約這兩個字），母親問她，她是不是瘋了，還說她打死也不會答應。瑪格麗特回說她非去不可，因爲她已經存夠了錢，也查過資料，知道哪些旅館風評不錯，可以住得安心——巴比松、洛雷吉都是不錯的選擇。母親說不管哪家孩子，如果想跑到大城裡討生活的話，就只能變成妓女，或者嫁給義大利人。瑪格麗特回說這兩個結果只是選項，而不是必然的時候，母親立刻甩了她一個耳光，然後大步走開。瑪格麗特站在原地，眼裡的淚水一直要等母親走出房間以後，才掉下來。然後老爸便開始哭起來，他說：「你不能只去亞特蘭大就好了嗎？」

瑪格麗特當時也哭了，她說她非得到很大的地方才行——機會可以多很多，而且也許能找得到看中她藝術才華的商家。老爸搖搖頭，離開房間，他一邊走著，肩膀一邊還打著顫。瑪格麗特三天後離開，沒有再跟母親講話。她本想找老爸聊一聊，可是他卻開始哭起來，如果再找他談一次而他又哭了的話，她知道自己有可能根本就離不開了。所以她就逕自把東西打包好，然後搭上火車——沒有人來給她送行。當晚夜深時，她發現行李箱裡塞了一封擺了張十元美鈔的信封，上頭只寫了「老爸」兩個字。

到紐約的經濟廂的票價不只是這個數字而已，不過她付了錢——是她自己賺來的錢。她甚至還給了車站小弟兩毛五的硬幣呢。之後她在晃盪的經濟廂裡坐了也許三十個小時吧（「要記得，」她告訴自己：「得買隻錶！」），可是感覺上，好像已經過了三十年。她在餐車上喝了湯，把剩下來的餅乾塞進皮包裡，留待以後再慢慢吃。旅途的第二天，經濟廂裡的一名年輕軍人對著她笑起來，他想跟她搭訕呢，不過瑪格麗特沒什麼話好跟他說的。只是她挺納悶的，怎麼會有男人想跟她聊天呢——畢竟她是高大、笨重的大號瑪姬啊。他在俄亥俄州的某一站下了車，還遞了個他匆匆寫下的地址，希望她以後成了有名的藝術家時，會寫信給他。她說這可能要等好一陣子呢，不過還是謝了他。但她知道自己再也不會跟他碰面了。俄亥俄這種地方，她連再經過一次的興趣都沒有。

而在紐約呢，想必會有個適合她的人吧。她想像著他的模樣——跟老爸一樣高大，比她高吧。金色的頭髮，和氣的聲音，而且喜愛藝術，當然。不過她得小心才行，她在雜誌上讀過一些報導，知道城裡有些男人會在跟女孩交往以後，用過即丟。這一來，她就得回葛林斯堡，回到母親那兒了——最好還是別想這個吧。

她打起盹來，腦袋瓜碰到窗戶，後來她猛個驚醒，是因爲車掌輕輕碰了她的肩膀，說：「賓州火車站，小姐。終點站到了。」她紅著一張臉，站起來，拎起她的包包，然後拖著行李箱（還有個化妝盒跟她的畫作檔案夾）走出車站。她在書報攤買了張地圖，查看巴比松飯店的位置。看來應該是兩哩半以外的地方吧，不過她大老遠跑來，可沒打算把她所有的錢都花在計程車上。她開始往北走上第七大道，朝中央公園的方向一路過去，然後再轉往東。

瑪格麗特花了大約兩小時，才走到旅館。其實她是可以花一半的時間就走到的，不過一路上她老忍不住要停腳，因爲四周的高樓大廈，還有形形色色的路人，看得她目瞪口呆。她的腦子不斷的在轉著個念頭：「這就是紐約的長相囉。」然後她又轉到另一個念頭：「這就是有我加入其中的紐約的長相囉。」終於，她找到了旅館。這是截至目前爲止，她看過的最大的建築了。

她踏入大廳，往櫃臺走去。「不好意思，我想要個房間。」

櫃臺人員是個女的，讓她想起念小學時的一個圖書館員，瘦乾乾的臉看起來好嚴肅，而且她雖然比瑪格麗特至少矮了一個頭，還是有本事用高高在上的睥睨眼光看著瑪格麗特。「你是用什麼名字訂房間的？」

「抱歉，我沒有訂房。」

「有介紹信嗎？」

「可是我並沒有要應徵工作啊。」

「你搞錯了，小姐，要住巴比松飯店的話，你得有三封介紹信才行。我們對住在這兒的年輕小姐，要求可是很嚴格的。」

「噢，不過我沒有介紹信。我是外地人，不知道旅館會有這種規定，你能不能通融——」

「對不起，」圖書館員說。「沒得商量了，你請吧。」

年長女人把頭轉開時，瑪格麗特的臉孔開始發白了。她退開櫃臺，覺得自己的膝蓋好像在打抖。她走出大門時低下頭來，然後跨步踏到街上。現在是下午，街道已經開始籠罩起高樓的陰影。她往公園的方向一路走下去，然後再折往南。街道的數字越來越小，而路標上的文字則從英文變成德文，然後偶爾又會變回英文。有些德文的標示上寫著個什麼「Bund」的字眼——瑪格麗特心想，這會不會就是她在某些新聞宣傳影片上看到的那夥人呢（譯註：Bund的全名是the German American Bund德裔美國人聯盟會，這是一九三〇年代創辦的組織，目的是要在第二次世界大戰前的美國宣揚納粹德國的理念）？

她走在八十幾街的時候，覺得手上的行李越來越重了。她開始納悶起自己爲什麼要像個傻瓜一樣，大老遠跑來活受罪，她心想自己如果死在哪條小巷子裡的話，母親跟老爸會不會過來收屍呢？就在這時候，她看到了一棟房子，上頭掛了個手寫的招牌：房屋出租。她走上前去，敲了敲門。

應門的女人頭上梳了個髻，她看起來比巴比松飯店的女人要和氣多了。她瞧瞧瑪格麗特，再看看她的行李，然後說：「單人房，附帶冷食早餐還有晚餐，一個禮拜五塊錢。得先付兩個禮拜的錢。」她的聲音滿悅耳的，而且有外國口音——瑪格麗特想起故事書裡看到的愛爾蘭小精靈。她想也沒想，就脫口而出：「你是愛爾蘭人嗎？」

女人沉下臉來。「如果是的話呢，小姐？」

瑪格麗特眨了眨眼睛。「噢，不，請別誤會。我只是覺得你講話很迷人，就跟電影裡看到的愛爾蘭神父一樣。」

「你聽起來挺像鄉下人的，你知道。」

「也許吧。不過我是個需要找地方睡覺的鄉下人，而且我手頭上是有十塊錢的。」

「十五才夠，小姐。十塊錢是預付金，五塊錢是這個禮拜的房租。」

瑪格麗特的腦子開始計算起來，她得早點找到工作才行。她可以越過女人的肩膀，瞧見裡頭的走道，還有那旁邊的餐廳。看起來挺乾淨的。「那就十五吧。」她把現金交給女人，一邊瞥瞥自己錢包的裡頭。她修正了剛才那個念頭：她眞的得快快找到工作才行。「你叫什麼名字啊，鄉下土包子？」

「瑪格麗特．杜邦。瑪格麗特．杜邦小姐。你呢？」

「桃樂絲．達力太太——不過太太這個頭銜對我可沒半點好處，因爲老爺大人兩年前就走人了。」她在胸前劃了個十字。瑪格麗特很想笑——她從來沒在電影以外的地方看到這種手勢，不過她忍住了。「說起來啊，佩姬，你還眞是高頭大馬哩，對吧？我看你一定吃很多。」

「我有在注意身材，」瑪格麗特說——她以前讀到文章說，紐約人滿魯莽的。這話還眞有些道理。「你怎麼叫我佩姬呢？」

「這是瑪格麗特的暱稱啊，小姐，」達力太太搖搖頭說。瑪格麗特還在想著這當中轉換的邏輯時（譯註：瑪格麗特這個名字的暱稱很多——包括瑪姬、瑪歌、黛西、美格等等——佩姬是其中之一），達力太太又開口了：「你別跟呆子一樣杵在這裡。趁著還沒開飯，我先帶你去看房間。」

房間好小，以葛林斯堡的標準來看，這種坪數眞是太不可思議了。房裡擺了張單人床、一個水槽，一個床頭櫃，還有一個五斗櫃，床頭櫃上頭那面鏡子的鏡面掉了些鍍銀，不過這裡應該還是能住人。而且她終於可以放下她的行李了。達力太太開始講解住宿規定的時候，她又開始專心聽她的聲音了。「樓上不能招待客人，一個禮拜最多只能沖四次澡。我這棟屋子很乾淨，不過這裡可不是宮殿。前門玄關處有個電話，最多只能通話五分鐘，長途電話的話，一定要先付錢才行。」

「沒問題。」反正我又沒人可以通電話。

「還有佩姬啊？」

「嗯？」

「行李箱清空以後，就要拿到樓下來。」

「噢！你要幫我們保管麼？」

「要這麼說也可以，土包子，不過也可以說箱子是抵押用的。如果你沒有箱子可以裝衣物的話，應該不會沒付帳就落跑的，對吧？」

瑪格麗特乖乖拎了行李箱下去，但畫作檔案夾就留下來了，因為這看起來比較像是樣本書，而不是行李吧。晚餐有雞肉、馬鈴薯，還有豌豆——這種餐點她已經吃過好多次了，也做過好多次了，吃起來完全不像媽媽做的菜。不過至少這不是火車上提供的湯跟餅乾，所以她就把盤子清得一乾二淨。她原本打算再來一輪菜的，不過她想起了達力太太先前提到她的尺寸，所以決定還是算了。這樣的餐點是能吃飽肚子，所以她這一陣子應該一天兩餐就能過下去了。

達力太太把她介紹給其他房客，男男女女都有，有個男人好老，還有個在十九歲的瑪格麗特眼裡看來，應該是三十歲左右的女人。她沒兩下就忘了大家的名字。這一天下來好累，而剛下肚的餐點也叫她睡意好濃。跟大家禮貌寒暄一下之後，她便上樓回房間去了，她倒在床上，睡得如同死人。明天是禮拜四，得開始找工作了。

禮拜五呢，也得去找工作。而再接下來的幾個禮拜也是一樣。顯然羅斯福先生偉大的理想還沒有進駐到各家百貨公司吧（譯註：美國的小羅斯福總統於一九三三到一九三八年針對經濟大蕭條提出所謂的新政，最大的目標便是救濟失業以及貧窮人口）。如今根本沒有哪個店家會得需要櫥窗設計師的，更別說是繪圖師了。她覺得也許她可以在時裝區分到一小杯羹，然而結果也毫無斬獲。有一位酒保提議要介紹她當服務生，交換條件則是得付他一筆佣金——不過如果她願意那個那個的話，佣金其實無須換手。她一氣之下，甩了他一個耳光。這會兒她有點後悔了——幾乎。畢竟，她可不想證明母親是對的。

她再度穿行於時裝區（離租屋處約莫一個鐘頭腳程），而這一次，她注意到了一棟破敗的辦公大樓，裡頭她猜應該都是破敗的辦公間吧。嗳，她覺得自己現在也挺破敗的——而且就算一天只吃租屋處供應的兩餐，她的時間和金錢恐怕還是很快就要耗盡了。沒多久以後，她搞不好就得問達力太太，她是否可以用煮飯或者清洗碗盤的方式，來交換部分租金呢。不過目前她應該還不用走到那一步。

所以她便跨入這棟大樓，尋找住戶名稱。啊看到了：十樓，七樓，六樓，和三樓都列了公司名稱。瑪格麗特覺得從頂樓開始，一路往下進擊會比較好，因爲如果她一路潰敗到最後一家的話，至少會離地面比較近。她搭電梯到達頂樓，然後只花了約莫九十秒的時間，就得知葛蘭森建築師事務所沒在找人。謝謝你小姐。下了三段樓梯之後，她到了七樓，有一家不知從事何種行業的派克父子公司同樣的也沒有空缺給她。由於她根本沒有機會跟派克先生或其子講到半句話，所以她連他們是做什麼生意都不知道，她只曉得他們沒要雇人就對了。同樣的，走道再過去的那家經紀人公司裡，有位蘭斯伯格先生告訴她說，除非她能跳舞，否則一切免談。瑪格麗特差點就要點頭了，不過她還是告訴蘭斯伯格先生，她很抱歉，因爲她不是歌舞女郎的料。

「試試看無妨吧，」蘭斯伯格說。「你的身材滿適合的。多高呢你？」

瑪格麗特這是頭一次聽到有人說她的身材有可能挺適合做個什麼，搞得她目瞪口呆，忍不住說了實話。「五呎十一吋半。」

蘭斯伯格搖搖頭。「不成，甜心，這身高對高水準的紐約歌舞團來說，委實嫌高了點。哈哈開玩笑的啦，總之如果你改變主意的話，就打個電話來吧。」

「爲了大家好，我還是別改變主意吧，」她在走廊上自言自語道。歌舞女郎的身材？大號瑪姬？她低下頭，看著自己。她的兩條腿挺長的，而且因爲最近四處奔波，所以線條還修飾得滿好呢，再加上一天只吃兩餐也爲她保持了身材——晚餐時，達力太太有時候甚至還會幫她添菜。嗯，所以目前她其實還不算走到谷底吧。

再走一段樓梯就到了六樓，這兒基本上是空蕩無物。就跟我的前景一樣，她想著，不過爲了有始有終，她還是走下甬道，停在廊底的一扇門前。「華特．蕭瑞，土地所有權律師」幾個大字，以金箔寫在毛玻璃上，而且每個字都是嶄新的，沒有剝落的痕跡——至少，還沒有。她可以透過玻璃看到一個側影，於是她就敲了敲門。

「請進，」有個聲音說道——是男人的聲音，而且滿好聽的。瑪格麗特照辦了，然後他說：「噢，你應該就是仲介公司派來的女孩了。怎麼搞這麼久才來呢？」

有那麼一會兒，她打算撒謊。乾脆跟他點頭稱是，說她就是仲介派來的人吧，不過她覺得這樣做不太好，尤其是如果仲介（哪家仲介？）引薦的人待會兒進來的話怎麼辦？所以她就說：「我不確定你的意思——我只是來這兒找工作而已。不過如果你是在等人……」

「嗯，我是在等人，」男人說：「不過那人好像不在這裡。」

瑪格麗特四下看了看。辦公間挺小的——沒比她在達力太太那兒的房間大多少。這個男人她覺得應該就是蕭瑞先生，因爲這間房不太像是可以容納太多人。他的棕色木書桌小小的，就放在綠色地毯上。他右肩後頭是個貼在牆邊的檔案櫃。這個房間的角度眞是奇怪，整體的形狀會讓她想起某種咳嗽藥，或者一張斜放的撲克牌。一張更小的書桌立在她右邊的斜對角，上頭擺了個打字機。男人的書桌上有一盞檯燈，光線直直打在一本記事簿上頭。他的左手肘邊放著一台電話。

她四處張望之際，蕭瑞一直盯著她看。「你會打字嗎？」他問她。

「會的，先生，大約一分鐘六十到六十五個字。」

他吹了聲口哨。「你懂得歸檔嗎？」

「嗯，懂得字母排列順序，對打字是挺有幫助的。」

他笑起來。「那你懂得聽寫嗎？這樣子吧，請坐在那兒。」他指著打字機的方向。「那張桌子的抽屜裡，有個記事本和一枝筆。」沒錯，確實是有。「小姐貴姓？」

「杜邦，」瑪格麗特說。「瑪—佩姬．杜邦。」她喜歡這個新名字，也許它可以給她帶來好運呢。

「好的，瑪—佩姬，」蕭瑞說；她笑了起來。「一九三五年十月十九號。親愛的麥基里卡迪先生，迪化街的迪，很高興可以通知您，地號Plat Z219X3的那塊土地並無扣押令，而且也無須申請地役權，因爲土地所有權狀已經包括通行權在內了。隨函附上您需要的文件。隨時爲您服務，順頌時祺，華特．蕭瑞。好啦，請唸一遍給我聽。」她照做了。唸完之後，他說：「還不錯，請你打字吧。」她打好了字。「我可以看一看嗎？」

「這是你的辦公室啊，」她說，對自己的，呃，輕佻，還眞有點驚訝。母親聽了一定會暴跳如雷。她把那張紙遞給了他；他說：「挺好的。」他回到書桌旁，拿起話筒撥了個號碼。

「愛傑仲介嗎？是的，我叫華特．蕭瑞。歸錯檔了嗎？難免的，沒關係。我已經找到人啦，所以就不用麻煩你們了。謝謝。再見。」他轉頭看著瑪格麗特。「嗯，瑪—佩姬，聽你的口音，我猜你應該不是布魯克林人吧。你是在哪兒學的打字跟聽寫呢？」

「葛林斯堡高中，先生。田納西州的葛林斯堡。」

「我不知道那兒的人會打字呢。」

她覷瞇起眼睛。「我們不是每個人都會的。」

「所以他們才會把你踢出來囉。」她開始站起來，所以他便趕緊伸出手臂，兩掌朝下做出安撫狀。「開個小玩笑而已嘛，瑪—佩姬。」

「你果眞打算要一直這麼叫我嗎？叫我佩姬就好了。」

「太好了。你做過秘書嗎？沒有？嗯，如果周薪十七塊五你可以接受的話，這會兒你就是秘書了。市面的行情是二十，不過要找到能付出行情價的工作可眞是需要大把運氣喲——我會開始注意訃聞的。還有，你也得負責接電話，這應該不難，因爲其實電話很少會響。」

「十七塊五挺不錯的，蕭瑞先生。」

「這間辦公室還沒大到需要先生來，小姐去的——除非有客戶上門。你叫我華特就好。」

母親一定不會同意的，不過呢，這裡又不是葛林斯堡。「好的，華特。」

「很好。請問關於財產法，你知道些什麼呢？」

說起來是啥都不知，所以他就花了整個下午跟她講解土地所有權什麼的，還有他的工作內容，以及地政事務所在哪裡，而他偶爾又會差遣她去哪兒，還有熟食店怎麼去，外加明天中午她可以上哪兒買三明治給他。到了五點鐘時，他終於說道：「有什麼問題嗎？」

不到一百萬個吧，她想著，不過她只是說：「你給了我很多資訊呢。我要再一次謝謝你給我這個機會。」

他聳聳肩。「謝謝愛傑吧。明天早上九點見。」

「是的，先生。」回租屋處的三哩路是她走來最快的一次，而且隔早又破了紀錄。終於，她不再是行走於有她身在其中的城市裡頭，她覺得如今自己是走在她的城市裡頭了。

瑪格麗特是花了好一陣子才習慣自己已經死了，她想著。欸，其實也才幾個禮拜而已。說起來，她還是搞不太清楚死者的世界到底有些什麼規則，或者她得花多久時間才能搞懂那些規則——也許永遠都學不完吧？她會不會不再好奇於當……呃，當個鬼的滋味呢？在葛林斯堡該是稱做幽魂吧。而最後她又會變成別的什麼嗎，也許會變成「空」吧。以後會怎麼樣，她根本沒概念，不過她真的很想知道事情都是怎麼運作的。

比方說她的肉體吧。她知道它在哪裡——在葛林斯堡的墓園裡。她聽說父親已經來收屍了，所以自然就下了這個結論。她不用跟著它走，她倒是有點驚訝。事實上，她就算想跟也沒辦法——她試過了，可是她發現她搞不懂要怎麼跟，甚至連有沒有可能跟去都沒概念。不過她希望葬禮是風風光光的。她的阿姨康妮最愛葬禮了，她尤其享受死者親人在現場哭嚎的場面，甚至一頭撲上棺材之類的，那才叫做好的呢。瑪格麗特覺得自己的葬禮應該不是那樣子——母親可不喜歡那一套。抱歉了，康妮阿姨。不過如果能聽到葬禮的音樂，應該挺不錯的。

總之，她還是待在紐約，而且當個鬼其實是有某些好處的。她不用再付房租了，而她到底人是在內或者在外，是醒著還是睡著了，對她來說其實也沒差了，因爲她已經不會有疲累的感覺。有時候，她會四處晃蕩，在城裡到處走動，然後她會突然失去興趣，這時候她只要眨巴個眼睛，時間就會往前推了好幾個小時，甚至好幾天。而且不管推了幾小時還是幾天，不管她是在哪裡眨巴眼睛的，她都會噗個出現在辦公室裡頭，或者在達力太太租屋處的前面——而她就是在這裡……

嗯，她就是在這裡死掉的。倒也沒有多戲劇化，她想著，不過還眞是致命沒錯。不是當街被殺，也不是給計程車撞倒什麼的，只是跌錯了角度。當時她是在想著早先到梅西百貨買的那瓶金銀花香水，然後她的鞋跟就啪個斷在路沿上，要不也許是她的膝蓋又軟掉了吧——她現在眞的想不起來了，其中細節其實也不重要了。她倒下去的時候，她的頭是直接撞向人行道，她腦子想著這下子可要痛死了，可是結果並沒有，然後她不知怎的已經站到了達力太太的背後，聽到她跟一個鄰居在說，那個才剛摔死了的高個兒女孩子，跟燭火一樣滅掉了（達力太太說著，一邊還在胸前劃十字），而她可憐的父親也大老遠的跑來，拿了女孩的遺物回到她原先住的不知哪裡去，所以現在又有個房間等著要出租了。

瑪格麗特心想這還滿悲傷的，不過她其實無所謂，因爲她並沒有痛的感覺，何況她還可以到處去看表演，逛美術館，去公園晃蕩呢，她不管想到城裡的哪兒都能去，根本不用付門票什麼的，而且當然也不會有人來煩她。她想著也許某些動物會注意到她吧——小巷子或者窗台上的貓、還有鳥兒，她覺得自己跑到中央公園的時候，松鼠的頭好像都會斜向某個角度呢——不過人類卻不會。如今她可以走一整天都不會累也不會餓，這對她來說其實挺不錯的。

她在城裡看到過其他鬼魂（這個字眼感覺滿奇怪的，甚至叫她有點不自在，就像聽到人家說未婚媽媽或者黑鬼一樣，總之她也只會用這個字眼了），然而就算他們注意到她了，他們也都沒提——或許這是潛規則吧。他們只管自己的事，而她也只管自己的事；這樣其實滿好的，她想著。

不過她其實也沒辦法做什麼就是了。她可以穿越物體——這是她聽到達力太太的聲音時，所做的頭一種嘗試——不過這就表示物體也可以穿越她（還滿常發生的呢）。日子一天天過去，她慢慢發現自己如果集中心神的話，就可以搭上公車、計程車，或者地鐵，跟著它們到處遊走，而不需要只是傻傻的站在那裡，讓車子穿過她的身體。不過她沒辦法撿起東西，或者移動物品，頂多也只能移挪一點點灰塵而已，而這，也需要耗費心神跟時間，而且完事之後，她就完全不會想要集中心神了。這時她會眨個眼睛，然後回到租屋處或者辦公間。

她不太確定自己長什麼樣，也不知道動物還有其他……呃，其他鬼魂，碰到她時，到底看到的是什麼。想到這點，她下意識的低了頭，看著自己身體曾經所在的位置；她覺得自己看起來還是差不多——穿著襪子跟黑鞋子，還有她最愛的白領藍色洋裝（她就是穿著這件衣裳下葬的嗎？而且也是死在它裡頭的？她不曉得，不過她很愛這件衣服）。沒看到緊身搭就是了，不過以前她也從來沒穿，而且真是可惜啊，也從來沒有過機會讓人可以就她身上的緊身搭發表意見。她覺得好像曾在哪面櫥窗上看到自己的反影，一朵別在她暗色頭髮上的藍花和她的洋裝滿搭的，不過她不確定，也許只是光線帶來的錯覺吧。也許她自己就是光線帶來的錯覺呢，不過感覺上應該不是。

她到底有什麼感覺呢？像是「原本的她」的第三次影印嗎？還讀得出字跡，但是很模糊了，也許有點污髒。拿來當存檔的影本還行，可是如果拿給客戶就不適合了。然而她還是留在這個已經變成她的城市的城裡頭——這個她曾經以佩姬的身分行走的城市。可惜了，她是給舊時那個大號瑪姬害了，才會摔死的。

她滿想念華特的。她死以前，兩人在一起工作了六個月，她很喜歡他在她身邊的感覺。純粹是雇傭關係，沒錯，不過感覺上他是個很好的上司，又是那麼的英俊（這點無傷），然而他卻也是個很有禮貌的紳士。

天殺的。她表現的非常淑女，當然——母親絕對不會允許她不淑女的——不過她知道有些男人會特意看她。她沿著街走下去時，會看到他們眼裡閃著光，要不就是在熟食店買東西時，櫃臺男孩會逗著她鬧。有時候她覺得華特也來這一套——老實說，她會去買香水，爲的就是他。

他曾經談過一次戀愛，後來他念法學院的時候，那個女孩子死於小兒痲痺。不過他也只有在某個步調緩慢的午後提過她一次而已，當時她看到他眼裡的痛苦，然後他又跳到別的話題了。也許將來哪一天她跟華特會有進展吧。她在好多電影裡頭看到過——老闆愛上了秘書，有時候眞的會開花結果。也許會吧——到最後。

不過佩姬並沒有走到最後。也許就是這點情愫在作祟吧，現在的她老是現身在辦公室裡。華特也常在那兒，有時候還加班到深夜呢。她還在那兒上班時，他也是這樣嗎，在她下午下班以後又跑回去工作？也許沒有吧——她覺得好的秘書應該可以讓老闆比較輕鬆。

華特又在自言自語了。她在這兒工作的時候，他就是這個樣子，而她也很享受當他的回音板的感覺。他這會兒正在查閱某個客戶的檔案，不過資料並不齊全。一定是愛傑派來的女孩在瞎搞——佩姬看到速記本擺在檔案櫃旁邊的椅子上。眞是亂來。像她就每次都擺在打字機旁邊，免得過一會兒又要四處找。

整間辦公室看起來就是要比她記憶裡的模樣破敗些。房間眞有這麼小，這麼破舊嗎？她花了點時間，看出了差異在哪裡。這個房間的擺設都還是一樣，只是以前這裡頭滿溢了她的前景與機會。而現在，這些全都消失了。她消失了。這是她死後頭一回，覺得有被欺騙的感覺。

不過只有那麼一下子。她當初來到城裡時，並不曉得自己的前景在哪裡，不過這座城市容入了她，而且在很短的時間裡，她就覺得自己已經成了它的一部分。她蛻變成某個她在葛林斯堡時，無法蛻變而成的人——她變成了佩姬·杜邦。

而現在她又可以變成什麼呢？她不知道——不過以前她也不知道自己會變成佩姬啊。而後來，她終究還是如願來到城市，也在這裡找到了她的路——雖然很短暫。所以如今她應該也可以在必須面臨的改變裡，找到未來的方向吧。她想起她遇見的其他鬼魂，他們閃現於城市之中，忙於他們需要忙的事情，沒一個想要跟她講話。奇怪怎麼也沒幾個呢？也許他們仍然在這兒，是因爲他們沒發現其實還有別的地方可以去吧。

她曾經受困於葛林斯堡——直到她選擇了改變。她曾經受限於家鄉，覺得自己好孤單——直到她選擇了改變。而如果她選擇不再待在這兒呢？嗯，她也不曉得，不過她是眞的很喜歡她所發現的新世界，所以何不看看還有些什麼在等著她呢？

這麼想著，佩姬·杜邦才醒悟到她一直以來想要的到底是什麼——她需要自由，而且也得到了自由。脫離葛林斯堡，脫離母親，脫離那個背棄了她的巨大軀體，而現在，她終於可以自由的遊走到任何她想像的國度。她想起了高中時代所唸的一首長詩：

世界展現在他們面前，在彼方他們將可找到
安歇之處，而神將是他們的指引（譯註：這是十七世紀英國詩人米爾頓的長詩《失樂園》中的詩句）

她有個感覺是，展現在她面前的，其實比她眼見的還要多——一如城市，要比小小的辦公間遼闊一樣；而且她曉得，在這之前，她踩踏的只是笨拙的小小步伐而已。她還有別的旅程等在前方。然而眼前卻是華特呢，他對她曾是那麼的好。她愛過他嗎？她不再曉得了，不過她知道他的好。也許她可以幫他一點小忙做爲回報吧。

她看到那張搞丟了的文件——斜斜的躺在開著的檔案抽屜裡頭。她比先前都要集中心神了。也許是因爲這樣吧，也或許是微風以及外頭火車震動的關係，總之紙張確實是飄到了書桌旁的地板上。華特並沒有看到，因爲他正在研究那份檔案，不過不久後他應該就會看到的。

而他也確實看到了，就在幾分鐘之後，然而此時佩姫已經消失了。華特．蕭瑞是直到隔天早上整理那份已歸於完整的檔案時，才聞到了那麼一絲絲塵埃與金銀花的味道。

喬伊思・凱蘿・歐慈（Joyce Carol Oates）

寫過多本小說以及故事集，其中包括最近出版的《沒有影子的男人》，以及《娃娃大師：恐怖故事集》。她是美國藝術暨文學學會的成員，曾得過布萊姆・史鐸克獎、國家圖書獎、奧亨利獎，以及人文類國家勳章等等。

Eleven A.M., 1926

28 1/8 X 36 1/8 in. (71.3 X 91.6 cm). Hirshhorn Museum and Sculpture Garden, Smithsonian Institution; Gift of the Joseph H. Hirshhorn Foundation, 1966. Photography by Cathy Carver

窗口的女人

在絨布藍椅的椅墊底下，她藏了那個東西。

她幾幾乎是害羞樣的探手要摸它，但又像擔心被火燒著一樣，趕緊縮手。

不！這是絕對不可能發生的，別傻了。

現在是早上十一點。他答應了要在這個永遠是早上十一點的房間，跟她會面。

她正在做她最拿手的事情：等待。

而且，她是以他喜愛的方式在等待：裸體。不過她還穿著鞋子。

他稱之爲裸身。不是裸體。

（裸體這個字眼好粗俗！他是紳士，任何低俗之物他都厭惡。來自女人的任何粗俗字眼，姿態，他都不喜。）

這她了解。她自己也不贊成女人口出穢語。

她只有在獨自一人時，才會發出一聲溫和的穢語——媽的！天殺的。噢去死啦……

只有在她非常火大的時候。只有在她心碎的時候。

他想說什麼就說什麼。管他再髒再毒的話，男人都有特權可以笑著說出來。

不過有時他只是輕輕說一聲——天老爺！不是褻瀆，只是表達驚異。有時候。天老爺！你真美麗。

她美麗嗎？這麼想著，她笑了起來。她是窗口的女人。在紐約一個秋晨黯淡的光影中。在絨布藍椅上頭等待著。早上十一點。大半個夜裡都輾轉難眠，而一大早則浸在浴缸裡，爲了他把自己預備好。將乳液抹上身體：乳房、肚子、屁股。如此柔嫩的皮膚。好美好美……他的聲音哽在喉嚨裡。起先，他還猶豫著不敢碰她。不過只是起先。這是個莊嚴的儀式，乳白色的乳液散發出淡淡的山茶花味，揉入她的皮膚。在催眠狀態裡，仿如夢中的女人。她抹上乳液，她好擔心自己的皮膚會在電暖器散發的熱氣中，乾萎於乾旱不通風的麥奎爾大樓裡（它的名字）。這是位於第十大道和二十三街交口的一棟棕石公寓大樓，她住在這裡。

從街上看去，麥奎爾是一棟頗有氣派的中古建築，可是進到了裡頭，會發現它其實好老了。

就像這個房間裡的壁紙，還有鈍綠色的地毯，以及絨布藍椅——老了。乾旱！偶爾她半夜裡醒來，幾乎無法呼吸，她的喉嚨如同塵灰一般乾燥。

她看過年長女人乾巴巴的皮膚。她們有些人其實並沒有多老，六十幾吧，甚至還更小。薄紙般的皮膚，如同蛻變後脫下的蛇皮一般乾燥，纖細的白色皺紋如同迷宮一般擴散，看得人觸目驚心。

她自己的母親。她的外婆。

她告訴自己別傻了，她不會有事的。

她納悶起他妻子的年齡。他是個紳士，不可能跟她談論他的妻子。她不敢問。她連稍微暗示一下都不敢。他的臉會義憤塡膺的變成通紅，他寬大暗色如同臉上兩個洞的鼻孔會皺縮起來，就像他才聞到了一股臭味一樣。他會變得好安靜，好僵硬，這是危險的訊號，她懂得需要走避。

然而卻又沾沾自喜的想著：他的妻子不年輕了。她沒有我漂亮。他看到她的時候，想著的是我。

（然而這是眞的嗎？過去半年來，也就是打從上一個冬天開始，打從他倆分隔兩地的那個漫長的聖誕假期開始——假期間她人在城裡；他則陪伴家人到某個他不肯透露有可能是百慕達的地方度假因爲他回來的時候他的臉和手都曬成了古銅色——她就不太確定了。）

她從來沒去過百慕達，或者哪個熱帶島嶼。如果他不帶她去的話，她應該是永遠都沒機會吧。

如今她卻是困在這個房間裡。這裡永遠都是早上十一點。有時候她覺得自己好像是困在這張椅子上，困在窗口帶著渴慕張眼凝望著——什麼呢？

一棟公寓大樓，如同她住的這棟大樓。窄窄一道天空。早上十一點便已黯淡的天光。

天殺的好膩啊，這張開始磨損的絨布藍椅。

天殺的好膩啊，這張他選的附有床頭板的床（雙人床）。

她先前的床（在她先前位於東八街的住處，位在無電梯公寓的五樓）當然是單人床了。女孩的床對他來說，實在是太小、太窄，太沒份量了。

他的腰圍，他的體重——這人至少有兩百磅。

全身肌肉——他喜歡這麼說（開玩笑的）。而她則耳語著回說沒錯。

如果她滾動起眼球的話，他可沒看見。

她已經開始憎恨起自己在這裡的困境了。這裡永遠是早上十一點，而她則永遠都在等他。

她想得越久，她的恨就越發蒸騰，如同即將噴出火焰的熱氣一般。

她恨他。因爲他把她困在這裡。

因爲他待她如同灰塵。

她比灰塵還糟，她是他黏在他鞋底的個什麼他想刮掉的東西，他那副假清高的樣子看得她好想宰了他。

下回看你敢不敢碰我！準會叫你好看的。

只除了：在上班時，在辦公室裡——她是大家羨慕的對象。其他秘書都知道她住在麥奎爾，因爲她帶一個同事去看過，就那麼一次。好過癮啊，看著茱莉眼裡的神色！

而且沒錯——這的確是個好棒的地方。她單靠秘書的薪水絕對沒辦法住的地方。只除了她並沒有廚房，只有角落的桌上擱了個電磁爐，所以她要弄東西吃其實是不太方便的。通常都是仰賴二十一街和第六大道交口的那家自助機器用餐店，要不就是等他帶她出去吃了（不過這種事發生的機率從來沒有超過一個禮拜一次）。

（她得注意身材。再也沒有比看到女人狼吞虎嚥的樣子更噁心的事了，他這麼說過。）

她確實是有一間小小的浴室。是她這輩子第一次擁有的私人浴室呢。房租大半是他付的。她沒跟他要過，他都是主動掏錢給她的，彷彿每次都是臨時起意。

我美麗的女孩兒！一個字也別說，你會打破魔咒，毀掉這一切的。

現在是幾點？早上十一點。

他來找她要遲到了。他來找她從來沒有準時過。

在萊辛頓大道和三十七街交口。往南走。

就是那個戴著暗色軟呢帽的男子，駱駝毛大衣。透過牙齒吹出尖細的口哨聲。個子不高，不過給人高的感覺。塊頭不大，不過如果有哪個行人擋路的話，他絕不讓步。

抱歉，先生！媽的看好你要走的路好嗎？

大步前行絕不慢下來。對周遭景象不太理會。

臉孔繃得死緊。下顎緊縮。

命案即將發生。

窗口的女人，他喜歡想像著她。

他站在人行道上，和她隔了三層樓。他數過棕石建築的窗戶。知道哪扇是她的。

天黑之後，打亮了的室內反影映照在百葉窗上，百葉窗看來像是透明的皮膚。

當他離開她時。或者，在他來會她之前。

他不太常於白天到訪。他的白日都給了工作和家庭。他的白天是攤開來的。

到了夜間，出現了另一個自我。剝下他緊身的衣物：外套、長褲、白色棉質襯衫、皮帶、襪子，和鞋子。

現在女人禮拜四放假，晨間十一點約在麥奎爾挺方便的。

晨間延續到午後。午後，以及傍晚。

他打電話回家，留了口信給女僕——辦公室有要緊事。晚飯你們先吃。

事實上，他腦子裡最喜歡冥想的畫面便是窗口的女人，這女孩舉手投足言談之間從來不給人粗俗的感覺。從來不說半句蠢話，也不碰陳腔濫調。他敏感的神經受不了（舉例來說）女人聳肩——男人就無所謂了；或者女人想說個笑話，酸別人幾句。他痛恨咧嘴笑的女人。

最糟糕的是，翹起她（赤裸的）二郎腿，搞得大腿鼓突起來，脹得老大。肌肉結實的腿上冒出細軟的絨毛，噁心至極。

窗簾一定得拉好。封得緊緊的。

陰影，而非日光。黑暗是最宜人的。

靜靜躺著。不要動。不要講話。什麼都——不要。

她離開了令人窒息的哈肯撒克來到這座城市，以前的日子感覺已經非常遙遠。

她從來不想回顧過去。他們一個勁兒說她自私，說她殘酷。老實說，像他們那樣子利用她，如果她到現在還沒離開的話，豈不要給吸乾了骨髓麼。

還說她犯了罪。她的波蘭籍外婆氣得猛撥她的玫瑰念珠大聲禱告。

媽的誰在乎啊！少來煩我。

她第一個工作是在華爾街的三一信託當檔案員。她年輕的生命裡，有三年是浪費在等著她的上司鮑德瑞克離開他（病弱的）老婆，以及（情感上很不穩定的）寶貝女兒，像她這麼聰明的女孩子竟然還是傻呼呼的等著呢。

第二個工作也是檔案員，西十四街的萊曼打字公司，不過後來她又晉升爲凱索先生秘書組的一員。這是那個老色鬼給她的小小回報而已，事實上，如果胖臉史蒂拉・柴琪沒有闖進她不該闖的地方的話，她應該可以爲凱索提供更佳服務的。

有一天電梯突然故障，她差一點就要把史蒂拉・柴琪推進電梯井裡頭。電梯門喀啷一聲開向了好嚇人風好大的黑洞，那裡頭絞纏著一堆堆灰油油的線纜，如同胖大醜惡的黑蛇。史蒂拉尖叫一聲往後退，而她還眞抓住了史蒂拉的手呢。兩個人簌簌發起抖來

——噢老天沒電梯了！我們差點摔死。

她很後悔當時沒有推倒史蒂拉。她猜史蒂拉應該也很後悔沒有推她一把吧。

第三個工作，熨斗大廈裡的堤維克房產與保險，她是堤維克的私人秘書——少了你我該如何是好呢親愛的？

只要堤維克付的錢夠多就沒事。而且他也不會像現在這位甩掉她不管，逕自跟家人

度假去。當時她眞的好想死。

現在是早上十一點。就是今天下手嗎？她渾身發抖。興奮、恐懼。

好想好想傷害他。懲罰！

那天早上她洗完澡後，她出神的瞪眼看著自己的手指從櫃子抽屜裡頭擎起縫紉大剪。她看著自己的手指在測試刀刃的銳利度：好利，如同冰錐般銳利。

瞪看著她的手將剪刀推進窗邊那張絨布藍椅的椅墊底下。

這不是她頭一回把縫紉大剪藏在椅墊底下。這不是她頭一回希望他死掉。

有一回，她把剪刀藏在床鋪的枕頭底下。

還有一次，是藏在床頭櫃的抽屜裡。

她眞的好恨他，然而——她還沒有鼓起足夠的勇氣，或者聚集起足夠的絕望，去殺他。

（因爲殺人聽起來好可怕不是嗎？如果你殺了人，你就成了殺人兇手。）

（最好還是想想懲罰吧——這只是索取正義。沒有別的辦法，只有縫紉大剪。）

她這輩子從來沒有傷害過任何人！就連孩童時代，她也沒跟別的小孩扭打過啊——至少沒有經常。至少她記得的是這樣。

他是壓迫者。他謀殺了她的夢想。

在他離開她之前，他必須被懲罰。

每一回她藏起大剪時，她就又比先前更加想要使用它（她覺得）。戳、戳、戳，就像他撞進她裡頭一樣，撞入她的身體，利用她的身體。他的臉醜陋扭曲，看起來非常恐怖。

殺人一事是她無法想像的，殺了人就無法逆轉了。

縫紉剪比一般的剪刀更加鋒利，因爲尺寸又大了一些。

縫紉剪曾經屬於她的母親——她是個挺好的裁縫。在哈肯撒克的波蘭社區裡，她的母親頗受敬重。

她也試著要縫紉，然而她的技術就是比不上母親。

需要縫補她的衣服——洋裝的裙腳、內衣，甚至絲襪。縫紉就跟編織、鉤針甚至打字一樣，有安撫神經的作用——如果沒有時間壓力的話。

只除了——這些信你打得眞是好啊，親愛的！不過好像還不夠「完美」，你得再重打一次。

有時候她恨堤維克的程度，就跟她恨他一樣。

她在強大的壓力之下，是可以穩穩攥住剪子的，這點她很確定。她打從十五歲開始就以打字爲生；她相信就是因爲精於打字，所以她的手指才會如此強健，而且精準。

當然她也了解，男人是有辦法一揮手就劈掉她手裡的剪刀——如果在冰錐鋒利的尖刃戳進他的肉以前，他看出她的意圖的話。

她一定要盡速戳向他，而且一定要戳上他的喉嚨。

頸動脈——她知道它的位置。

不是心臟——她不知道心臟的確切位置。被肋骨保護著吧。那人的軀幹好大好壯——脂肪太多。她無法於單一的一擊之下，便以剪刀刺穿心臟。

連後背也沒辦法，雖然該處的肉沒那麼厚，但於她還是太過困難。她想像著剪刀尖利的刃卡在男人的後背上頭，還沒有深到足以殺死他，只是傷到而已。血流四處，他舞著雙臂，憤怒且痛苦的嚎叫著，如同一場惡夢……

所以要瞄準頸部。喉嚨。

在喉嚨處，男人和女人一樣脆弱。

一旦剪刀鋒利的口刺穿他的皮膚，戳入他的動脈，兩人就都沒有回頭路可走了。

早上十一點。

他的指關節輕輕敲在門上。哈—囉。

鑰匙轉動。然後——

把門在他身後關上。朝她走近。

瞪著她的雙眸如同螞蟻在她赤裸的身軀上奔跑。

這是電影裡的一幕場景：男人臉上那種渴欲的眼神。一種飢餓、貪婪。

（她該跟他講話嗎？這種時候，他往往好像根本沒聽到她在講話，因為他太過陶醉於眼中所見了。）

（也許最好什麼都不講。免得他受不了她紐澤西州重鼻音的口音，噓一聲要她住嘴！）

去年冬天大吵過後，她想擋著他不讓他進公寓裡。拉了張椅子擋在門後，不過他當然還是蠻力推開了門直闖進來。

太幼稚了，想擋住男人根本就是徒勞。他有他自己的鑰匙當然……

接下來就是她被懲罰。重重的懲罰。

給摔上了床，臉孔壓在枕頭底下，她幾乎無法呼吸，她的叫聲給蒙住了，她哀求他不要殺她，他的拳頭狠狠的擊上她的背部、臀部。

然後，她的雙腿微微分開。

如果你膽敢再—這—樣—做的話，還有更大的苦頭等著你喲。

骯髒的波蘭豬！

當然，他們已經和解了。

每一回，他們都會和解。

他曾經以不打電話來懲罰她，完全不肯碰面。不過到頭來他還是回來了——如她所料。

送了她一打紅色的玫瑰。一瓶他最喜歡的蘇格蘭威士忌。

她接受了他，你可以這麼說。

她別無選擇。你可以這麼說。

她好恐懼然而她也覺得刺激。

她覺得好刺激然而她也非常恐懼。

早上十一點的時候，她會看到他出現在通往臥室的門口，一手將鑰匙放回口袋。他瞪眼瞧她的表情是如此的專注與熱切，她可以感覺到身爲女性的強大力量——然而那也只是發生在轉眼即過的瞬間。

男人臉上那種渴欲的表情。嘴巴開著，是要獵取。

他想著——你是我的。那種佔有的表情。

而這時候她已換好了她的鞋子。當然。

如同電影裡頭的一幕戲一樣，女人在這種時候，絕對不能穿著一雙於獨處時只求舒適的黑色平底鞋，她非得套上男人特地爲她採購的性感高跟鞋才行。

（雖然在公共場合一起出現的話很危險，然而男人非常喜歡帶著女孩到第五大道的那幾家店子去買鞋。她的櫥櫃裡擱著十幾雙他為她添購的鞋。全是高跟鞋，穿著好痛，不過卻是毋庸置疑的魅力無窮。迷人的鱷魚皮鞋是上個月她過生日時他送的禮物。就算兩人只是單獨待在她的公寓裡，他也堅持要她穿上高跟鞋。

（她裸身時，更是要搭配高跟鞋才行。）

看到男人眼裡那種表情時，她想著：他當然是愛我的。那就是愛的表情。

等著他來。現在幾點了？——早上十一點。

如果他真的愛她的話，他會帶花過來。

是要補償你的，甜心。為了昨晚的事。

他對她說過，在他認識的所有女人當中，她是唯一一個好像能在自己的身體裡頭感到快樂的人。

在自己的身體裡頭感到快樂。好中聽的一句話！

她猜想，他指的是成年女性。小女孩們都有這個本事啊，因為她們的年紀都還是那麼的小。

那麼的不快樂。或者——快樂……

我的意思是，我很快樂。

在我的身體裡，我很快樂。

跟你在一起的時候，我很快樂。

所以當他踏步走進房裡時，她會快樂的微笑看著他。她會朝他舉起雙臂，就彷彿她並不恨他，也不希望他死掉。

在她舉起雙臂的時候，她會感覺到自己乳房的重量。她會看到他的眼睛貪婪的定在她的乳房上。

她不會對著他尖叫說媽的你昨晚爲什麼食言而肥沒有過來呢？你這狗雜種竟敢把我當成你鞋子上的大便！

不會朝著他尖叫說你憑什麼以爲我可以忍氣吞聲——吞下你的狗大便？你難不成以爲我跟你那個天殺的老婆一樣，只會躺在那兒任你羞辱嗎，你難道以爲女人就沒有辦法反擊嗎——沒有辦法報復嗎？

復仇的武器。不是男人的武器，而是女人的武器：縫紉大剪。

縫紉大剪曾經屬於母親——然而母親從來沒有以這種她想要的方式使用過這把剪子。

如果她可以穩穩的把剪刀攥在手裡——以她強勁的右手；如果她可以瞄準那一擊，如果她可以毫不猶豫的出手。

如果她是那種女人的話。

只除了：她不是那種女人。她是浪漫型的女孩，等著男人送一打紅玫瑰，一盒昂貴的巧克力，還有貼身的絲質內衣。昂貴的高跟鞋。

這個女人喜歡唱歌，她會唱著，哼著：兩人的世界，兩人的世界，你跟著我啊，我跟著你……

早上十一點。他就要遲到了！

媽的他好恨這樣。他老是遲到。

在萊辛頓大道和三十一街交口往西走上三十一街，然後轉到第五大道。然後朝南而行。

朝南走到一個沒那麼熱鬧的曼哈頓街區。

他住在七十二街和麥迪遜大道的交口：上東城。

她住在一個挺好的社區（他覺得）——對她來說。

對一個來自紐澤西州哈肯撒克的波蘭裔小秘書來說，確實是他媽的夠好了。

好想去哪兒喝杯酒。第八大道那家酒吧。

只除了現在還不到早上十一點。喝酒嫌早了！

喝酒至少要等到中午。總得有個底線才行。

中午也可以是午餐時間。通常吃商業午餐時會搭配酒喝。餐前一杯雞尾酒，餐中再一杯，餐後也來一杯做收尾。不過白天如果他是要搭計程車到辦公室的話（在下城的錢柏街），午餐他還是會有節制的。

他的藉口是在城中區有個牙醫的約診。不可避免！

當然下午五點喝杯酒是絕對合宜的。下午五點鐘喝的酒應該是可以列定爲「一天當中的第一杯」，因爲此刻和午餐時間已經隔了好久。

下午五點的酒是「晚餐前的酒」。晚餐通常是八點開始，也許更晚。

心想在他去她那裡之前，是否應該先繞到哪兒去。酒鋪吧，一杯蘇格蘭威士忌。他上禮拜帶到她那兒的那一瓶應該已經喝得差不多了。

（當然，那女人會偷偷喝酒。坐在窗口，手捧一杯酒。不想讓他曉得。媽的他怎麼可能不曉得呢？騙人的小婊子。）

第九大道有個地方。仙洛可飯店，他可以先去那兒停個腳。

滿期待跟她共飲一杯的。這個波蘭小妞有個優點就是，她是個挺不錯的酒友，而且喝酒的話，就不需要講話了。

除非她喝太多。他最不想聽的，就是她那一堆抱怨跟指責。

他最不想看到的，就是她臭著一張陰陰的臉，變得沒那麼美了。她額頭上深深的縐褶預告了再過十年（甚至沒這麼久）以後，她會長什麼樣子。

你欺人太甚！答應了要打電話，不打來！答應了要過來，又沒來！告訴我你愛我，可是卻——

這些話他已經聽了太多次，開始覺得有點煩了。

有太多次他都擺出一副在聽的樣子，但其實他根本沒注意是哪一個在責怪他：是窗口的女人呢，還是妻子。

對窗口的女人，他學會了要說——我當然愛你。別再鬧脾氣了吧，蜜糖。

對妻子，他已經學會了要說——你知道我有工作要做。我做得那麼辛苦，也不想想媽的帳單都是誰在付。

他的生活很複雜。這話還真是沒錯。他沒在欺騙那個女人，他沒在欺騙妻子。

（呃，也許他是在欺騙妻子吧。）

（也許他是在欺騙那個女人吧。）

（然而女人都在預期被騙，不是嗎？欺騙就是兩性交往的條件嘛。）

事實上，打一開始他就跟那個波蘭小秘書說過（警告她）——約莫兩年前吧（天哪！都這麼久了，怪不得他開始有受困的感覺，密閉恐懼症）——我愛我的家人。我對我家人的責任是第一優先。

（事實上，他對現在這個女人已經有點膩了。無聊。她就算不講話的時候，也好多話，他可以聽到她在想東想西。她的乳房好重，已經開始下垂了。肚子上的皮膚有點鬆垮。有時兩人在床上時，她會分心，他很想伸出兩手架在她的脖子上，開始用力的捏捏捏。）

（她會花多少力氣掙扎呢？她的個頭不小，不過他很強壯。）

（跟他「纏鬥」的那個法國女人——他對那種交易都是使用這個字眼——跟狐狸或者水貂或者黃鼠狼一樣，掙扎了老半天，不過那是戰爭時代，在巴黎，那時的人都很絕望，連那麼年輕的女子都跟老鼠一樣餓昏了頭的模樣。Aidez-moi! Aidez-moi!（法文：幫幫我）可是根本沒有人伸出援手。）

（她們一個個都用那種叫人受不了的語言嘮叨不休，跟鸚鵡或者土狼一樣。她們尖叫起來的時候又更糟。）

當早離開他公寓的時候，已經有點晚了。媽的他最恨他那天殺的妻子毫沒理由的就懷疑他出軌。

他前一晚不是都待在家裡嗎？他不是澆了那女孩一頭冷水嗎？——還不就是爲了他太太嘛。

僵化、冷漠、沉默的妻子。天老爺啊，她可眞是煩死他了！

她的懷疑叫他煩。她受傷的感覺叫他煩。她壓抑的陰鬱怒氣叫他煩。最糟的是，她的煩悶叫他煩。

當然他曾好多次想像過他的妻子死掉。他們結婚多久了？二十年，二十三年吧，起先他覺得自己好幸運，娶了個有錢證券商的女兒，只是證券商其實並不有錢，而且幾年後他就不是證券商而是破產人了。還跟他借錢呢。

還有，他太太的容貌也沒了。某種年齡以上的女性那種融化了的樣貌。臉蛋垮掉，身體垮掉。他很過癮的想像過他的妻子死去（出了意外：不是他的錯），而保險金數額則不小：四千塊整，不扣稅。所以他就得了自由可以去娶另一個。

問題是：他想娶她嗎？

天老爺！眞的需要來杯酒才行。

現在是早上十一點。天殺的狗雜種又要遲到了。

而且是在前一天晚上給她羞辱和傷害之後！

如果他遲到的話，她就要出手了。她會戳、戳、戳，戳到他失血死掉。她體內有那麼一波解放的感覺，她已經做成了決定。

檢查一下縫紉用的大剪刀——藏在椅墊底下。她嚇了一跳，駭著了——縫紉剪的刀刃好像呈現出微微的淡紅呢。是因爲剪過紅布嗎？可是她不記得拿了剪刀剪過紅布呢。

一定是窗外的光線透過薄紗窗簾照進來的效果吧。

剪子的觸感撫慰了她。

她可不會想用廚房裡的菜刀——不行。屠刀是行不通的——這種武器是預謀殺人用的；而裁縫剪則是女人可能無意間順手拿起來的，爲了自衛。

他威脅我。他開始揍我。勒我的脖子。他警告過我好多次，不知哪一回他的心情又不好的時候他會宰掉我。

我是自衛，老天在上！我沒有選擇。

她聽到自己大笑起來。排練自己的台詞，就像是個準備踏上水銀燈下的舞台的女演員。

如果當初她可惡的母親沒有硬逼著把她送到秘書學校的話，她搞不好會成爲演員呢。她跟大半的百老匯女演員一樣美麗。

他就跟她這麼說過。他頭一次過來接她出去時，爲她帶來了一打血紅色的玫瑰。只是他們並沒有出遊，而是整晚都待在她東八街那間五樓的公寓。

（有時候她還滿想念那段日子的。下東城的生活、朋友，還有街上認識的男男女女。）

裸體好奇怪——裸著身但卻穿了鞋子。

是時候了，她該把自己的（裸）腳塞進高跟鞋裡啦。

如同舞者一般。所謂的跳豔舞。單身男士派對裡頭專門跳給男士們看的。她聽說過在這種場合跳舞的女孩兒。裸身跳舞。一個晚上賺的錢就比她兩個禮拜當秘書賺到的還多。

裸身聽來花俏。好像是藝術家會用的矯情字眼兒。

她不想看到的是：她的身體不再是女孩的身體。也許遠遠的從街上看去，她還可以騙過無意間一瞥的路人，不過近看就不行了。

好怕在鏡子裡看到自己和她母親一樣，一具老去的癡肥肉體。

而她在天殺的這張椅子上的坐姿（當她獨自一人時）——身體前傾，兩臂搭在膝上，探眼望出窗外，看著樓與樓之間那道狹窄的光——會顯出鼓凸的小腹，軟綿綿的肚子肥。

頭一回注意到時，真是大吃一驚。只是無意間在鏡子裡頭瞥到的。

並非老化的徵兆。只是體重增加。

給你的生日禮物，甜心。今年是——三十二嗎？

她臉紅了，沒錯是三十二。

沒敢看他的眼睛。假裝很熱切的要拆開禮物。（根據盒子的尺寸，還有內容物的重量，她猜裡頭又是一雙天殺的高跟鞋。）恐懼帶來的暈眩中，心臟急速跳動。

還好他不知道。三十九歲了。

那是去年呢。下一個生日轉瞬間又要來到。

恨他，希望他死掉。

只除了，這就永遠看不到他了。只除了，老婆會拿到保險金。

不過她並不想殺他。她不是愛傷害人的那種類型。

事實上，她確實是想殺他。她別無選擇。他很快就會離開她了。她永遠不會再看到他，而且她的手中將空無一物。

獨處時，她很了解這一點。所以她才會將縫紉剪藏在椅墊底下——這是最後一次了。

事後她會宣稱說，他開始虐待她，他威脅要殺她，手指環扣在她的脖子上，所以她別無選擇，只能伸手摸索出縫紉剪，並在絕望中將他刺死，一刺再刺，無法呼吸無法求救，直到最後他沉重的軀體痙攣噴血，並從她的身上滑走，倒在地毯那塊方形的綠色亮光之中。

他的年齡至少是四十九，這她很確定。曾有一次瞥眼看了他的身分證。趁著他張大了口睡著時（流著口沫打呼）翻弄他的皮夾。聽起來像是犀牛在打鼾。看到他年輕時的照片，還真叫她驚訝——當時他的年齡比現在的她還要小——濃密的暗髮，眼睛專注的看著照相機，很熱情的模樣。穿著美國的軍裝，帥氣極了！

她當時想著——這個男人跑哪兒去了？我是有可能愛上他的。

現在他們做愛時，她會把自己抽離當時的狀況，想像著他年輕時的模樣。以前的他，她是有可能依戀的。

虛情假意久了，眞的好累。

比方說，假裝她在自己的身體裡很快樂。

比方說，他出現時，假裝自己很快樂。

她的辦公室裡，沒有其他秘書可以付得起這棟樓房裡的公寓。沒錯。

原本她覺得很特別的公寓現在她卻覺得可厭。開銷他會負擔一部分。數出一張張鈔票，好像是在小心不要付太多了。

這筆錢應該夠你用一陣子了，甜心。好好犒賞你自己吧。

她謝謝他。她是好女孩兒，對他表示謝意。

好好犒賞你自己吧！就憑他給的那些錢，幾張十塊，偶爾一張二十！老天，她好恨他。

她的手指在顫抖，緊緊抓住縫紉剪。感覺到那利刃。

從來不敢告訴他，她慢慢開始恨起這間公寓了。在電梯裡碰到的老女人，其中有些撐著步行器，打量著她。年長的夫婦，打量她。不友善，疑心的眼神。紐澤西來的秘書怎麼付得起麥奎爾呢？

三樓的燈光黯淡，如同靈魂的低階地帶，光線無法透進來。柔軟破敗的家具和床墊像夢裡頭那些我們感覺得到但無法見到的肉體一樣，已經開始下垂鬆垮。然而她還是每天都把那張天殺的床鋪好——就算其實只有她會看得見。

他不喜歡髒亂。他告訴她他是怎麼於一九一七年的美國軍中學會了鋪一張整齊的床。

訣竅是，他說，你得一起床就鋪。

將床單拉緊。四個角都塞進墊子底下——要夠緊。不能有縐褶！以掌緣將床單撫平！再一次。

他當到中尉，他是以這個軍階退役的。一直如同軍人般抬頭挺胸，僵直著脊椎就像是他覺得很痛一樣——風濕嗎？砲彈碎片？

她納悶起——他殺過人嗎？拿槍，拿刺刀？還是徒手？

她無法諒解的是：完事之後，他抽離她身體的模樣。

黏答答的皮膚、毛茸茸的腿、肩膀胸膛還有肚子上一片片刺人的毛髮。她希望他能擁著她，兩人一起進入夢鄉，然而這事絕少發生。好恨感覺到他大腿上的神經抽動。好恨感覺到他在嗅聞她的味道。一射精，他就迅速抽離她的身體，眞是狗雜種。

男人想做愛時簡直像瘋了一樣，然後嘎然而止——他進入他的腦中，而她進入她的。

前一晚等著他打電話解釋，爲什麼他沒現身。她從晚上八點等到半夜，一邊慢慢啜飲著威士忌加水，好安撫自己的神經。考慮著有一天她或許會拿起尖銳的縫紉剪刺向自己吧。

一個鐘頭又一個鐘頭，她恨他也恨自己然而——等電話終於響起時，希望又馬上給點燃了。

無法避免，家有急事。抱歉。

現在是早上十一點。等著他輕輕敲門。

她知道他會遲到。他總是遲到。

她開始激動起來。然而：喝酒還是嫌早。

雖然只是要安撫神經，但喝酒還是嫌早。

她想像著聽到了腳步聲。電梯門打開的聲音，又關上了。他把門鎖打開前，指節輕輕敲在門上。

他會急切的踏步入門，來到臥室的門口——看到她坐在椅子上等他……

窗口的（裸身）女子。等著他。

他臉上的那種表情。雖然她恨他，但她渴想他臉上的那種表情。

男人的慾望是眞誠的。不可能假裝（她想要這麼想）。她不願意想著，男人對她的慾望有可能跟她對他的慾望一樣，是裝出來的。果眞如此的話，他又何必來看她呢？

他的確愛她。他愛著他在她裡頭看到的什麼。

他以爲她是三十一歲。不——三十二。

而他的妻子至少要比她大上十、十二歲吧。就像鮑德瑞克的妻子——這一位好像是久病纏身。

媽的還滿可疑的。你聽到的每個妻子都是久病纏身。

以便避免床事吧，她想著。兩人一旦結婚，一旦有了小孩，就都沒了慾望。性愛是男人得在別處追尋的東西。

現在幾點了？——早上十一點。

他遲到了。當然，他遲到了。

昨天她一整天都沒有進食，一直期待著晚上能到玳摩尼柯牛排館吃頓好的，結果他竟然沒有現身，而之後那通道歉電話的藉口又是如此薄弱。

而他以前也曾表現得變幻莫測啊。她原本以爲他已經要跟她斷絕往來，因爲她在他的臉上看到了厭惡——男人臉上的厭惡是最最發自內心的表情；然而過了一個禮拜、十天左右以後，他又打電話來了。

要不他就是出現在公寓這兒。插入鑰匙進門之前，先敲了敲門。

而且在他的臉上，有種憤怒、怨懟的神色。

沒辦法離開你啊。

老天，我簡直是爲你瘋狂。

她喜歡檢視鏡子裡頭的自己——如果光線不至於過度明亮。得躲開的鏡子是浴室的那一面，日照的光線刺眼無所遁形不過化妝台那一面鏡子就柔和多了，比較仁慈。化妝台的鏡子映照的是女人本身。

事實上她看起來（她認爲）要比三十二歲年輕。比三十九歲年輕多多！

女孩噘嘴的臉，豐滿的唇，擦了紅色唇膏的嘴。陰鬱的黑髮女郎依舊是天殺的美麗他很清楚這一點，他見過街頭以及餐館裡的男人盯著她不放，以眼神將她剝得精光，這讓他覺得興奮（她知道）雖然如果她有了回應，如果她四下瞥眼瞧去，他就會怒氣大發——針對的是她。

她覺得男人要的就是其他男人欲求的女人，但女人本身卻絕對不能露出希求這種注目的慾望，甚至也不能注意到這種注目。

她永遠也不會把自己的頭髮染成金色，她甚爲喜歡自己黑髮女郎的美麗模樣，知道這樣看來更眞實，更貼近自然。沒有虛假的感覺，沒有人造或者刻意炫耀的意味。

下個生日，四十歲。也許她會自殺吧。

雖然現在是早上十一點，他已經停腳在仙洛可喝了杯酒。伏特加和冰塊，就一杯。

想著陰鬱臉孔的女人正在等著他，就覺得興奮：坐在窗邊的絨布藍椅上，除了高跟鞋外，全身裸露。

豐滿的唇，紅色的唇膏，眼皮沉重的眼。一頭濃密的髮，稍稍有點粗糙。而她身上其他部位的毛髮，會引起他的性慾。

輕微的厭惡感，然而性興奮是有的。

然而他遲到了，爲什麼呢？好像有個什麼扯住他，拉他回去。再一杯伏特加嗎？

盯著他的錶，想著——如果到了十一點一刻我還沒出現的話，我們之間就完了。

一波解放感，永遠都不用再看到她了！

永遠不用冒著失去對她的控制權的危險，不用擔心傷害她。

永遠不用擔心她會惹得他和她扭打成一團。

她在想著，她會給這狗雜種十分鐘的時間。

如果他在十一點一刻之後才到的話，兩人之間就完了。

她的手指探向椅墊底下的縫紉剪。摸到了！

她沒打算戳刺他——當然。不會在她的房間裡，在這兒他的血會流上絨布藍椅還有綠色的地毯，而她永遠也沒辦法擦掉那些污漬就算她可以辯稱（她是要辯稱）他打算殺她，不只一次他於蠻力和她做愛時會將手指環在她的頸子上，她會開始抗議說拜託不要，喂你在傷害我但他卻充耳不聞，陷在性愛高潮的昏眩裡，將他沉重的身體如同鑿岩機一般戳入她的體內。

你沒有權利這樣子對我。我不是妓女。我不是你那可悲的太太。如果你羞辱我的話我會殺了你——我會殺了你來救我自己。

比方說去年春天他來接她出去，準備外出到玳摩尼柯牛排館用餐，然而看到她時他卻興奮過度，笨手笨腳的狗雜種打翻了床頭燈於是他們在燈光微弱的房裡做愛，在她床上，所以根本沒有出門，因爲已過了用餐時間而且她還聽到事後他在電話上解釋著——人在浴室裡，剛淋浴完，她貼在門邊聽著，訝異、憤怒。男人在跟妻子解釋時的那種聲音是那麼的青澀、那麼的卑怯，她回憶起來只覺得噁心而且不齒。

然而他說他已經離開他的家人，他愛她。

兩手在她的身體上遊走，如同盲人試圖要看。他坑坑疤疤的臉上散發著光芒，他需要她就像瀕臨餓死邊緣的男人需要食物一樣。沒有你我會死掉。不要離開我。

嗯，她愛他！她猜。

早上十一點。他在第九大道和二十四街的交口過了街。幾陣風將塵沙吹入他的眼裡。伏特加穿行過他的靜脈。

下定了決心：如果她擺出那種噘嘴怨懟的表情責怪的瞪著他的話他就要一巴掌甩過去而如果她開始哭的話他就要伸手環住她的脖子用力捏、捏。

她還沒有威脅要跟他的妻子理論。而她的前一任就這麼做了——結果是後悔莫及。不過他猜想，她應該已經在演練這麼一場挑釁了。

女士，你不知道我這人，但我知道你。我是你丈夫深愛的女人。

他跟她講過，原因跟她想的不一樣。他無法盡情愛她不是因為家人的關係，而是他過去一段沒有跟人講過的經歷在作祟，是戰爭時期在法國他參加步兵團的時候。如同痲痺症一般穿行於他的體內。

發生在他身上的事，還有他目擊到的事。

還有幾件他以自己的雙手犯下的罪行。而且如果他們是在飲酒的話，有個表情會出現在他那張帶著悲傷以及悚懼的臉：是她不想了解的深沉悔意。她會捧起他那雙她猜想曾經殺過人的手（不過也只有在戰時），然後吻了吻，然後將那雙手貼上自己的乳房

——如同年輕母親迫切需要給予乳汁，給予滋養的乳房。

她回說：不，那是你舊日的生活。

而我，是你的新生活。

他已經踏入了玄關。終於！

現在是早上十一點——畢竟他並沒有遲到。他的心臟在他的胸腔裡撞擊。

一波波腎上腺素的刺激，是他打從戰後再也沒有體驗過的。

他在第九大道買了一瓶威士忌，而且也跟街頭小販買了一打血紅色的玫瑰花。

是要送給窗口的女人。殺或者被殺。

只要他打開門鎖，只要他一看到她，他就會知道自己的下一步。

早上十一點。女人坐在窗口的絨布藍椅上，裸身等著——只有腳上穿了高跟鞋。她再一次檢查了藏在椅墊底下的縫紉剪，摸起來帶著奇怪的溫暖，甚至有點潮濕。

瞪眼看向窗外一片窄窄的天空。她幾幾乎覺得內心是一片平靜了。她準備好了。她等著。

克莉絲・內斯考特（Kris Nelscott）

得過多項大獎，她最有名的著作是史默基・達頓系列的偵探小說。她的第一本史默基・達頓小說《危險道路》贏得了希羅多德大獎的最佳歷史推理小說，並入圍愛倫坡獎的最佳小說，而第三本《薄牆》則是芝加哥論壇報當年推薦的最佳推理小說之一。《憤怒之日》以及最新出版的史默基・達頓小說《街頭正義》都得到夏姆斯大獎最佳私探小說提名。娛樂週刊將她與華特・莫斯理與雷蒙・錢德勒等量齊觀。書單雙週刊聲稱史默基・達頓是「高階的犯罪系列小說」，而Salon.com則表示：「克莉絲・內斯考特是最擅長書寫系列推理小說的當代美國作家。」

Hotel Room, 1931

60 X 65 1/4 in. (152.4 X 165.7 cm). Madrid, Museo Thyssen-Bornemisza. Inv. N.: 1977110.

靜物一九三一

她頭一次在曼菲斯城外注意到：在貨廂（boxcar）裡頭，黑人白人並沒有分隔而坐，他們是混在一起了（譯註：早期的美國流浪漢喜愛偷搭貨運火車的貨廂到全國各地流浪）。當時，她是站在一家關了門的銀行前頭。憂心忡忡的顧客在銀行前面大排長龍，繞經了整個街區——男人都穿著灰撲撲的長褲，污髒的工作服，頭上戴著鴨舌帽；女人則穿著包頭便鞋、簡單的洋裝，頭上戴著破舊的帽子。

洛琳的外表稍稍不同於一般人，也因此比較引人注目。她綠色的鐘形帽稍嫌新了一點，她的外套也比別人的厚重了些。她的鞋子跟其他人的一樣，也有破損，不過她這雙之所以破損是因爲長途旅行的緣故，而不是因爲穿太久了。

她緊緊抓著她棕色帆布袋上的雙把手，瞪眼看著錯過的機會。窗上的告示以潦草絕望的字跡寫著：現金已領完，明天再來。上頭沒有日期，也沒有簽名。她看不出這裡的「明天」指的到底是昨天，還是三天以前，或者其實就是下一天。

而且她也不想詢問排隊的人群（一個個灰頭土臉，面帶失望的表情），因爲她不覺得眞有機會可以領到錢。過去兩個月以來，她已經在其他六個鄉鎮看過同樣的情況，而每一次，她都很驚訝大家竟然沒有群情激憤的砸掉窗玻璃，直接衝進大門，把所有能拿的東西都搶走。

也許衆人都很清楚，裡頭根本空無一物。什麼都沒有了。她嘆口氣，戴著手套的手指緊緊扣住帆布袋厚重的把手，想要製造出帆布袋裡空無一物的假象，昭告衆人她是在等領現金，而非滿載現金。她很清楚，旅行時不能攜帶太多現金，但她其實也別無選擇。

她不確定到底能夠信任哪家銀行，因爲她一路來到這裡，已經看過了不知多少面臨關門的銀行。她很擔心，如果把所有存款都放在同一家金融機構的話，也許哪一天會落得一文不名。

她很了解爲什麼大家都在買保險櫃，寧可把錢放在家裡。

然而她已經沒有家了。不再有了。

她還沒賣掉房子。因爲說穿了，她實在看不出有誰會買。那屋子已經破舊不堪，幾乎無法住人了。天氣不好的時候，風會穿過牆壁的裂縫吹進來，四個房間堆積塵沙的速度是她花一整個下午也清不完的。

而法蘭克去世後，她更是受夠了這個所謂的「家」。她把他葬在墓園之後，便拿了兩只她在遇見法蘭克之前四處浪遊時所用的大袋子，打包自己的衣物。袋子都還算乾淨、耐用，就像是前一個禮拜才收妥了備用的。

她將好幾套內衣褲和一件乾淨的洋裝打包好，決定旅途上再添購新的衣物。她拿了法蘭克留給她的現金——整整兩百元——並打算旅途上再一路領回存在各處銀行的錢。

她曾經爲了愛情犯了錯。

女人是會這樣的。她們會因爲男人那雙棕色的眼睛和溫暖的微笑而忘了自己。她們希望能有最後一次機會得以生出那從未出世過的寶寶，她們寄望能有個安定舒適的未來——而這，卻是從來不曾出現。

在她遇見法蘭克以前，她一直都是單獨旅行。單獨行動的女人。那時，她所做的事是只有她才懂得怎麼做的。

那時的她比較年輕，較有韌性，而且雖然見過許多人情冷暖，但仍然相信人性的善良。

直到……

她瞇眼看著好長的人龍圍繞著關了門的銀行一動也不動。她輕輕搖了搖頭。其實只要一句話，就可以把這群絕望的人變成一堆暴民，讓他們把集體的怨氣發洩在錯誤的目標上。尖聲咒罵，怒聲狂囂。

一句話——或者是它許多不同的醜惡版本。

這是一句她希望永遠都不會再聽到的話。

「是他幹的！」

他們從她前頭跑過去，高舉著拳頭，滿臉通紅的大聲怒罵。洛琳緊緊貼在雜貨店前頭的柱子旁，手裡攢著心愛的洋娃娃。她的媽媽抓著她姐姐諾雲的手臂，挨在門邊站著。諾雲使勁扭著想掙脫，可是沒辦法。

兩個晚上以前，諾雲和喬治．塔林兩個人摟摟抱抱又抓又親的，一邊跟洛琳說不要盯著他們看，因爲這是大人在做的事。洛琳想跟媽媽說那人其實是喬治．塔林，而不是坐在樹下的好男孩——他住在貧民窟裡，喜歡念書，也會跟洛琳的娃娃問好。

可是諾雲，她說做的人是好男孩。什麼事都推給好男孩吧，她說傷了她的是他，而不是狠狠甩了她一巴掌的喬治．塔林——昨兒早上她告訴塔林說，沒有父親的同意他不能娶她時，他就發了狠。但她告訴媽媽說，自己臉上的瘀青是好男孩打出來的。

謠言四處竄行，現在大家都知道諾雲給「玷污」了，而且罪魁禍首是好男孩。他得付出代價才行。

是他幹的！他們說。而他也的確付出了代價。

他被衆人拖到城外，然後給吊死在樹上。她看到他時，他的眼睛已經看不見了，臉孔也有一半不見了。他扯爛了的衣服一直在滴血。爸爸回到家以後，她不顧媽媽的反對也跟著他過去了。媽媽其實並不是眞的反對。

媽媽希望洛琳知道，所謂的好男孩是什麼樣子。

所以爸爸就把她帶到那群又叫又吼的人之間，他要她閉上眼睛坐在馬車裡，而他則逕自走上前去對著屍體做了一件事——聽起來很殘忍，像是舉起斧頭砍向雞脖子。

而諾雲，她從此以後就不一樣了。她不想跟人講話了；大家都說這是好男孩造的孽，是因爲他對她那樣那樣。喬治・塔林不想要她了，因爲好男孩做了那事。

然而好男孩其實什麼也沒做。

洛琳和諾雲兩個人都清楚。

諾雲拿了爸爸銳利的刮鬍刀自殺了，而在那之前的晚上，她跟洛琳說：「小妹，你一定要搞懂一件事。謊言，會殺了你。謊言會毀掉一切。永遠不要說謊；不管你做了什麼，絕對不要說謊，聽到沒有？」

而洛琳，她點點頭，做了承諾。

她許久許久都不曾撒謊。然而現在她卻開始事事撒謊。

因爲她已經慢慢發現到，事事撒謊是她唯一可以找到眞相的方法。

洛琳搖搖頭。人龍、人群和不安的人——他們總是會引發恐懼。群聚的人容易傾向暴力。

這也就是爲什麼她會把眼睛從那一大群人身上移轉開來。她也不想再看著破敗的曼菲斯銀行——它已將她辛苦掙得的五十塊錢吞下，永遠不會還給她了。她轉過頭，看到火車轟轟駛過。

轉了頭也許是因爲銀行，或者是群衆，也或許是回憶吧。也許是心裡感到絕望——她不缺錢，不過她確實是比過往要來得沒錢。

當那輛貨運火車駛過時，她看到車廂的門開著，有人坐在邊沿，衣服污髒，雙腿晃蕩著。她突然有個奇想。她看到那一張張臉，跟衣服一樣覆蓋著塵灰，然後才發現她正在看著塵灰底下的白臉，以及塵灰底下的黑臉。

然後她想著：噢，這肯定會出事的。

然後她就馬上回了神。其實她並不反對黑白混雜——不像其他人那樣反對。在她的前法蘭克時期，她甚至認識一些黑白通婚的男女（他們有的會想隱瞞）。她很早以前就發現，膚色就跟髮色一樣，不能用來界定人的高低，這也許是因爲她小時候認識了那個好男孩吧——那個因她姐姐撒謊而給害死了的男孩。他的膚色暗黑，他喜愛閱讀。喬治·塔林從來不讀書，而且他不是好人。

然而問題是……

洛琳已經不再有幻想了。她知道在這裡，在這個戰爭仍在進行而南軍依然被尊崇的地方（輝煌的過去是他們緊抱不放的眞理），貨廂裡頭的黑白混雜就跟那個謊言——是他幹的——一樣，肯定會帶來災難。

她轉開頭來，踩著沉重的步伐慢慢走回火車站。先前她把自己的另一個提袋交給了這裡的一名腳夫——他們會爲有點積蓄的人保管財物。

現在，她得專心爲自己著想才行。當初她離開德州西部時打的就是這個主意，這是她的目標。

她已踏上了一趟發現之旅，一心想要尋找更好的將來。就跟這個國家一半的人口一樣吧，她想著。而且她確實是踏出家門開始了火車之旅，以上等女人之姿坐在火車廂裡，和其他她毫無交談意願的上等白人同坐——不想與他們交談，是因爲她一向秉持的原則就是要恨惡白人。

她離開她的第二段生命時（她的法蘭克生命期），她才開始試圖把錢從各家銀行一一提領出來。他活著的時候，她爲了照顧他無法遠行提錢；結果病弱的他又多等了一年才離開這個美好的地球。

只是拖到了現在，眼看所有的小銀行都相繼關門了。這些個體戶銀行沒有分行，它們都是由當地人集資成立的，決定也都是由他們自己來下。

這些小銀行，它們的老闆會直勾勾的看著女人的眼睛，說道：姐姐妹妹們，現在是新時代了。女人都可以投票了，所以沒錯，你們就算沒有丈夫陪同，也可以在我們這兒開戶。而且他們是說到做到。原本她以爲自己是在支持這些銀行，以爲自己是在行善。然而面對當前的經濟大蕭條，她才發現自己原來只是在撒錢而已——如果法蘭克曉得的話，是會這麼說的。想當初她還以爲自己有多明智呢。

只剩下幾站了。納許維爾、洛亞諾克、里奇蒙，然後就是北方了。眞正的北方。洋基佬的北方——這兒她是打從第一次世界大戰開打前就沒來過了。好笑的是，在遇見法蘭克以前，她曾爲洋基佬北方的一戶人家做過事——洋基佬北方的有色人種——然而打從她自紐約巴納德學院畢業以後，她就再也沒回去過那裡。

其實並非全然如此，當然。這個說法是有點問題。因爲畢業以後，她找了間公寓，也找到了個臨時工作當打字員，還有就是認識了艾略特。之後，當然就是她的父親跑去那兒拯救她，讓她免於和猶太人共度一生。他一路把她拖回家時，艾略特並沒有跟去，他無法跟去。她從她父親的雜貨店打了個昂貴的長途電話給他時，他就是這麼說的。你了解的，親愛的，對吧？

不對，其實她根本無法了解這兩個男人，而等她再度到了北方的紐約——只去了一陣子（她也沒數算到底是多久）——艾略特已經娶了個「比較適合」的對象。他母親是這麼說的，帶著頗不以爲然的無情眼神看著洛琳。

洛琳立刻扭頭離開。她發誓這輩子再也不要結婚了，而後來她得知艾略特死於亞岡森林之役時，她也只能假裝自己並不在乎。

不過她並沒有停下她起了頭的工作——她爲了讓艾略特印象深刻而從事的工作。

她就那麼一直做下去，直到……

她闔上眼睛，把頭往後靠過去，黑色行李箱裡的六本書還是以後再慢慢看吧。她已經讀了她塞在帆布袋把手之間的一大疊報紙了——這麼塞著，是因爲要讓人以爲她攜帶的是紙，而不是紙鈔。不過她發現自己其實大半時間都是陷於沉思狀態。

她原本以爲十四年前的自己還滿實際的。當時她收下了艾略特的母親塞給她的錢——艾母的意思是要洛琳忘了他倆的婚約。她說：這事以後就都不要再提了吧。顯然，紐約的上等猶太家庭不歡迎一名來自德州西部的中產基督徒女孩的程度，其實並不亞於女孩的德州西部家庭排斥自己的女兒愛上一名猶太人。不過德州的家鄉並沒有人知道這段姻緣，只有他們在巴納德學院的友人才是兩人愛情的見證。

他們大半都相當看好洛琳和艾略特的姻緣，而洛琳自己也對兩人的前景充滿希望——在她踏上那趟旅程之前，那趟她沒有數算到底花了多久時間的旅程。

當時艾略特的母親拿出了好驚人的一大筆錢（五千塊）給她，說是要她忘掉這段情緣。她要她毀掉他寄的所有情書，撕掉兩人爲了訂婚找人畫下的一幅雙人肖像。另外就是請她退還婚戒。

她收下了錢，把婚戒交給他的母親，也毀掉所有的信且撕掉了肖像。這是因爲鄙夷，是因爲憤怒。她希望藉由收受這麼一大筆錢，可以傷到艾略特，傷到他將來接收的遺產。

不過後來她讀到他的訃聞時，才知道他們家族的財力有多雄厚，也才發現艾母當初給她的錢——那筆數目要比她父親在他生命最後十年所賺的總和還要多——對他們來說，根本就是九牛一毛。

這也就是爲什麼艾略特可以專心從事「善行」。爲什麼他不需要賺錢維生。他知道他的生計根本不成問題。

洛琳所採用的方案是艾略特一手設計的。原本他們是打算合作的——他和洛琳。他倆可以改變世界——藉由她的白皮膚以及紅金的頭髮當做掩護。他會規畫好所有細節，用他的法律學位做後盾，並確定兩人可以得到正確的資訊。

當初就是艾略特聯絡上美國全國有色人種協會的。是他推估說，他們的調查單位應該會需要調查員和南方的白人溝通，讓他們勇於開口，讓他們願意承認他們天天都在犯的可怕罪行。是他爲他倆即將展開的任務定名爲「善行」。不過後來她才發現，鼓動他的力量其實只是那當中涉及的刺激感而已。

冒險犯難。

沒錯，就是爲了冒險犯難，他才會違背他母親的意願，把自己推向南方的。

他爲他們的「南方善行」所訂的計畫理論上聽起來還眞是好，不過實際要做的話——呃，洛琳發現，如果眞的上路的話，他會是個負擔，因爲他長了一頭黑色鬈髮，而他的鬍子每到下午便又會髭長出來（不管他要還是不要），還有就是他純正道地的紐約口音了（譯註：艾略特這些特性，在在都會洩漏出他是猶太人——備受黑人與白人排斥的人種）。他倆會因爲他而給踢出一個又一個城鎮的。

不過他有關錢的做法倒是滿聰明的。他的意思是要把錢存在許多不同的社區，以防兩人被搶或者搞丟了身上的銀兩。她不管到哪裡，總是會在搭火車一段距離以外的地方備好緊急基金——有時候她還真是窘迫到需要用到每一分錢呢。

她把綠油油的美金在多家不同的銀行裡存放了七年，其實並不是他的錯。法蘭克時期。

她把錢從納許維爾的銀行領出來，不過洛亞諾克那家的就沒領了。那家銀行不只是關門而已，而是整個兒倒閉了——打從一九二六年以來即是如此。顯然當年曾經發生了一個她不曾聽說過的金融危機吧。

里奇蒙的銀行於她抵達時，倒是開著的，不過他們無法讓她領出所有的錢。當初她存進去的五十元，他們只能給她二十五，於是她就拿了，心想那剩下的二十五外加打從一九一七年以來累積的利息，應該是永遠都拿不到手了。

之後，她便來到了紐約。

火車在嘶嘶作響的蒸氣聲中抵達賓州火車站，另外還伴隨著車掌的叫聲——最後一站！賓州車站！這輛火車即將停止作業！最後一站！

她提起袋子來。雖然好幾個鐘頭都在火車上，但她卻覺得全身都是灰撲撲的風與塵。

她跟著其他旅客踏出車門，下了台階，來到月台上，然後她便像其他所有的城市鄉巴佬一樣，抬起了頭。

壯觀的景象讓她屏息驚嘆。一段台階從月台往上攀升到主廳，而從這裡，她就已經可以看到那上頭鋼鐵打造的拱門，以及刺眼的強光了。

月台聞起來有蒸氣以及德國椒鹽脆餅，還有香水及汗水的味道。她緊緊抓著袋子，小心防範所有的扒手和小偷——她去過的所有大型火車站到處都有他們的蹤跡。她昂起了頭，一步步走上台階。

先前她像個鄉巴佬一樣，不過這個毛病她不會再犯。現在，她得表現出一副她是在地紐約女士的風範。

這其實是有難度的。賓州車站跟她記憶中的影像不一樣了。噢，基本的東西是打從戰前就在了——鋼鐵柱子，以及強光——然而人事與環境卻有了變化。以前並沒有這麼多群眾，這麼多噪音。而且以前也沒有攤販——至少就她的記憶所及。過去，所有的事物看來都是嶄新的，就像一座等著來賓上門的博物館，而現在，這座火車站卻罩上了一層塵垢，混雜著千百種聲音的回聲。

紐約。洋基佬北方快速的心跳。

她都忘了這個地方是這麼的富於生命力。

她方才露出了鄉巴佬的模樣，而此刻她則又踏出了最後一步鄉巴佬的步伐，往詢問台前面一站。這個櫃臺簡直就跟火車站本身一樣又圓又大，而且就豎立在人潮來往的正中央。主掌櫃臺的疲憊男人，幾乎是看也不看她一眼，不過他倒是跟她說了這附近到處都是旅館，而且午後時光應該不可能沒有空房。

「不過，」他說：「像你這樣的女士恐怕大半的旅館都待不得。如果你是我女兒的話，我會要你去紐約客旅館，就在對面，第八大道和三十四街的交口。從那邊的出口出去。他們待你應該不錯——安全有保障。」

然後他便轉開頭去，沒看到她的眼睛已經泛滿了淚水。打從法蘭克生病以後，就沒有人關心過她的安全問題了，而就算在那之前，他們的愛也已褪色了。他待她如同妻子，一個失敗的妻子，說起來，因爲她根本不懂得處理家務而且又生不出小孩。早年那些熱情的時刻，興奮的時刻，早已消失無蹤，彷彿從未有過。

她命令自己不要再想法蘭克了，因爲一想到法蘭克，就會把她引進他生命最後六個月時她所感受到的深沉的孤寂——當時她明白，一旦他死了以後，就不會再有人關心她到底活得怎麼樣了。

她在詢問台邊徘徊，瞪著大廳的出口一直看（大廳的鋼製拱門和奇妙的光線是多麼壯觀啊）。「往第八大道」這幾個字就寫在一個她從櫃臺處就可以看到的標示牌上。

她到了那兒以後，可以要到什麼呢？一個旅館房間和……什麼？一個工作嗎？根本沒有工作吧，就算資歷足夠的人也一樣。而且她其實並不需要工作——就算她存款的四分之一都被偷了或者搞丟了，或被她本就不該信任的銀行吞了。

其他銀行倒是彌補了一些損失。多年來累積的利息，很多都是擺好幾年了，所以也可以分攤掉部分損失吧。

另外，她也得想個辦法處理現金才行。十二月間美國國家銀行破產的新聞登上全國版面時，她就下定決心，要到她的銀行領出現金——就像其他所有人一樣。這個想法給了她旅行的目標，不過如今來到這裡——這是美國國家銀行的總部所在——手裡提著一整個帆布袋的現金，她卻覺得自己好像有欠考慮。

然而她多多少少還是相信，所有來自紐約的不管什麼都是好的。好的，良善的，而且值得追求。

就像艾略特。

有個男人撞到她了，她猛旋了一下，手提的厚實黑色行李箱撞到了他的腿。他絆了一跤，空空的兩手張了開來，所以她覺得他也許不是扒手——也或許是因為她逮到他了，所以他沒扒成功。她怒目看他，而他則跌跌撞撞的往前走去，也沒道個歉。

她的手緊緊扣住帆布袋。報紙仍然塞在把手之間，如果想探袋取物的話，還非得移開報紙，碰到搭釦才行。

不過她還是得小心才行，因爲老天在上，她根本沒人照應啊。

她穿過寬敞的大廳，踏上台階，朝著街頭走去。她來到了第八大道，面對著無盡的噪音和稀微的陽光，以及一連串的汽車喇叭聲。馬路才剛鋪好，汽油的味道飄來。一匹馬也沒有，這是一大改變，而對面的景觀也是以前沒有的。

好高的一棟大廈，她非得把頭仰得高高的，才能看到樓頂。大樓兩邊的側翼分得很開，上頭設置了許多窗戶。有個男人繞過她走了去，一邊說著：「看什麼看啊，小姐。」然後便消失在人群裡頭。

她兩頰通紅，趕忙移步到旁邊。貨眞價實的鄉巴佬。多年前她獨自上路來到這裡，辛辛苦苦的就是想要學著做個道地的紐約人，可是到頭來她還是失敗了——在這個她學著要模塑自我的城市。

在鍍金的大門上面，頂出了一方罩棚讓行人可以遮陽避雨。「紐約客旅館」幾個斗大的字就寫在上頭。

她穿過馬路，提醒自己不要再愣呆的看啊看的——雖然這還眞難。有輛車開過她身邊，一邊按著喇叭。她給逼得只好跳到一輛停在路沿的黑色大車後頭。有一名服務生正從車子的行李廂裡拿出大大小小的箱子，而一名穿著制服的年長男子則伸出了手，扶住一名正要踏出乘客座的女人。

洛琳眞希望自己在火車上有打理過自己。旅途帶來的那層灰垢讓她覺得自己好像是艾略特的母親眼中的白人垃圾（譯註：白人垃圾white trash是美國社會對貧窮白人，特別是對美國南方鄉村地區白人的貶稱）——那位女士搞不清楚，就算在南方（尤其在南方），社會階級的劃分其實遠比表面上看到的還要有更多層次。

洛琳在某個服務生瞥見她以前，快速穿過了大門走進旅館。沒想到一轉眼他已經站在這個偌大的大理石廳的門邊了。她趕緊在他走過來之前，快步移向櫃臺。她下定了決心，不要愣眼看著鍍金天花板上懸吊下來的水晶燈，或者二樓走廊那一排好像是雕花玻璃做成的美麗欄杆。

櫃臺後頭的男人並沒有質疑她不該現身該處。也許是因爲那頂鐘形帽吧，或者是她時髦的穿著——雖然這趟旅途已經搞得她的衣帽都起皺了。

他告訴她說，房間每晚最少是三塊五，請問她是想要什麼類型的房間呢？舒適的小房間就好，她說，聲音壓得低低的。那麼夫人是想住多久呢？他問。「夫人」這個詞讓她愣了一下——從來沒有人這樣稱呼過她。

不過她已經不再是青澀的少女了，早就不是了，而且顯然她看起來也不像。

「我不知道我會住多久，」她回道。「至少幾天吧。」

然後她便將她皮夾裡的最後一張脆新的十元鈔票遞給他，算是「賒帳」客戶。之後，他便遞給她一把鑰匙，說是中樓層（他的用詞）的一個房間，可以看到第八大道。這個房間比較安靜，他說。

這整個地方都散發出寧靜的氣息，和這個城市成了明顯的對比，讓她頗爲驚訝。紐約在她的印象裡，就是味道不好又吵，讓人很難適應。她還眞沒想到會有這樣的旅館。

服務生來到了她的身邊，說是要幫她提行李。如果拒絕的話，只怕會引人注目吧。

「帆布袋我背就好，」她說，然後邁步走開，就像在南方時她看到社交名媛在時髦旅館裡會擺出的架勢。他拎起了黑色行李箱，跟在她後頭。

她一路必須熬過一整排員工的攻擊——行李服務生、電梯服務員、她那個樓層的女僕，大家全都跟她道了聲午安。

洛琳微微頷首，讓服務生拿了她的鑰匙爲她打開房門。他跟她說明了這間房的特色：有四個電台的收音機、私人沐浴間，以及往上推的窗戶——這一來，就幾乎不可能從窗口丟任何東西出去了，他說。

她很想問說，什麼叫做「幾乎不可能」，而他們又是怎麼知道這點的，不過還是忍住了。她反倒是給了他五毛錢，也許太多了吧，但她實在很希望他快點出去。等他離開以後，她便脫了帽子，將它放在化妝台上，擎起一隻手順了順頭髮。

然後她便脫掉大衣，把它掛在緊貼著書桌的椅背上。她踢掉鞋子，脫下污髒的洋裝，然後坐在床沿上。她的腦子亂成一團，雖然知道是該洗個澡了，卻又有點懶得動。

然而她可不想一身髒兮兮的倒頭睡在乾淨的白色床單上。此刻，她有必要決定下一步該怎麼走。

她得好好理理她的錢，一部分放在皮夾裡，一部分存放在別處。她不可能把錢放在房間裡。這麼高檔的旅館應該會提供保險箱給他們的客人吧——然而她可不太敢使用。而且，她也無法再信任任何銀行了——就算他們都備有私人的安全櫃也不行。沒有人敢保證說，有哪家銀行到了隔天早上還能開門做生意啊。

也許她可以拒絕女僕進來整理房間，只是這樣做難免會啓人疑竇吧——她的用意何在？她藏了什麼東西呢？

她其實並沒有完好的規畫。她彷彿是把紐約當成了她追尋的聖杯——人生的終極目標。然而，紐約到底能提供她什麼樣的舞台呢？

也許她可以一路走到美國全國有色人種協會的辦公室，然後跟慕名已久的懷特先生自我介紹吧。多年來他收到過她許多明信片，其中大半都沒有簽名，但一張張都展示出了不堪入目恐怖至極的圖像——大半是凌遲，有些是把人活活燒死的照片，另外也有群衆「享受當下」的影像。

大多都附上了日期，而她寄給懷特先生的目的，則是希望他能爲反凌遲運動著手調查一件十年前的案子——感覺像是已經過了一輩子呢。他還會記得她嗎？她還記得他，因爲她曾打過四、五通極其昂貴的長途電話給他，聽著他溫暖的聲音；而那時她也曾寄給他一份清單，列出願意告訴她種種可怖事件的人的名字。

她記錄詳實的筆記已經不在手邊了。在她跟著法蘭克逃到德州西部以前，她就把筆記本都裝了箱，寄到紐約州紐約市第五大道六十九號的五一八號套房了。這個地方她從未到訪過。她連筆記本寄到目的地了沒有，都不曉得。

也許她應該去問個清楚。坐了那麼久的火車，走走路對她來說應該不錯。

在她洗完澡後。在她休息過後。

在她花點時間想想自己的計畫之後。

她知道自己是在贖罪。

許久以前，洛琳就想到了：她辛苦奔波於她所出生的南方其實跟「善行」並沒有關係。她爲的是諾雲。當初如果諾雲講了實話的話，也許她還會活著。她跟那個好男孩（他的名字洛琳就是想不起來），他們倆會住在不同的地方，兩人的生與死永遠都不會有交集。他們會擁有分隔開來，但卻平等的家庭；分隔開來，但卻平等的房子；還有分隔開來，但卻平等的生活。

不過洛琳見的世面夠多，她知道分隔並不表示平等。而且通常都是分隔開來，但「不」平等。

她見過了許多人情冷暖，也說過了許多謊言——在她尋找眞相的過程裡。

有時候，她是洛琳．泰勒，「家人」都在亞特蘭大。有時候她是諾雲．崔頓，來這兒拜訪幾里以外的表親。有時候，她是瓦西太太，來這兒詢問學校的教職是否仍然有缺。而有時候，她則只是停腳一下午，而且已經講了夠多的謊言，讓她足以判定這個小鎮的人——不管是哪個小鎮——可以嗅聞出眞假的差別。

這時她就會選擇離開（在她根本還沒有行動之前），免得被鎮民趕出去。不過在有些地方，她會想辦法融入當地生活一個禮拜之久，甚至一個月，或者一整個夏天。她是個寡婦，或者是個沒有結婚前景的老處女，或者是個已婚婦人，父親給了她一大筆資金購置新屋——她打算藉此給丈夫一個驚喜。

相信她謊言的人之多，還眞是叫人難以置信。尤其她分辨口音的能力又相當高強，知道皮德蒙以北的亞特蘭大口音和花園區的紐奧爾良口音到底有什麼差別。她講話就像杭斯維爾的當地人，而且她學得的阿拉巴馬口音也足以騙過卡羅來納的當地人。阿肯色州的口音因爲太濃濁，她的舌頭學不來，而且她也從來沒辦法分出曼菲斯和納許維爾之間的不同，不過以她亞特蘭大的口音，她倒是可以全部矇混過去，因爲亞特蘭大人喜愛四處旅遊，口音比較不特出。

她很少給逮到。一九一九年她在阿肯色州的確是差點出了紕漏，因爲當地有幾個女人識破了她的身分。之後就是她在達拉斯遇見法蘭克的那個下午了。當時有幾個男人跟蹤她進入一家餐館，因爲先前她問了太多問題。她趕緊鑽進法蘭克的雅座——當時他獨自坐著，面前擺了杯咖啡和一份蘋果派。她要求他跟她配合一下下就好。

他原以爲那些男人是流氓，跟蹤她是爲了佔她便宜，而她也一直沒有點破。兩人就這樣聊了起來，之後則是通信往來，而幾個月後兩人便攜手走向未來（這是在她決定放棄調查，逃離韋科的時候）。

不過一路走來，她倒是發現了許多眞相。在膳宿之家與衆人共享晚餐時，她聽到了許多耳語流傳的故事。還有就是「自豪」這個弱點所透露的訊息了：有人給她看了一張明信片，上頭是他一名家人在屍體旁邊擺弄姿勢。還有人警告說，她最好避開城裡某個區，免得看到不堪的景象——行凶的人是那些眼神飄忽的男孩之一。

她的任務迫使她必須跟可厭可惡的人交談，包括殺人犯和他們的家庭，還有以觀賞凌遲過程做為娛樂的衆多鎭民。她老是到得太晚了——每次都是接到明信片或一張照片，或者聽到什麼謠傳才趕到現場。她會在當地蒐集資料，以便寫下報導投稿給《阿姆斯特丹新聞》或者《危機》，還有《防衛報》或者《亞特蘭大獨立報》。另外就是跟律師進行會談了，他們通常都會需要多一點資料——也許就是多了那麼一點資訊，便可以幫助他們的客戶了。

她甚至還跟聞名遐邇的律師達若先生談過話，為的就是一個他最後還是放棄了的案子——當時她差點就洩漏了自己的身分。

她喜歡那種刺激感以及恐懼，還有眞正活著的感覺——她從事的是她眞心相信是她使命的工作。艾略特的善行。諾雲的贖罪。

而有一陣子，則是洛琳的生命。

她耗費了大半個晚上倉皇的思慮以後，才想出該怎麼處理手上的錢。她把二十張一塊錢擺進皮夾裡，將四百塊錢分裝到四個信封裡，並塞進皮包。另外一百元則是放進另一張信封並塞在行李箱最底下，而最後一張百元大鈔則是藏在浴室的一塊磁磚底下。

其他的就留在帆布袋裡，包在一層層內衣和睡衣裡頭。有個裝著她婚戒和珍珠項鍊的盒子則放在最頂端。將帆布袋託放在旅館保險櫃的時候，她告訴旅館經理說，她託付他保管主要是爲了那兩樣珠寶。不過這還不夠，她另外又拿了兩根繩子以她父親教過她的古老雙結法綁在帆布袋上（只要有人打開過袋子，她一定看得出來）。

她踏出旅館大門，朝著第五大道六十九號走去。照地圖看來，六十九號應該是在第五大道跟西十四街交口附近吧。她都已經忘了在這城裡穿行而過的種種樂趣與不適了。男人穿著時髦的西裝，趕著上班；女人身著美麗的洋裝，逛街購物。這兩種人都匆匆走過穿著破爛西裝或骯髒的工作褲的男人——其中較年老的，脖子上都掛著牌子，上面寫著：希望能以工作換取食物。而坐在他們後頭的則是衣衫襤褸的女人，懷裡抱著無精打采的孩子。

洛琳和其他所有人一樣，移開了視線——太多的悲慘是她沒有經歷過的。她一路上看到了三家仍在營業的銀行。她並沒有查過它們的背景，不過她無所謂。所有的人都曾相信，美國國家銀行是最有信譽的金融機構。就在它倒閉前不到六個月時，有人宣稱，它是紐約最好的銀行，這句話提醒了所有人，銀行一直都是有風險的。

不過存錢到銀行，總比時時刻刻都帶著塞了錢的皮包和帆布袋要安全些。她的錢夠多，再搞丟一些也沒有大礙。

她在這三家銀行各存了九十元，每個信封都保留了兩張五元鈔票，並將兩個信封分別送給了她碰到的頭兩個衣衫襤褸且拖著孩子的女人。她邊走邊想著，奇怪了，自己好像有個觀念是男人會把錢花在喝酒上頭，但女人則會爲孩子採買食物。

餽贈並沒有讓她好過些。因爲每走一條街（事實上是半條街），她就又會看到至少五個需要資助的人，他們需要足夠的錢來維持多一個禮拜或者一個月的生計。他們需要工作以及幫助，還有一個可以遮風避雨的屋頂。

等洛琳抵達西十四街時，她再次移開了視線，一手擱在皮包上頭。如果穿過第六大道時她沒有抬眼的話，她就不會看到那面旗幟——在寒冷的春風中桀驁不馴的飄盪著。那上頭的訊息從半條街以外看過去，好像要比湊近了瞧來得清楚。

一名男子昨天被凌遲了。

眨眼間這個訊息不見了，有那麼一會兒它是給別的東西取代了——在韋科的那個男孩（譯註：指的是黑人少年Jesse Washington傑西・華盛頓，他於一九一六年五月被凌遲於德州的韋科城，這是美國種族歧視下被凌遲致死的最有名的案例），他們一路將他拖下大街時他不斷的呼叫求救，他驚惶的暗色眼睛和她視線交接。當時她就那樣跟著大家往前走，那是她這輩子第一次（也是唯一一次）親眼目睹的凌遲事件。

她記錄下事情完整的始末，將她知道的名字都記錄下來，甚至還畫了一些草圖——倒也不是有這必要，因爲當地報社的攝影記者當場就拍了一張又一張照片，而且有可能還把其中一些製作成明信片了。

年輕男子不斷的嘶聲尖叫又尖叫，而她最終也只是踉蹌離去。當時根本無從求救，也沒有人出面制止，沒有人發出理性的聲音。權威當局全都在場——包括警察、兩名法官、好幾名律師，還有市長——大家都在，而且還一路叫好，而且其中有一個乾脆發表他個人的判決，告訴那個年輕人他罪該萬死。

是他幹的！

她沒有救他。她反倒是搭乘了午間的火車奔逃到達拉斯，在那兒寫下她的筆記，而當地人問她她到底是想幹嘛時，她就——

她就跑到法蘭克那兒，而且掉入愛河——至少她是這麼告訴自己的。

因爲愛情是唯一可以讓她放棄「善行」的東西。因爲像她這樣的好女人，道德高標準的好女人，是不會落跑的。她們會插手而入，跟男人講道理，把事情擺平。

然而她卻從來沒有做到這點。

洛琳搖搖頭甩開了回憶，命令自己把視線移開旗幟，繼續前行。她一路朝著前方的棕色大樓走去。她得專心看著低樓層處，而不是頂端的旗子。而不是那上頭的宣告。

但是她做不到。

再走了半條街後，她看到另一個告示展示在同一個樓層所有的窗戶上頭：

危機

危機。還眞沒錯，現在就有好幾個呢。而且所有的危機都絞纏在一起，成了個她仍然無法全盤了解的什麼。

不過她知道這個告示實際上指的是什麼。《危機》是美國全國有色人種協會出版的雜誌，而且她是多年的忠實讀者了。就連法蘭克也沒辦法攔住她別再看了。他會拎起一本朝著她甩來甩去——你幹嘛讀這種垃圾啊？他會這麼問，而她則會要他（其實是央求他）好好閱讀那裡頭的文字——包括新詩、故事、以及人民的聲音。

但他聽不下。而且其實她也沒眞寄望過他可以接受——雖然他那人還算開明（以他成長的背景來看）。他從沒傷害過人，但他就是沒辦法看出種族隔離是大有問題的。

他們曾經因爲這事爭論過一次，不過她叫停了。因爲如果再講下去的話，她就得透露多年來她四處遊走的眞正原因了。而且她知道，如果跟法蘭克坦承自己是美國全國有色人種協會的調查員的話——不支薪的調查員，她只負責提供證據給律師參考——他應該會……呃，她其實不想知道答案。不過她猜想，如果來軟的，他也許只會丟一句他的口頭禪我真搞不懂你；而來個最硬的，應該就是把她趕出家門吧。

她打了個寒顫，這才發現自己又像個鄉巴佬一樣，杵在人行道正中央，瞪著眼前的旗幟和窗子上的告示。

她把皮包拉近了身子，然後便穿過第五大道，硬逼著自己走進大樓。裡頭的裝潢和她住的旅館很像，線條簡單大方，許多的金色鑲邊增添了富貴氣派的味道。大理石地板的另一頭是一長排電梯，其中有幾扇的門是開著的，可以看到裡頭的電梯操作員。

她走進最近的電梯，很淑女的說了聲：「到五樓，謝謝，」不過沒看著操作員。今天不適合直視任何人。

電梯聞起來有菸草味以及別的女人的香水淡淡的味道。電梯升起時微微震顫了一下，不過洛琳無所謂。搭電梯對她來說，仍然像是歷經一場魔術一樣。

門打開來，走廊出現在眼前，地上鋪著防滑磁磚，跟一樓的大理石地味道很像。十幾扇霧面玻璃門都是關著的，所以整個樓層看起來又更難以親近了。

「五樓到了，小姐，」服務員說道，顯然是在等她出去。

她吞了一口水，點點頭，然後踏上甬道。她是等到電梯門關了以後，才走下甬道，尋找標示著五一八的套房。

不難找，那扇門稍微開了個縫，而且她可以聽到打字機喀喀的聲響以及嗡嗡講著話的人聲。

她的喉嚨乾得不得了。她透過門縫往裡頭覷眼瞧，只見許多男男女女趴在書桌上忙著，女的在打字，男的在講電話。牆上張貼著海報和各色紙張，有的是在警告黑人小心，有的是在宣稱爲達成全面民主的目標，請加入美國全國有色人種協會。裡頭所有的人都是黑皮膚。每一個人。

她不屬於這裡。

她轉開身，但卻聽到一個女人的聲音在說：「需要我幫忙嗎？」

洛琳深深吸進一口氣。她可以說：噢不用，抱歉，我走錯地方了。這麼說，別人也不會覺得有異樣。

不過她倒還不至於完全沒有勇氣；或者該說，她是有一些些勇氣的——曾經。

她轉過身。「我……呃……是來見懷特先生的。」

靠在門上的這個女人長得年輕漂亮。她的頭髮往後攏開來，雙眼洋溢著濃厚的情感。「進來吧，」她說。「我知道他人在這裡。」

洛琳的胃緊緊一縮。她穿過霧面玻璃門，走入了另一個世界，這裡擺著好多書桌以及不斷響著的電話，她看到了牆邊木盒子裡的索引卡，而交談的聲音也遠比她從走廊上聽到的多許多。

房裡的每一個人都抬起眼來看她，然後又別開視線，大部分人都沒有和她視線交接，於是她才意識到，自己又犯了老毛病——她又再一次給了自己一個沒有眞正目標的目的。她到底要跟懷特先生說什麼呢？說她能爲他展開調查，實在深感榮幸嗎？她有感到榮幸嗎？他對她來說，不就只是電話上的一個聲音，以及信封上的一個名字而已嗎？

「懷特先生正在開會。」一名年輕男子走向她來。他比法蘭克要高，一身西裝，領子漿挺。他棕色的眼睛讓她想起她在韋科目睹的那個遭到凌遲的年輕人的眼睛。「我能幫上什麼忙嗎？」

她搖搖頭。她得離開了。她其實沒有理由來到這裡，她只是給這些好人帶來困擾而已。

「他們正在討論阿拉巴馬的事件，」年輕男子說話的語氣，好像認爲她應該懂得他講的到底是什麼。「他們很快就會結束了，麻煩你等一等。」

她不知所措的站在那裡，不太確定應該怎麼辦。那麼多張熱切的臉孔，那麼多雙忙碌的手，她周圍的每個人都在辛勤工作，相信自己所做的事的價値，努力要改變這個世界。

她雖然從事「善行」，但她從來沒有試圖要改變這個世界——就連她爲美國全國有色人種協會工作時也是一樣。其實，她一逕只是遙遙觀望這個世界的病態而已——她的世界的病態——然後運用她自己的特權去「幫助」而已，所以說到底，也許她一直以來都只是個偷窺者，覷眼瞥看他人的生活罷了。

她根本沒有幫上忙，而當她有機會可以幫忙時——當時她必須冒個險，踏上前去，也許救個人命時，她卻逃逸無蹤，躲進她出生以來就擁有的特權裡，躲進她和法蘭克的婚姻裡。但那根本就不是你情我愛或者無法控制的熱情，她只是逃回到她被養育成人的目的罷了。而且當然，她就連當個人妻也沒做好。

「不了，」她靜靜說道。「我不想等。你們在做的是重要多了的事情。」

講話時，她肩膀的肌肉稍稍放鬆了一些，壓著皮包的手也鬆了開來。這一來，她才想起自己帶了什麼過來。

「我……呃……我想捐錢，」她說。「可以跟你登記嗎？」

「當然，」年輕人說道，一邊坐到最靠近他的那張空書桌後頭。他從抽屜裡抽出一本收據，又抓起了一枝筆。

她伸手探入皮包，把最後那張信封抽出來。

「大名是？」他問。

她舔舔嘴。她曾經跟他們登錄過自己的名字，因爲她是《危機》的訂戶。這會兒，她不想再給一次名字了。

「我可以匿名嗎？」她問。

「當然，」他說，一副已在他預料之中的樣子。她的臉頰溫熱起來。「多少錢呢？」

她打開信封，把錢攤扇開來，讓大家都可以看清楚。她可不希望有人污走她的錢。

「一百塊，」她說。

近處的訝嘆聲清晰可聞。他抬眼看著她，然後看了看錢，然後又回到收據本上。他寫下金額時，他的筆微微震了一下。

「你是不是要以誰的名義做捐獻呢？」他問道，彷彿是等著她說不要。

「是，」她說。「請以諾雲．寇爾斯的名義捐獻吧。」

他問她這個姓氏要怎麼寫，然後他便瞥眼看著附近一扇門。她在那霧面玻璃後頭看到移動的人影。也許就是懷特先生正在開的會吧。

年輕人撕下收據，包在捐款上頭，然後將碳紙下面那張單據遞給她。

「感激不盡，」年輕人說。

她收下收據影本，彷彿這還真會有什麼用處似的。她點點頭，準備離開。

「至少拿份報紙或什麼的吧，」年輕人說。「要不就拿張宣傳單好了，也好看看我們目前的進度。」

他手一揮，指向一張桌子，那上頭散置著好幾份報紙（有日刊，有週刊），以及幾本多出來的《危機》雜誌。這一期的《危機》她還沒看，所以她便伸手拿了。她瀏覽了一下報紙，但沒拿起來。不過她倒是發現到兩天前出刊的紐奧爾良《皮卡楊時報》裡頭有一張摺頁，用迴紋針給夾在一本便條紙上頭。

八名黑人因攻擊白人，判定死刑
第九名將於阿拉巴馬接受攻擊罪名的審判

她忍不住輕輕敲了敲這份報紙。

「這是阿拉巴馬事件的相關報導嗎？」她問。

「沒錯，」年輕人說。「你聽說過那些男孩子了吧？他們是兩個禮拜以前被拉下貨運火車，而且已經給判了死刑。」

「等於是要凌遲了，」有一個人輕聲說道。

洛琳抬起頭來。她看不出說話的是誰。

「我們還在斟酌著要派誰去上訴法庭爲他們辯護，」年輕人說。他拍拍她剛才遞給他的信封。「這筆錢可以幫忙支付旅費。」

她點點頭，覺得自己好像眞的有點貢獻——不管是多麼的微不足道。然後她便起步走出辦公室。甬道走了一半，她才想起來，自己沒有跟他們道別。

她是一直到進了電梯，才發現剛才捐出那筆款子之後，自己內心空洞的感覺就跟在街上施捨了五塊錢是一樣的。她的確是幫了點小忙，就那麼一下子——給某位律師或者客戶代表的旅行花費。捐款，就那麼一次，用完之後就沒有了。

回到旅館的路程，感覺上好像比走到那間辦公室還要遠。她穿過第八大道上旅館入口的玻璃門後，在大廳停下了腳。這時她才想到，所有裝飾用的金箔以及華麗的天花板還有各樣擺設，如果換算成錢的話，可以餵養一家子人好幾個月呢。

當然，法蘭克會說，蓋這麼一棟大樓可以餵養好幾百戶家庭好幾年了。而且啊，如果像她這樣的人根本不住貴賓房的話，很多人就要失業了。

她等著電梯到來時，在一張散置著旅遊傳單和各種交通工具的時間表的桌子旁晃了一下。她隨手抓了幾份單張，爲的只是要有個什麼可以閱讀，免得待會兒電梯服務員會找話跟她閒扯。

她其實根本不用擔心。進了電梯，她說了要去的樓層後，他只是點頭示意，然後就靜默不語。他甚至看都沒看她一眼。而她踏出電梯時，他連一聲再見也沒說。

換做是別人——別的住客——搞不好會因此打他一個小報告。不過她覺得他有可能只是跟她一樣，被一天下來的各樣雜事搞得非常疲累而已。總是有個危機，總會有個什麼出錯。總是有人含冤受刑而死。

從來沒有人說一句，不是他幹的。他根本沒幹那件事。他不可能。

而且，主事的人根本也聽不下這種話。

她打開門鎖時，皺了皺眉，有個什麼在煩擾她。她關上了門，然後拾掇起她先前在火車上拿到的舊報紙。這是幾個禮拜前出刊的《紐約時報》——在她前往曼菲斯以前。

她大略翻閱一下，想起她見過的某樣事情。她在中間頁找到了，就在一大堆廣告頁面的前頭。

暴民追打黑人，監獄官尋求軍隊協助

九人因攻擊女孩遭到逮捕後

阿拉巴馬州史卡柏羅恐有暴動

洛琳斜倚著書桌，一邊讀著這篇文章，希望能摸索出字裡行間隱含的意思。這九人給拉出了貨運火車，然後被控攻擊了兩名女孩。不過另外也有報導說他們跟白人爆發了打鬥，而白人則是在不同的車站下的車。那幾名白人搶先打了電報，要求警察將黑人逮捕。

然後便是暴民上場。

她打了個哆嗦。

警長召來了軍隊，避免白人急切動用凌遲之刑，然而這九名年輕男子——幾個禮拜之後還活著——卻是已經被審，被定罪，也被判了死刑。

難怪美國全國有色人種協會希望提出上訴。

光是讀到這個報導，她就知道這件事非關強暴。問題的癥結是黑人與白人同坐一個貨廂，呼吸著同樣的空氣。黑人沒有將自己隔離開來。

她看了看日期。這是在她去曼菲斯以前發生的，是她看到那個坐著膚色不同的人種（大家看來都不快樂）的貨廂之前的事。

當時的她突然冒出了一個念頭：噢，這可是會出事的。她會那麼想，是因爲她經歷過種族歧視帶來的悲慘結果。

嚴重的結果。

顯然她先前只是大略瞄過這個故事，然後便置之不理了。過去幾年來，她已經練就了本事，不再注意這種故事了——因爲它們會把她帶到久遠前的那個時空。

她將報紙丟到桌上，然後摘下帽子，將它擱在梳妝台上慣常擺放的位置。她脫下衣服將它掛起來，免得起皺。

然後她便踢掉了鞋子。下樓用餐之前，她打算先小睡一會兒，不過她實在是睡不著。

於是她只好抓起一張火車時刻表，兩手直覺知道下一步怎麼走的速度要比腦子更快。

錢是會有幫助。錢確實行了好。然而它卻無法阻擋悲慘的狂潮。錢，在一座已經裂開的水壩裡，連一顆石頭的地位也沒有。

她無法阻擋凌遲，無法阻擋那許許多多無法定名的恐怖又恐怖的死亡。活活燒死的死法。獵槍近距離掃射的死法。

她沒有面對那些事情的勇氣。她其實什麼勇氣也沒有。先前她置身於美國全國有色人種協會的辦公室裡，只覺得渾身都不自在。

她不屬於那裡。

不過她可以進行調查。她已經證明過自己的能力：她懂得如何讓自己人（白人）開口承認他們的犯行。開口吹牛他們犯下的各種可怖罪行。

她通常都是在人死之後，才開始聽人敘述事件經過的。然而阿拉巴馬州史卡柏羅那幾個年輕人，他們都還活著。他們的故事可以被傳述、被調查，而且也許會有別人可以救得了他們。法律辯護人員已經匯集在一起了。他們正在「討論阿拉巴馬事件」，而且就她所知，也一定有人會去受審者的家人那裡，鼓勵他們戰鬥——努力的戰鬥。

而想要戰鬥，就需要有證據。

而想取得證據，就需要有人可以跟兩邊對談——讓大家承認某些根本無法討論的事情。

像這樣的調查她已經不會稱之為「善行」了。這不是「善行」，這是必要之惡——由一個花了太多時間與罪惡為伍的女人來進行。這個女人無法挺身而出。

但是她可以為了真相而說謊。

她低頭看著時刻表，想找一班離開紐約的火車，一班可以轉接到另一班通往阿拉巴馬州史卡柏羅的火車。諷刺的是，她還得跑到紐約，才能領悟到她必須再次回到她土生土長的地方才行，她必須再次假扮身分以便偵查出重要的資訊，好讓某個人——某個眞正有勇氣，有善心，且有使命感的人——冒著自身生命的危險去拯救無辜。

她永遠都不會是那個人。

她永遠都只能躲在陰影裡，寄送報告給爲正義奮戰的協會。

這是她至少——眞的是至少——能夠做到的事情。

不是爲了諾雲——她曾指控別人，而且說了謊。

而是爲了那個被她指控的年輕人；他捧著一本書，對著一個抱著洋娃娃的小女生微笑，對她又是如此的和氣，就像人對待另一個人該有的樣子——這在當今世上是如此罕見的事，所以就更加値得紀念了。

這麼做是爲了他，以及所有像他一樣的人。他們最好的狀況就是成爲某份名單上的一個名字，而最糟的狀況則是成了明信片裡的主角。

她會盡她最大的能力調查下去。

直到她把錢用完爲止。

喬納森．山德樂弗（Jonathan Santlofer）

寫過五本小說，包括暢銷書《死亡藝術家》，以及贏得尼洛獎的《恐懼的解剖》。山德樂弗也是個知名的藝術家，他的作品已被收藏在大都會博物館、芝加哥美術館，以及內華克美術館。他是霍普死忠的粉絲，他所畫的愛德華．霍普肖像也包括在他二〇〇二年的展覽「有關藝術與藝術家的藝術」當中。他住在紐約市，是紐約小說中心犯罪小說學會主任。他目前正在寫作一本新的推理小說，以及爲孩子而寫的冒險小說。

Night Windows, 1928

夜窗

她又出現了，穿著粉紅色胸罩，粉紅色襯裙，先是出現在一扇窗前，然後是另一扇，出現然後消失，彷彿活動畫片玩具裡的一個圖片，閃爍飄忽，瞬間消逝，讓人抓狂。

沒錯，就是這個詞：讓人抓狂。

然後他又想到另一個：可口。

然後又一個：折磨。

他並沒有想到下一個替代品來得如此之快。最後那個，蘿拉還是蘿倫吧，名字完全不重要，她已經走了四、五個月——他倒也不是沒有算過到底過了多久。她們全都是可取代的，這一個跟下一個其實沒什麼差別。雖然他滿喜歡上一個的，她的天眞——然後將那天眞取走。他試圖想著她的容貌，但她的五官已經模糊了，如同她是一幅水彩畫，而他則是舉起了一隻濡濕的手指劃過她的臉，污掉她的五官，將她抹除。創造她又將她毀去，這正是他所做的，是他一貫以來所做的事。

身著粉紅的女人彎下腰來，後臀直接對著他，他很想笑，然而她有可能聽得到，也許她會越過小巷子看向這邊來——對面窗口的男子，黑暗中的男子——而他目前可還沒有準備好。他們的碰面必須是精心策畫好的。他會策畫好的，很快。

女人站起來，轉過身去，斜倚在窗台上，她金色的頭髮籠罩在一片光芒之中。他想著：老天又送了個新的給我了。

最後那個能夠認識他是她的福氣，像她那樣的土包子很容易掌控，不過未免也太容易了吧。他是馴服她了，馴得她哀哀叫。

所以她又是哪來的力氣逃掉呢？

無所謂。反正他也嫌她膩味了，她哀唉的聲音，她那老是卑屈熱切想要討好他的死樣子。

這個新送上門的看來頗爲完美，瞧她優雅的滑行過對面那一扇扇窗戶。有人監看，她可是毫不知情呢。

這個也會很容易上手。

他抹掉上唇的汗珠，瞪著前方三個在黑暗中發光的凸窗，這是屬於他的私人劇院。他深深呼出了一口氣，只見她窗戶的一方簾子往外飄起，彷彿跟著他一起呼氣。

啊……

黑暗籠罩著他，這是一層黑色面紗：他可以看到她但她卻什麼也看不到。

他看著她的光腳丫踩在那醜陋的綠色地毯上，那同樣的地毯這個新來的並沒有費事換掉。他的腳趾頭開始有點興奮的刺癢，而他鼠蹊處那一扯的感覺讓他想起了他自己踩在那面地毯上的光腳，還有上一個女人的腳踝——銬在那老舊的鋼製電暖器上頭。

熱氣穿過他爲了仔細觀察她而打開來的窗戶，滲了進來。悶濕溫暖的空氣在他周遭溶入了公寓的中央空調，他的身體有一半是涼的，一半在流汗，他彷佛置身於一張天氣圖的正中央，冷鋒遇見暖鋒，一場暴風雨在他體內深處醞釀成形。他伸手拿了酒瓶，往玻璃杯裡添加了更多的蘇格蘭威士忌。冰塊大半都融化了。

他看到她背後那個小小的金屬電風扇正在不斷的旋轉，但沒起多大作用，這點他非常確定，不過他滿喜歡這樣的：風扇吹動著她的襯裙和頭髮很養眼，何況，這就表示在這樣的燠熱裡頭，她的窗會一直開著。

他將威士忌湊上他的唇，酒精碰到他的舌頭有刺刺的感覺，不過到了喉嚨就滑順了。他瞪眼穿過黑暗看去，彷彿那黑是具體可觸的，是個可以將他直接送到她公寓的伸展台，他可以感覺到他的眼睛好像手一樣，觸碰到她的身體，先是輕輕的然後硬起來，越來越硬直到眼睛痛起來。

女人移步走開，彷彿是感覺到了他的痛，她身上的粉紅消失在公寓的裡間，離開了窗口。

他等著。

他腦子裡描繪出他所熟知的公寓，單調的室內裝潢，擁擠的臥室，浴室裡龜裂的磁磚，狹小的廚房，過時的擺設。

他可以看到客廳裡光禿禿的電暖器，公寓老舊而且沒有整修過，在這個城裡是個異數。他這棟棕石建築是他所擁有的，當然；四層樓，二十世紀初興建的，有個他一直沒有使用過的後院。他是在經濟不景氣但仍頗昂貴時買下的，而現在的市價則已是天文數字——就算以他的標準來說也是。不過這不是他理想的居家環境，他其實一直是住在上東城區——高樓大廈有個門房。不過如今他已喜歡上這裡了，擁有隱私是主要原因。

他把酒喝完，然後又倒一杯，心中頗爲焦躁。在黑暗中，威士忌噴濺到他的手上。

她在幹嘛呢？怎麼在裡頭待那麼久？

他看看錶——細長的金色錶面，搭配了更加細長的金屬錶鍊。天殺的，她會害他趕不上生意晚宴的。

出來啊，出來啊。

她是在淋浴嗎？還是小便？他想像著兩者皆是，希望自己能夠親臨現場得以觀看。

他知道他很快就會得逞了。

他點燃一支雪茄。很好，身邊沒有人勒令他別抽，沒有老婆一號或者二號，她們早就消失無蹤連壞的記憶都算不上了，而且幾年前那個膽敢說他抽雪茄好可厭的女人也不在了。嗯，他是向她展示了好幾種可厭的習慣對吧？

他父親的形象——大個頭的男人抽著雪茄——在他的腦海裡擦亮起來：男人因憤怒

而漲紅了的臉陰森森的朝他逼近，不是握著拳頭，就是攥了根皮帶或者冒煙的雪茄菸蒂。當然這有可能是他自己編出來的，又或者這些影像也許是他母親提供的。她說他父親在他五歲時就過世了，他是直到多年後才發現這是謊言，不過他的確是一輩子再也沒見到父親。

一閃而過的粉紅，如同一筆油彩閃現在她的窗口。他往前傾坐，頭顱如同烏龜從殼裡頭伸出來一樣往前勾。然後她又不見了，但她那粉紅卻在他的腦子裡揮之不去；他想起鮮美的肉類，軟嫩的小牛肉，多汁的豬肉，口水聚集在他的嘴裡如同狗一樣。

他猛抽一口雪茄，深深hold在體內，直到他都要咳出來才讓煙霧爆出來——一團灰色的雲霧飄盪在他臉前。煙霧散去後，她又出現了，是在公寓的裡間，她站在檯燈旁解開胸罩，柔和的金色燈光沐浴著她的身體。他在煙霧中瞇眼瞧去，想看清楚細節，但沒辦法。她是一幅印象派畫作。閃爍。美麗。他想將她放進畫框裡，掛在牆上，或者擺進籠子裡，或者綁在牆上。

然後她又不見了，於是他想起最後那個女的——年輕純潔。而他則是將那剝除了：看著那純潔從她的身上剝落——就像一層老去的死皮。

他看看錶。他得上路了，今天的晚餐眞的不能遲到，是杜拜來的客戶。然而粉紅又出現了，貼近窗口非常清晰，她絲質的襯裙在她的大腿上緩緩滑動，有點復古的味道——那條襯裙，還有她的身材也是。嗯身材看來圓潤且有曲線美，比起時下跟著流行減肥減到都要餓死的女孩好看多了。那些瘦巴巴的女生專吃生菜沙拉，而她們的魚，一定是魚，則是碰也不碰硬要放到冷掉，兩百美金的餐點就這樣浪費在不肯吃東西的女人身上。

他瞪眼看她，眨巴著眼睛彷彿在照相似的，他眞希望自己還留著他以前那台有遠距攝影鏡頭的三十五釐米Nikon。他想像自己是電影《後窗》裡的吉米・史都華，而他正在觀望的則是一場命案——那該有多棒啊（譯註：《後窗》是希區考克所拍的一部經典名片，主角是一名職業攝影師，因摔斷了腿成天只能捧著望遠鏡觀望對面鄰居的生活動態，並因此目睹了一場謀殺案）。

粉紅女人——他爲她取的名字——彎下腰去然後又挺起身來而且乾脆旋轉起來了，這是他頭一次發現裡間有一面鏡子，半隱藏在陰影之中。這可新鮮了，因爲他完全不記得那裡有這麼個東西，而且有那麼一下子，他覺得她應該是看到他在鏡中的反影了，於是他便馬上退開身來，只是雪茄的煙還飄盪不散。

不過這當然是不可能的，因爲他隔太遠了，而且說眞格的，他可是吸血鬼啊——看你抓不抓得到我的反影！他嚎笑一聲，如果不是街聲吵鬧的話——汽車、計程車、警報聲——她還眞有可能聽得到哩，而這就有可能會翻轉原本要發生的事。

也許她聽到了吧。因爲這會兒她已經停止旋轉，跑到窗邊往外看了。

他屏住了呼吸，往後退入濃濃的陰黑裡。

她是在找我嗎，還是在看我？

他說不出她是往哪個方向在看。她的臉藏在陰影裡，光線從她後方打過來，她的頭髮像是淡金色的光環。

之後她又不見了。他其實也該走了，但他正要起身時，她又出現了，在暈糊的室內光線中幾乎看不清身形。她打開她公寓的大門，然後啪一下燈光全熄。窗戶一片暗黑。

他是可以在她離開時衝上前去逮住她，不過他只是靜靜的坐在黑暗裡，抽著雪茄，啜飲剩下的威士忌。他強迫自己等著。他很喜歡這種狀況——此時她們還不認識他，但他已知道她們了。

三個禮拜又兩天，多看了十幾場表演。依他看來，它們就像小型的劇場表演或者小小的插圖。粉紅女子在表演——單單只爲他。

不過夠了。時候已到，如果再拖下去的話，他會發瘋的。

做起來其實滿容易的。她進進出出他都看到了，燈光亮起，燈光熄掉，他看著她更衣上班，看著她下班後脫掉衣服。他看著她出門赴約，然後獨自回到家。總是單獨一人。這點頗得他的歡心。他永遠不會對蕩婦有興趣的。

他曾兩次跟蹤她到同一家餐廳，透過大片玻璃看著她獨自用餐，桌上擺了本書當道具，她看來是那麼的孤單，害羞——這是好徵兆，到時候他可以善加利用。

他看了看時間。她很快就會到家了，而他也準備好了——上班族的打扮，名家設計的夏季西裝，頭髮梳理得服服貼貼，但又不至於油頭粉面像是哪個華爾街孤狼，一綹帶點灰的頭髮隨意的垂墜到他曬成古銅色的前額上。噴了些昂貴的英國古龍水，味道淡雅且有雄性吸引力，如果她靠得夠近的話是會刺激到鼻孔的——他很有把握她會湊近的。

光線在小巷子對面的三銀幕劇院閃爍著，火熱、熾烈，有那麼一會兒，整個世界都變得白花花的。然後那光冷卻下來而她出現了——穿著筆挺的深藍色上班服在客廳昂首闊步，然後消失到臥室裡頭。他等著。幾分鐘後她回到客廳，穿著背心和白色牛仔褲，然後她便出門了。

而他也是。

走在街上，神經末端刺刺的好興奮，不過他的心跳很慢——從來沒有超過每分鐘八十下。他在一家店子的櫥窗玻璃裡看到自己的反影：面帶滿足的微笑，任誰都看得出來這是個頗有魅力的男子，而且事業相當成功，他的打扮如同名門貴冑。

他繞過了轉角，嗯，她就在那裡。天藍色背心，白色長褲，金髮映照著淡去的夏季光芒。她走出她的公寓大樓，像是踏出了一部電影，他的電影。她的形貌和身體的細節開始聚焦了，他跟蹤她走下擁擠的城市街道。進入餐廳時，他的皮膚因爲期待與興奮而發緊，他的腦子則是嗡嗡嗡的在放電。她單獨坐在一張兩人雅座裡。這是一家刻意裝潢成法式小酒館的地方，客人不多。他佔住了她旁邊的那張桌子，點了一杯Malbec紅酒，然後越過他手上的菜單偷眼盯著她瞧，彷彿她是在那菜單的邊沿表演——那是他專爲她打造的迷你舞台。

她點了夏朵內白酒，啜了一口；他注意到，酒的顏色和她的髮色一樣。等她點了一道鯷魚番茄沙拉時，他便等著服務生——一名頭髮油亮，而法國口音也同樣油滋滋的年輕人——來到他這桌。他朝她的方向點個頭開了口，音量大到她也聽得到：「我想點跟她一樣的。」她轉頭看過來時，他立刻微微一笑，而她也回了一笑。這就成了，魚鉤掛上她的臉頰，魚竿握在他的手上。這會兒他就要收線了。

「你以前在這兒用過餐嗎？」他問。

「什麼？」她說，視線移開了手上的書。「噢，是的，我來過幾次。」

「所以你喜歡這兒囉。」

她比他原先想的要老一點，三十出頭吧，何況餐館昏黃的燈光又柔化了她五官的線條，所以他便開始揣想（甚至擔心）實際上她會不會更老。他希望她們能夠至少比他年輕十二歲以上，不過也不能太小。他可不是變態。

「你住附近嗎？」他問。

又點了個頭。他看得出來，她正在檢視他，她不太確定自己是否想跟這名年長的男子談話。他雖然外型帥氣高雅，但畢竟是個陌生人。

他把想像中的釣魚竿稍稍放鬆了些，轉開頭去，拿起他的手機，假裝在檢查電郵，但卻還是一直偷眼盯著她看書的模樣。

感謝老天她的嘴沒在蠕動。

他喜歡天眞害羞的女子，因爲容易掌控，但呆笨是大忌。笨的絕對不行。那又有什麼樂趣可言呢？毫無挑戰性嘛。

最後那個，叫蘿拉還蘿倫的，雖說不是個天才，但也絕非笨蛋。只是容易受騙而已，而且年紀小了點，才二十出頭，還是個處女。得知這點眞是嚇到他了，但他也好高興。他總是要取走什麼，不過這個嘛可眞是個額外的禮物。

沙拉上桌時，他朝她的方向點點頭，說：「你不是紐約人，對吧？」

「沙里納，」她說。「我敢說你沒聽過這個地方。」

「堪薩斯州，」他說，她看來驚訝但微微笑了起來。

「金露華。《迷魂記》。」

「嗄？我不懂。」

「那部經典的希區考克電影《迷魂記》啊。金露華，她在裡頭演的角色就是來自沙里納。」

「噢，」她說。

「你看過沒？」

「沒有。」

「棒透了的電影，」他說，想著在電影裡吉米．史都華是怎麼樣重塑了金露華的角色，彷彿是把她從冥界帶回陽間。這跟他喜歡做的事情是完全相反。「電影城正在舉辦希區考克主題展，你應該過去看看的。噢，不對，應該由我帶你去看才是。」

她看來頗爲訝異，眉毛高聳，不過並沒有不高興的樣子。

「抱歉，我不是要——呃，也許你已經結婚了，或者有男朋友，我實在不該——」說話間他搭配上合宜的表情——害羞，稍稍有點自責，這是他從電影裡學來的伎倆。

「我沒有男朋友……也沒結婚。我才剛搬到這個城市，老實說，住在這裡我還眞有點怕——有一點。」

「沒什麼好怕的，」他說，把五官的線條從害羞調整到友善、熱情。

「我還眞得說，在這兒很不容易認識新朋友。」

「我說啊，」他露出一朵碩大的笑容。「我們何不坐在一起呢，」而且在她還來不及拒絕以前——她其實好像也沒這個意思——他便捧著他的沙拉，溜身坐到她那張桌子了。他朝服務生打個手勢，請他幫忙把他的酒杯移過來。這會兒他已經坐到她對面，試著把她當做眞實的人，而不僅只是鑲在夜窗上的粉紅色女人——雖然這個影像烙在他的腦子裡揮之不去。

又喝了杯酒後，她開始跟他講起她一生的故事——從沙里納高中的畢業舞會皇后

（譯註：畢舞皇后是由所有畢業班學生票選出來的，通常是最漂亮也最得人緣的女孩）到托碧卡一家秘書學校，然後是去一家會計公司上班，她在那兒「簡直是無聊得要死，所有那些會計啊，」她扮了個鬼臉說道。

「呃，在這兒你是絕對不會無聊到死的，」他說：「何況我又不是會計。」

他又點了更多酒，而她於再喝一杯之後，便說起她的歲數（三十二），說她已經離婚了，來到這裡是要展開新生活。他就讓她這麼說下去，不太提供有關自己的資料，只說了他是在家工作，「搞金融，沒什麼特別的，夠我支付生活費而已。」

她笑起來，然後瞅著他說道：「像你這樣帥氣的男人怎麼會是單身呢？」

「我結過婚的，就那麼一次，」他說，然後補充道：「不過我倒不介意再來一回，」扯扯鉤子，看著鉤子扎進肉裡，有一絲絲血色出現在她的臉頰上——紅的而非粉紅。

然後他便陪她走回家了。

一個美麗的夜晚（不是典型的曼哈頓夏日），微風輕吹，濕度不高，溫暖的空氣如同一面輕盈的面具——罩在一面他已經戴在臉上的面具。

「我家到了，」她站在她那棟樓房的大門前說道。

滿尷尬的時刻，不過他可沒打算填補這個沉默。他等著看她的下一步。

「呃……」她說，一邊伸出了手。

他兩手伸去抓住那隻手，握了好一會兒。「今晚過得眞棒，」他說。「你是怎麼打算的？」

「關於什麼呢？」

「影展啊，希區考克。」

「噢，」她說。「什麼時候呢？」

「影展是每天晚上都有他的片子，持續兩個禮拜。明天你可以嗎？」

「噢，」她說，咬咬她柔軟的下唇。「應該可以吧。明天是要放什麼片子？」

「兩部片子聯播。迷魂記跟……驚魂記。」

「我一直都不敢看驚魂記。」

「別擔心，」他說。「我會保護你的。」

他看著她消失在她的大樓裡，然後便趕回他的公寓，及時看到她在窗口脫下衣物，白色牛仔褲褪了下來，背心往上一拉之後脫下，然後她便在原地站了一會兒——就在她客廳的正中央。他心裡想著，她會不會感覺到他在看她呢，因爲她突然兩臂伸出，交叉在她的雙乳上頭。

「兩部片子我都好愛，」她說。兩人踏出電影城，走上了格林威治街，夜晚比白天更熱了，空氣也更潮濕。「幫我拍個照吧，就在這兒，」說著她便把手機遞給了他。

他拍了張她站在《驚魂記》電影海報前面的照片，她咯咯笑得像個小女生，然後她便把手機拿回去然後往前一伸手，拍下兩人的合影。

「我最討厭照相了，」他說。這是實話，他這輩子從來不肯給人拍照的。他考慮著要搶來她的手機往牆上摔。「請你刪掉好嗎？」

「噢，嗯，當然，」她說，一邊摁下手機上的按鈕。「抱歉，我並不是故意要——」

「別提了，」他說，勉強擠出了笑容，不過他可以感覺到她很不自在，所以趕緊打個圓場，說道：「怎麼樣，驚魂記，你覺得如何？」

「嗯，是挺嚇人的。」

「拍得好棒。就算歷經好幾次——」他停了嘴在想一個恰當的詞（高潮在口中呼之欲出）：「——觀影經驗，我還是嘆爲觀止。」他就跟迫不及待要噴出氣泡的香檳酒一樣，壓抑得很厲害。這女孩坐在他旁邊跟他一起連看了兩部電影，她香水的味道，她的尖叫，還有淋浴間那一幕她緊抓著他手臂的那一刻，還有後來偵探給刺死了，還有再更後來，諾曼的母親的屍體給發現了——到這時候，他已經是逼近了臨界點，因爲在那兒坐太久了，眼睜睜的看著諾曼·貝茲玩得不亦樂乎，而他卻只能死命的壓制著自己（譯註：諾曼是個精神分裂的男子，他因嫉妒寡居的母親與人同居而弒母之後，內在分裂出一個他母親的人格，只要碰到吸引他的女子，他的「母親」人格便會因嫉妒而殺死這名女子）。

這回兩人是一起搭計程車離開。車內冷死了，司機一路都在講電話，嘰哩呱啦沒個完。

「終於下車了，好高興，」他啪一聲關上車門時這麼說。

「我也是。可惜沒辦法把那裡頭的冷氣蒐藏起來。」

「怎麼說？」

「我家沒有冷氣設備，我一直懶得去買個窗型的。看來我是該去買了。」

「夏天都快過去了，何必費事呢？」他希望她的窗戶永遠開著，任由電風扇呼呼的吹，吹起她的頭髮、她的襯裙。

「我的公寓滿涼快的，要不要過來坐坐？」

她低頭看著人行道。「還是不要的好。」

「那就去你那兒囉？」他問，笑了一聲。

「我跟你根本就不熟呢，」她說。

「眞的嗎？我怎麼覺得我跟你很熟。」他想抓住她的視線，可是她還是盯著人行道沒抬頭。他捧住她的下巴，抬起她的臉來——這是他精心研究後學來的電影招式。他說：「沒關係，那就以後吧，等你跟我比較熟以後，等你可以信任我的時候。」

「噢，不過我是信任你啊。跟這個沒關係。」她換了個重心站著。今晚她穿了露趾的平底鞋，上頭塗著粉紅色的指甲油。顯然她很喜歡這個顏色——而他也是。

「了解，不過我還眞得說我很喜歡你，眞的。我很難找到我喜歡的女人。」

「爲什麼？」她問。

「我通常碰到的女人都太……紐約了。減肥減得都要餓死了，而且一點意思也沒有。快餓死了的人，很難有趣得起來吧。」

她展開笑靨，兩隻手臂張開——意思是看看我吧。「顯然我可沒有瀕臨餓死的模樣。」

「感謝老天，」他說，飽覽她所有的曲線，然後往前傾身，在她的臉頰上輕輕的無邪的啄了一下——其實他很想一口咬住，用他的牙齒撕開那肉。「我會打電話給你。」

「很好，」她說，然後轉身衝進她的大樓裡。

他凝神看著她離開，清楚知道他撒的鉤子已經深深扎進肉裡——雖然她跑得很快。

他一個禮拜都沒有動作，對他來說很難熬（對她來說也一樣吧，他想），不過至少每晚他都還是可以透過窗子看到對面火辣辣的表演：穿著胸罩和襯裙的粉紅女人，穿著內褲的粉紅女人，沒穿衣服的粉紅女人。延遲的時間就像拉長了的太妃糖，黏答答的，而且好甜。

最後他終於打了電話，一邊透過窗戶盯著她。

「噢，」她說，站在她的客廳裡，手機貼在耳朵上。「很高興你打來，」不過聽起來頗爲冷淡。有距離了。

「我工作好忙，而且還得到外地出差。」

「沒辦法打手機嗎？你去了哪裡？」

鉤子陷得比他原以爲的要深呢。

「就是太忙了，」他說。「抱歉。」

「沒關係，」她說，語氣軟化下來。她一手拿著手機，想伸出另一隻手解開上衣的鈕釦。

他全看到了，也知道她才剛到家，因爲看著她家的燈光幾分鐘前才打亮了。這會兒她一邊講話一邊褪下襯裙，整個過程就像一場啞劇表演。電話上，她的聲音聽起來好像跟他正在盯看的女人沒有關係。

「你今晚有空嗎？」他問。

「我跟一個同事約好了要一起去喝個小酒。」

「太不巧了。看來我是罪有應得，不該臨時才約你。」

一陣停頓。「這樣好了，我這就打電話給我的同事。我跟他應該可以另外約個時間碰面。」

「是個男的啊？」這話脫口而出。「只是開玩笑啦，我有什麼權利嫉妒呢？」

「有嗎？我是說，你在嫉妒？」

「有一點。」

「我的前夫從來沒有嫉妒過。」

「好吧，我是非常嫉妒。」

她笑起來。「給我一個鐘頭好吧。我得沖個澡，然後換衣服。」

他看著她放下手機，脫下裙子，走向窗戶，往外張望了一下，然後拉下一個又一個簾子。

她該不會是知道他在看她吧？

還是說，她看到有別人在盯呢？

夭殺的。

他捏住威士忌酒杯的力道過於威猛，杯子應聲而破，血從他的掌心汩汩流出，在他完美的木頭地板上噴濺出小小的玫瑰花蕾，擴散而出如同荷花。

在他全白的浴室裡，他往傷口處直沖冷水，看著他的血在水槽裡旋轉，一邊想像著驚魂記的那幕經典場景：血在浴缸裡，迴旋著流出排水孔。不過他知道希區考克用的是賀許牌糖漿——在黑白片裡製造出流血的效果確實可以矇混得過，然而在真實生活裡就完全不行了。

他覺得傷口並不嚴重，因爲沒有割到動脈，只是會有抽痛。他換了三次ＯＫ繃才止住了血。是邁入今晚之前的好兆頭吧，他想著。血液、疼痛。

「你的手怎麼了？」

「沒什麼，」他說。

他們面對面坐在那家法國小酒館裡，這兒今晚人滿爲患，吵死了。他刻意小聲說話，所以她得往前傾身才能聽得到。她的臉跟他只隔了幾吋。

他們再次點了沙拉，雖然他其實想吃的是肉，三分熟的粉紅色嫩肉。他想嚐到血的味道。不過還是待會兒再說吧——等著眞正的好料上場。

晚餐拖了好久，永無止盡的閒聊，他其實滿腦子就只想著要把她帶回她的公寓裡。

他摸摸一邊口袋裡的手銬，還有另一邊口袋裡的瑞士萬用刀。

這回她邀他進去了。這個地方跟幾個月前簡直是一模一樣——和上一個女孩的布置完全一樣，她根本沒做任何更動嘛。他很想問她原因，可是怎麼能問呢？

「你的手，」她說。

他看到血從ＯＫ繃裡頭滲出來。

「跟我來，」她領著他走進浴室，用力扯下他手上的ＯＫ繃，他差點就要猛縮一下。「好大的切口哪，」她說。

「《唐人街》，」他說。

「什麼？」

「你剛那句就是《唐人街》裡頭，費．唐娜薇跟傑克．尼可遜講的一句台詞。」

她一臉迷惑。

「《唐人街》可是經典名片噢。」

「你還眞是個大影癡。」

「這部片子我看過十幾次，而結尾……」他搖搖頭，心裡想著費．唐娜薇——眼球都給轟出了腦袋瓜。

「很慘？」

「有時候悲慘的結局也是不可免的，」他說，一邊打量著她。

「哇，」她說：「好沉重的一句話。」

「你該找個時間看看這部片子的，」他說。她將新的ＯＫ繃貼上他的手，順了一順，他忍不住打了個顫。這回他也忍著沒縮手。

「想喝一杯嗎？」她問，領著他走到他熟悉的小廚房裡，往兩只玻璃杯裡倒了白蘭地，然後遞給他一杯。

他一飲而盡。

她幫他又補滿一杯，不過她自己那杯她根本沒碰。

「我搬進來的時候，白蘭地就在這兒了，」她說。

他差點就回說「對，我還記得」，腦子裡出現了上回住在這裡的女孩，不過他趕緊縮了口。他一手環在她腰上，把她拉近些，然後吻著她，先軟後硬，再更硬，他將舌頭擠進她半開的唇。

她的手立刻按上他的胸膛，推開他來。「等等。」

他呼出一口氣，覺得自己快要潰堤了。「等多久？」

「我不是很有經驗。」

「你不是結過婚嗎？」

「那可不表示我就有經驗了，」她說，兩個人一起笑起來。

然後她便回吻起他來，很長的吻；但她又再次推開他來，問道：「你有帶保險套嗎？」

他拍拍他的口袋。

「你是準備好的啦？意思是你知道我會完全配合囉。」

「我隨時都是準備好的，」他說。

在臥室裡，他看著她脫掉衣物。她身上穿著粉紅色的襯裙和胸罩。他看到的時候差點倒抽了口氣——蕾絲邊是他大老遠以外沒能看清楚的。

他原以爲她會跟其他女孩一樣很害羞，他原以爲他得跟往常一樣帶頭做，沒想到此刻她已經全身赤裸，躺在床上了。「你不上來嗎？」她問，幾乎是有點懊惱的語氣了。

「當然，」他說，一邊摸摸口袋裡的手銬，不過在他還沒來得及抽出來以前，她已經把他拉上床去，脫下他的褲子。她的手搭到他身上，她的嘴簡直像是要把他吞下去一樣。他沒辦法控制她，也控制不了自己，他根本就忘了手銬，忘了要讓人流血，他的頭在旋轉，幾乎是陷入狂喜狀態，所以她只好勒令他停止，要他戴上保險套。然後一切就都結束了，他對自己的失控覺得好尷尬——他眞是難以置信，因爲事前他可是計畫了好久。

女孩已經下了床，擺著臀套上襯裙。她朝他萎縮中的陰莖（保險套在上頭晃著）點個頭，然後遞給他一張面紙。

他滿臉尷尬得通紅。

她是怎麼把情勢倒轉過來的呢？

「浴室在哪兒？」他問，彷彿他不知道地方一樣。

「從那兒過去。噢，對了，不要把那玩意兒沖下馬桶，怕會塞到。」

在浴室裡，他面對著熟悉的鏡子瞪著自己，先前那麼多的前戲，結果竟然是一場空：沒有上銬的女孩，沒有他置之不理的「安全第一」的要求，沒有尖叫，沒有哀泣。

他很想再回到臥室，強迫她戴上手銬，讓她知道誰是老大。然而這麼做有違他的風格。

他是個紳士，他需要她們一開始就順服於他，要不就不好玩了。他拿起面紙包住用過的保險套使力一捏，然後連同他對今晚所抱的希望，一起丟進了垃圾桶。

也許這個女人是個錯誤。

他回到房間時，她已經穿好衣服而且正在把弄著手銬。

「瞧我找到了什麼，」她哼唱道。

他可以感覺到自己的嘴巴大張，可是講話卻好困難。「那只是——一個玩具。」

「你沒打算把這用在我身上嗎？」

「你會想要嗎？」

「也許下一次吧，」她說，一邊把手銬遞還給他。

「你的指頭，」他注意到那上頭有血。

「拉拉鍊的時候夾到的，沒什麼。」她吮了吮血。「我要出去買點牛奶，早上喝咖啡不加牛奶不行。」她換了個重心站著，一臉不耐。

他站在那裡，全身光溜溜的在發抖——雖然房間其實挺熱的。他的腦裡出現了自己八、九歲時的模樣（不願承認當時其實已快十四歲了），他在母親的臥室裡尿了床，而她則是幫他沐浴淨身，然後把他攬進被子底下，將她軟綿綿的身體從他的背後包貼上去，像是要把他吞了，讓他窒息。她身上的香水味叫他昏沉。

他趕忙穿好衣服。

置身於街上時，他只想趕緊離開。不過先說再見的是她，她快快吻了他一下，然後轉身匆匆走下街去，留下他獨自站在那裡，像個傻瓜。

一天過去了。兩天。他無法集中心神，腦子一片空白，所思所想盡是他的失敗，還有女孩全程全權掌控他，他毫無招架之力。以前他從來沒有落到這步田地過，而且他最最無法忍受的是，他浪費了好幾個禮拜，但卻沒有達成目的，沒有把她貶低到趴在地上唉唉跪求。結果反倒是他被貶低得那麼不堪啊。

他一定要糾正這個錯誤才行。

她窗上的簾子已經拉上了，不過他知道她什麼時候會到家。而這次，他已經準備好了。

他坐在扶手椅上，身旁擺著一杯酒，手裡的雪茄在燃燒。他就這麼等著。

簾子拉開來了，而她就在那裡——和他頭一次看到她的時候一樣，穿著粉紅色胸罩和襯裙。

他從口袋裡掏出手機，正準備要撥號給她時，她探出窗戶招起手來。

什麼？

他趕緊往後一退，這是反射動作。手機掉下去了，沿著硬木地板哐哐滾動著。他撿起來後，發現螢幕已經龜裂了。

「媽的！」

女孩又招起手來，還叫說「過來啊。」至少他是這樣想的，但覺得不太可能。她的話語沉沒在城市黃昏時刻的嗡嗡雜聲裡。

她一逕都知道他在監視她嗎？

他站在他黑暗房間的中央，手裡攢著破裂的手機想要搞清楚是怎麼回事。然後他便鼓起勇氣往前踩了幾步湊近窗口，這才發現她其實是在跟別人招手，某個就在……他樓下的人嗎？會是誰呢？

他得搞清楚。

他把雪茄摁熄，把剩下的威士忌一飲而盡。

他在她的樓房外頭徘徊著，腦袋瓜澎澎跳動，整個身體彷彿都在震顫。不過那裡一個人也沒有。

也許他倆已經進門了吧。

他按了她公寓的門鈴，她嗶一聲按鈕讓他入內，兩人之間沒有交談。

他踩著樓梯一步兩階，往上爬到五樓，氣喘吁吁，而他正要敲她的門的時候——他很想大力撞擊，尖聲吼叫她的名字，捶她揍她，把他原本計畫要做的事全都做出來——才發現那門微微開了個縫，而且他可以聽到裡頭有人講話。

他把門推開，試探性的踩了幾步，滿腦子殺人的念頭亂竄。他要把她跟另外那個不管是誰的人宰了。

玄關沒有人。人聲是從客廳傳來的，罐頭聲音，電子聲音。是電視機。

一個新聞節目。藍色的光打在客廳裡，慢慢的房間的形貌顯出來了。地板散置著抱枕和一把倒立的椅子。地毯捲曲起來，彷彿剛剛有過一場打鬥。他向來平靜的心臟開始快速跳動起來。

棕色油布地板上有些污漬，引著他走進臥室——此處污漬成了條條斑紋。她床鋪旁邊的一揪白色床單上有一小窩血。光禿禿的床墊上沾了更多的血。他在染了血跡的床單旁邊看到半個她的粉紅胸罩，另外一半則在房間的另一頭——和她慣常穿的粉紅色襯裙放在一起。襯裙撕裂開來，滿滿都是血。

他猛吞一口水，雪茄的味道在他乾燥的嘴裡變得又苦又臭，他體內的脈動和他沒多久前並沒有聽到的警報聲相互呼應著。警報聲越來越近了。

血流猛地竄入他的脖子和他的臉，他可以感覺到血在他的臉頰上開花，好燙。他先是旋身轉往這一頭，然後又猛個旋往另一頭，他發現她臥室的窗簾在飄盪，他打算衝向逃生梯。但所爲何來呢？他什麼也沒做啊。

他的身子有一半爬出了窗戶時，警察衝進房裡來，手槍舉起，吼著要他別動。

他們來這兒幹嘛呢？他們是怎麼曉得的？

偵訊室通風不良，而且好冷。他在這兒待多久了？他已經失去了時間感。他們給了他三、四杯咖啡，他的膀胱開始痛了，然而他一提起要上廁所時，他們卻置若罔聞。好幾名警探輪流問著同樣的問題，發出同樣愚蠢的聲明。

你認識那個女孩嗎？

她目前人在哪裡？

你把她怎麼了？

他是幾個小時以後才獲准打一通電話。

他的律師里奇・盧文索瞪眼看著他，嘆了口氣，兩手交握在他給斜紋西裝繃緊了的肚子上。里奇和他結識於大學時代，兩人從來不是朋友（他沒有朋友），不過總是個他能信任的人。

「你跟他們說了什麼？」

「什麼也沒說。」

「很好。」盧文索往前湊近他，耳語道：「不過你可以跟我講。那個女孩，她是誰？她跟你——是什麼關係？」

「她是——」他想了一下。「她什麼也不是。我跟她完全不熟。我們一起出去了幾次，就這樣。」

盧文索往後靠坐。「你不用告訴我，反正我是一定會幫你辯護的，不過——」

「沒什麼好說的。」

的確沒有，對吧？他什麼也沒做，只除了監視過她。他並沒有犯罪。難道把年輕女子脫得精光，把她們貶低成苦苦哀求的可憐蟲也叫犯罪嗎？他可不認爲。她們全都同意要上床的啊，是之後被他馴服了才出問題——馴服到沒辦法反抗了。她們當中不只一個跟他表達了愛意，不是嗎？

他想喚起她們的影像，有兩、三個確實是浮現在他腦海裡了，而最後那個，蘿拉還是蘿倫的，她的影像閃現過他的腦子——在哭泣，在哀求他停手，哀求他愛她——然後又淡去了。

「你們兩個大打出手，然後就失控了嗎？」盧文索問道。「這你總可以告訴我吧。」

「你聽起來好像警察。」

盧文索嘆口氣。「他們說他們握有物證。」

「物證？」有那麼一會兒，他覺得他的律師是個蠢蛋，就跟警察一樣，跟所有人一樣。

「比方說你的指紋好了，整間公寓到處都是。」

「嗳，當然囉，我去過那兒啊，去了一次——」不，不只一次。跟上一個是很多次，不過跟這一個只有一次。「一次，」他再說一遍。

「好吧，好吧。不過他們在垃圾桶裡找到一只用過的保險套，目前擺在法醫室裡。你的精子應該不在裡頭吧？」

他猛吞了一口水。「就算我們做了愛又怎樣？我可沒有殺她！」

「放輕鬆，老哥，沒人說你殺了她。何況還沒發現屍體啊——還沒有。這對你來說，也是個利多。」

他覺得自己的臉在泛紅，他的脖子起了紅疹子。「搞什麼鬼啊，我什麼也沒做！」

盧文索吸了吸他的唇。「他們說，她的手機裡有你的照片。」

「是嗎？那又怎樣？」

「而且她還寫了些東西。」

「寫——寫了什麼？」

「他們不肯告訴我——沒全透露啦——不過他們的意思我懂。沒講的部分他們是打算只跟檢察官說。顯然她是在手機裡寫了筆記，說她很擔心自己的安危，說她好怕你，說她發現你一直都從你家的窗口監視她而且——」

「可是我——」

「你的窗戶確實是面對著她家，對吧？」

「沒錯，可是——」

「她寫說你監視她，跟蹤她，而且在你給她戴上手銬以前還騙了她的感情，之後你就開始威脅要殺她。」

「我從來沒有——不是那樣的。」其實就是那樣，不是嗎？跟其他女孩。但不是跟她。他除了監視她以外，想做的根本都沒做到。

盧文索嘆口氣說：「如果早曉得的話，我會擋著不讓他們搜你的公寓的。他們已經找到手銬了，還有一把刀。他們還說刀上沾了血。東西全都擺在法醫室裡了。」

他瞪著他的律師看，看著看著男人的五官模糊了，然後他看到的則是她，粉紅女人，她正在吸吮她割傷的指頭。我拉拉鍊的時候夾到了。

「她是沙里納人，」他說。「堪薩斯。」

「那又怎樣？」

「你得找到她才行。」

「到堪薩斯去找嗎？」

「不知道，也許吧，我——我覺得她是在設局害我。」

「爲什麼？」

他一點概念也沒有，他甚至不確定這話的眞確性。「另外有個人應該去過那兒——她的公寓。她站在窗口跟某個人揮手，我看到了。」

「這是什麼時候的事？」

「就在我跑到她公寓之前沒多久……」

「所以你是在監視她沒錯了？」

有個警探回到房裡，手裡捧著個塑膠證物袋。那裡頭，正是他的瑞士萬用刀。

她腦裡浮現了粉紅色的胸罩和襯裙。她不太確定自己爲什麼會選擇它們——也許單單就是因爲它們看起來很甜美又天眞，很適合她要扮演的角色吧。她還記得自己把胸罩撕成兩半，還扯碎了襯裙，然後將血灑上去。她永遠不會跟她的妹妹提起這件事，一句也不會說的。她不太確定蘿倫承受得起，也許她連一丁點報復的念頭都沒有。親愛的甜美的蘿倫，如今她已經是個碎娃娃跟藥罐子了。她的小妹，她最疼愛，也一直護著的小妹。現在要保護她已經太遲了，不過報仇永遠不嫌晚，報仇是絕對做得到的。

她抱著蘿倫的時候，摸到了她尖削的肩胛骨，她退開了身，仔細看著妹妹美麗的眼睛——呆滯的眼睛。

「你今天吃了幾顆藥啊，蘿兒？」

「藥？」蘿倫緩緩的搖搖頭。打從她出院到現在已經兩個月了，可是她看來並沒有好轉，雖然她手臂上的疤痕已經淡褪了，而她肚子以及腿上的那些也是（都是他割的痕跡），然而她裡頭的傷口，心裡的傷，卻要花更久的時間才能癒合。

「我不記得，」蘿倫說。

「你不能服太多藥，蘿兒。會有危險的。」

蘿倫呆滯的眼睛停留在她姐姐貼著OK繃的手腕上。「怎……怎麼了？」

「嗄，這個嗎？沒什麼啦。只是抓傷。」她碰碰繃帶，感覺到傷口在她的指尖下抽動。她想起當時她是怎麼拿起刮鬍刀劃過手腕。她很難相信血會流那麼多，但又希望血可以流很多，她將血輕輕拍在床單和床墊好一會兒，搞得她都快昏倒了。之後，她得拿許多許多的紗布將傷口包住才行。最終，她擎起他那把刀子在她的大拇指上頭刺了一下，並沿著刀刃抹上她的血，然後才將刀收回刀套放進他的口袋裡——實在太過癮了。

「你去……去了哪兒？」蘿倫問。

「我有事情得辦，不過現在我總算是回來了。瑪麗亞應該有好好照顧你，對吧？」她笑著看著她雇來照顧妹妹的墨西哥女孩。女孩幫忙她在墨西哥買了棟房子，等兩姊妹離開美國時，她也會跟著走。

「我已經把蘿倫小姐所有的東西都打包了，」瑪麗亞說。

「我們……是要去哪裡呢？」蘿倫問，她因爲吃藥的關係，說話有點含糊。

「某個安全的地方，」她說。

有那麼一會兒，蘿倫的眼睛聚了焦，發出亮光，她兩手張開擋住她的身子，彷彿是要抵抗哪個隱形的攻擊者。「不要！不要！住手！」

她輕輕的捧住蘿倫的雙手。「沒事了，蘿兒。你很安全，所有的事我都幫你打點好了。」

蘿倫安靜下來，靠在她的大姊身上。大姊永遠都在照顧她。

大姊知道警察很快就會找上門來，要跟蘿倫談話。蘿倫曾經在那間公寓住過一段時間，而且她的名字就寫在租約上。

不過她的名字，她的名字可沒有人找得到。

所以他們要來就來吧，到時候她們應該已經遠走高飛，搬進了波多摩瑞斯的房子裡——房子正在等著她們入住，但它並不是以她們的名義買的。這是她為自己的妹妹所做的小小犧牲；何況，她對墨西哥一直都很有好感。

「我們將來會過得很好，」她摸著蘿倫的頭髮說。

她知道沒有屍體，很難將人定罪。警方永遠也找不到一個可以認定身分的死者。不過她也知道，陪審團曾經因爲更爲不足的物證就將人定罪了，而且不管怎麼說，他肯定會要接受長長久久的調查，他肯定是要被監控的。

傑斯汀・史考特（Justin Scott）

寫過三十四本懸疑小說、推理小說以及海洋冒險故事，其中包括《喜愛諾曼第的男人》、《霸道橫行》，以及《船難製造者》。

他最常用的筆名是保羅・蓋瑞森，他以這個名字出版了好幾本現代海上故事《火與冰》、《早晨的紅色天空》、《海葬》、《海上獵人》以及《漣漪效應》，也寫了以羅柏・陸德倫的小說人物爲主角的兩本書《神鬼指令》以及《神鬼抉擇》。

史考特出生於曼哈頓，在長島的大南灣長大，他擁有歷史的學士以及碩士學位，而在成爲作家之前，他曾開過船和卡車，蓋過火地島的海灘屋，編輯過一本電子工程的刊物，並在紐約地獄廚房的吧台當過酒保。

史考特與他擔任電影製片的妻子安珀・愛德華茲一起住在康乃狄克州。

A Woman in the Sun, 1961

Oil on linen, 40 1/8 X 60 3/16 in. (101.9 X 152.9 cm). Whitney Museum of American Art, New York; 50th Anniversary Gift of Mr. and Mrs. Albert Hackett in honor of Edith and Lloyd Goodrich 84.31 © Heirs of Josephine N. Hopper, licensed by Whitney Museum of American Art. Digital Image © Whitney Museum, NY

陽光裡的女人

她可以讓他改變主意嗎？踩四步走到開著的窗戶，往外探頭叫一聲：「不要。」要不就走到窗口叫道：「去吧，放手去做。祝你好運。」要不就站在原地什麼也不做。

他把他的最後一根香菸留給她了。她已經說服他把他的槍留下來，而他也遵守了諾言。槍仍然擺在床頭櫃上，包在她的一只絲襪裡。她有抽完一支菸的時間來下定決心。如果她不抽的話，時間會更多。讓它自個兒慢慢熄掉好了。

她瞥向穿衣鏡中的自己。

一個裸體女人站在清晨的陽光裡抽著菸。她站在一張單人床旁邊。她的高跟鞋就在床底下。她長太高了，床的長度不夠。她的腳踢開了毛毯，伸展出去，招了涼。他比她更高，夜間睡不著，乾脆起身坐在扶手椅上。

「你的站姿很像舞者，」他跟她說。

「才不呢。我是網球選手，你以爲我這雙腿是怎麼練出來的啊？」跟男人一樣結實的腿，肌肉強勁如同男人。

這話把他逗笑了，有那麼一會兒，陰霾從他的臉上退去。

「業餘還是職業的？」

她大可以說，你以為我這對乳房是怎麼練出來的啊，跟少女的一樣往上翹哩。多年的苦練讓她的雙乳足以對抗地心引力——打從她十二歲雙乳開始冒出來以後，便靠著日夜不斷的練習維持著堅挺狀態。要不她也可以說：「職業的，」然後就不言不語了。不過結果兩人是徹夜長談，停不了口。

「如果你在球季裡的每一場比賽都打輸的話，你就不算職業選手。」

「你在一連串輸個不停以前，到底有沒有贏過呢？」

「有啊。」

「那到底是發生了什麼事呢？你還年輕得很，年紀根本不是問題。」

問得好。

這一季她幾乎沒有上場，古銅膚色不見了，頭髮也變得暗黑——這是她好幾年都沒看到的自然色了。「我好想念陽光，想念戶外……我昨天倒是打了球，一個月以來的第一次。」只是想測試看看。沒想到停了那麼久才打，表現竟然讓人驚豔：她的timing抓得很準，步法輕快如閃電，而且擊球的力道還更勝於以往。技巧仍在，但已無心贏球了。「我的教練死了，」她說。「我父親。」

她往前傾身，從鏡子映照的某個角度裡，看到了床頭櫃、那上頭的槍，還有她的另一條絲襪（拋在檯燈的燈罩上）。人生最後一個美好的夜晚——這是他在酒吧裡提出的要求。語氣就像一名要搭船趕赴戰場的人。

「而下一次我走進這兒來，你就可以跟酒保大吹其牛了。」

「死人怎麼吹牛啊。」

「是喔，等著你改變主意吧。」

「我是不可能改變主意的。」

她信了他，然後又想到：她可以讓他改變主意的。

她會這麼想，應該不是因爲黃湯在作怪。她整晚都在啜著一杯永遠喝不完的Seven and Seven雞尾酒。他們聊起天來。話語之間，他慢慢的在啜飲一杯啤酒。酒保在某個時間點爲他又斟滿一杯，不過他幾乎沒碰。

「萬一你的最後一晚過度美好，搞得你想再來一次怎麼辦？」

「我們有整晚的時間啊，要做幾次都不成問題。」

「我是說明天晚上你還想來一次啦。」

「我只是想尋求美好的最後一晚做爲留念。」

「或者是編出美麗的謊言把我弄上床，然後明天早上就拍拍屁股走人，也不實踐諾言，搞得我後悔莫及，覺得自己是給騙上床的。」

「我離開時，會讓你知道你這是夜行一善，我會永生永世都記得的。」

不知怎麼，這話把她逗笑了。他也笑起來。陰霾散去，兩人一起踏入溫暖的夜，在停車場擁吻起來。

「我早跟你說了，我有辦法讓你微笑吧。」

「這是我說的，不是你。」

「是你說的沒錯，不過是我想到的。」

「最後一次笑的機會。」

「笑，是不能算數的。笑可比不上微笑，因爲人通常是忍不住才笑的，微笑卻是出於個人的意願。」

她問：「自殺算是犯罪吧？」

「只有天主教徒才這麼想。」

「那對基督徒來說，什麼是罪呢？」

「人格缺失。」

這話她挺喜歡的，所以便離開了她的車，爬上他的摩托車。

他對於這是誰的房子一直含糊其詞。其實也無所謂，因爲這兒現在只有他們兩個。

她聽到紗門砰的一聲。他不打算看著她抽完菸。

「再跟我說一次，你怎的會想自殺呢？」

「我已經跟你說過了，這不干別人的事。」

「你是什麼時候開始有這想法的？」她也不知道這個問題怎麼會在她的腦子裡成

形，不過一看到他表情起了變化，她就知道自己問對了問題。他想了一下。

「就在我賣了車，然後買下摩托車的時候。」

「買之前，還是買當時？」

他再次陷入沉思。「當時。我自問幹嘛要賣那個買這個，然後答案就浮現了：因爲我打算自殺。」

「你有問自己原因嗎？」

「當然有，」他答得很快，但卻立刻搖搖頭。「不，不對。我沒問，我就是知道。」

「知道什麼？」她問，聲音出她意料之外的尖銳。

「知道自殺是個好主意——好了，沒什麼好講的了。」

「我才不信呢，你根本是信口胡扯。你到底是什麼時候起了這個念頭的？頭一回我是說。」

「我在鄉下。」

「在鄉下？什麼意思？什麼鄉下？」

「只是一種說法啦。意思是荒郊野外，在河邊，在叢林裡。你知道越南在哪兒吧？」

「以前的名稱是法屬印度支那。我和一名法國選手約會過，他就是在那裡長大的。

他的父親是外交官。」

「嗯，總之我動念要自我了結的時候，人在鄉下。」

「你有問自己原因嗎？」

「不用問了。感覺是個解脫……還記得吧，我跟你說了我以前是直升機技師？」

「嗳。」

「他們讓我降落在鄉下，因爲有一架飛機掉到叢林裡了——一大片竹林裡頭。當時我一直在想，他們就是用竹子折磨人的。」

「你在說誰？」

「有一個我認識的人就曾經被他們俘虜過。」

「你到底是在講誰？」

「越南獨立聯盟。反抗軍。越共。他們嚇得我魂兒都要出竅了。當時我在想，如果他們在我修好飛機飛走以前找到我的話，我肯定是要飽受折磨的。」

「你就一個人嗎？」

「孤伶仃的就我一個。當時非常缺人——他們只派得出我一個。」

「他們是誰？」

「美國海軍陸戰隊。」

「他們寄望你能修好直升機然後開著離開，完全沒給你提供防護嗎？」

「他們給了我柯爾特槍——就是那一把，」他朝著床頭櫃上的槍努努頭。「我嚇壞了，全身麻痺。只要聽到一點聲響就害怕——森林裡頭的聲響可多著了。然後我就靈機一動。」

「想到了什麼？」

「我有了個很棒的感覺：我人根本不必在這兒吧。我想要的話，隨時都可以閃人。」

「你要怎麼閃人呢？」

「靠手槍啊。槍就是要給我用的。」

「可是你現在又不在那裡。」

「已經成了習慣。」

她轉過頭去，再度面對著鏡子。她看起來像是在生自己的氣。搞不懂原因。我可不想擺出臭臉。我剛怎麼了？我下一步該怎麼做？鏡子映照出他們兩個沐浴在檯燈的光線底下。他跪在床邊，將她的兩條腿架在他的肩膀上。

他說：「也許你想跟我一起走？」

「不了。」

他點起他的最後一支菸，深深吸了好幾口，然後將菸蒂交給她，頂端乾得跟骨頭一樣。

走出臥室的門，走下甬道。

他推開紗門。

他的摩托車在陽光底下閃爍。太陽底下無新鮮事，有什麼曾經改變過嗎？有麻煩的女人？有麻煩的男人釣上一個有麻煩的女人？他希望可以找個女人共度一晚。結果也如願以償了。美好的最後一夜——非常美好 。麻煩先丟到一邊，享受著美妙至極的最後一夜。

很棒的搭訕台詞。棒透頂了的搭訕台詞。

如果他又輪迴成為人的話，一定得再用一次。

她已經說服他把他的槍留下來，而他也遵守了諾言。槍仍然擺在床頭櫃上。她有抽完一支菸的時間來下定決心。如果她不抽的話，時間會更多，讓它自個兒慢慢熄掉好了。她聽到紗門砰了一聲。

她穿行過那一灘陽光，到了窗口。陽光熾烈炫目。她看到他的側影——抵著強光的黑影。他正要騎上摩托車。他不需要手槍，他從沒打算用槍解決。摩托車就算是笨蛋也會用，他不可能不小心走偏了方向——以一小時八十哩的速度撞上一棵樹，保證他能立刻進入永恆。

如果她沒在他啓動引擎之前開口的話，他就聽不到她講話了。他立起身來，正要踩下啓動桿。

「你眞的要我跟你一起去嗎？」她叫道。

「得是你想要才行。」

「好吧，」她說。「我想試一試。」

她套上高跟鞋，兩隻強壯的腿跨過窗台，然後輕輕跳上外頭的沙地。

他看著她走向他，一抹微笑成形了。他喜歡他眼中所見的，喜歡她的模樣，他欣賞她的勇氣。

「你這樣穿，有可能會感冒。」

「陽光挺溫暖的。」

勞倫斯・卜洛克（Lawrence Block）

寫過許多小說與短篇故事，另外也寫了六本關於寫作的書。多年來，他總共編輯了十二本選集，最近的一本是《黑暗的城市之光》。愛德華・霍普幾十年來一直都是他最鍾愛的畫家，他曾在他寫的小說中多次提到霍普的名字，尤其是在他城市孤狼凱勒的殺手系列小說當中。《光與暗的故事》一書的發想源頭（一如卜洛克其他許多點子一樣）是個令他驚艷的意外，與當時他所聚焦思考的內容其實無關。

Automat, 1927

Oil on canvas, 36 X 28 1/8 in. (91.4 X 71.4 cm). Des Moines Art Center, Permanent Collections; Purchased with funds from the Edmundson Art Foundation, Inc., 1958.2. Photo Credit: Rich Sanders, De Moines, IA.

秋天裡的自助機器用餐店

帽子是個關鍵。

如果你謹慎選擇穿搭的衣物，如果你的穿著比你去的場合所要求的品質稍微時髦一點的話，你的自我感覺就會非常良好。當你走進四十二街的自助餐廳時，這頂帽子和外套都在告訴眾人，你是個淑女。也許你喜歡他們的咖啡，更勝於高檔餐廳龍田所供應的，又或許你愛的是他們的豌豆湯，覺得跟玳摩尼柯牛排館提供的湯品一樣棒。

當然，你會走到何恩&哈達特自助機器用餐店的收銀窗口（譯註：這是北美第一家自助機器用餐店，創始於一九〇二年的美國費城，有多家連鎖店，特別盛行於一九三〇年代經濟大蕭條時期），絕對不是因為窮困潦倒——當你探手到你那個鱷魚皮包抽出一元紙鈔時，任誰都不會搞錯的。

許多一毛錢的硬幣送上來了：一共五組，一組四個。無須清點，因為收銀員一整天下來唯一在做的便是這件事——收取紙鈔，然後交給你換算出來的硬幣。這是一家自助機器用餐店，這個可憐的女孩比機器人好不了多少。

你拿了你的一堆一毛錢，然後組合了你的這一餐。你選定了一樣菜色，將你的一毛錢丟進投幣孔裡，然後轉動把手，打開那面小小的窗，取出你的獎賞來。一個一毛錢可以換得一杯咖啡。再加三個一毛硬幣則帶來了一碗傳奇的豌豆湯，而再投一毛，則是換來了擺著種子小麵包和一小塊奶油的碟子。

你踩著緩慢、小心的步伐，將你的托盤拿到櫃臺，然後立定了腳，站在擺滿刀叉的餐具隔間盤前頭。

先前你穿過大門進來時，你就知道你想坐哪一桌了。當然也許已經有人坐在那裡了，不過沒有。這會兒你已備妥了餐點，於是你便將托盤捧到那張桌子去。

她吃得很慢，細心品嚐著每一匙豌豆湯，很高興自己剛才決定不要爲了省一毛錢而只點一杯而非一碗湯。雖然一毛錢不算多，但如果每天都能省兩次一毛的話，一個月就省下了三塊錢——甚至還要更多。而這樣算起來的話，一年就等於省下了三十六塊五毛錢。這筆數字確實相當可觀。

啊，然而她也不能太省。嗯，事實上她是可以省，而且也必須省，但補充營養應該是比省錢更重要吧。亞佛瑞是怎麼說的呢？

Kishke gelt（譯註：這是猶太人使用的意第緒語Yiddish，為德語、希伯來語等的混合語言）。肚腹錢，這是虧待自己的胃所省下來的錢。她可以聽到他在說這兩個字，可以看到他的嘴角微微一撇。

沒錯，多花一毛是值得的。

並不是因爲擔心亞佛瑞嘲諷。如今他已無知無覺，也不在乎她吃什麼，或者花用多少錢了。

除非（她是既期待又害怕）生命的結束並不代表一切都沒有了。也許他那優越的腦袋，頂尖的智慧，還有他嘲諷式的幽默，也許這些都還存在於某個層面，雖然他的肉體已經入了土。

她並沒有眞信這個，然而有時候這麼想會讓她感到快樂。她甚至會跟他講話，有時候是大聲說出來，不過大半都是腦子裡的私語。他活著的時候，她跟他幾乎是無話不談，而死亡更是突破了原本難免會有的一點點對話上的障礙。如今她是百無禁忌，而且高興的時候，她還會幫他想出答案，並想像著自己是聽來的。

有時候答案來得飛快，而且是赤裸裸的非常直白，搞得她都納悶起答案到底源自何處。是她編出來的嗎？或者，也許他雖然不在人世但仍然在左右她的生活呢。

也許他是盤旋在她上方的隱形體，一個沒有肉體的守護神。看著她，照顧著她。

而這個念頭才起，她便聽到了回應。頂多只能看一看啦，小寶貝。說起照顧，你就只能靠自己囉。

她將麵包撕成兩半，拿起小刀子抹上奶油，然後將奶油麵包放到餐盤上，拿起湯匙，舀起一匙湯，然後再一匙。她咬了一口麵包。

她吃得很慢，悠閒的張望著這個房間。只有差不多一半的桌子坐了人。兩個女人坐這兒，兩個男人坐那兒。她也瞧見一對看來已婚的男女，還有另外一對雖然互動熱切，但看來古怪，所以她猜他們應該是頭一次或者第二次約會吧。

她也許可以編個關於他們的故事來自娛，不過此時她的注意力已經轉向別處了。其他桌位坐的都是單獨一個人，男多於女，而且他們大半都是在看報紙。坐這兒總比待在外頭好。如今時序已經入秋，哈德遜河老是吹來陣陣寒風。在這兒喝杯咖啡，讀讀《紐約時報》或者《鏡報》，度過一段無語的時光……

經理穿著西裝。

而大半的男性顧客也是，不過他的那套看來品質更好，而且熨得也更平整。他的襯衫是白的，他的領帶看來低調，隔著一段距離她看不太出顏色。

她是從眼角盯著他看的。

亞佛瑞教過她這招。你的眼睛要直直看著前方，而且你不能轉動眼球研究你有興趣的標的物。換句話說，你得要用你的腦袋，要它去注意在你視線周邊的物體。

這可需要練習，而且她已經練很久了。她還記得在賓州車站學到的一課，當時她是站在寄物窗口的對面。她的眼睛盯著一個正在寄放行李箱的男子時，亞佛瑞一邊就問起她排隊等著要搭火車到費城的旅客的問題。她一一描述了他們的外表，而他的誇獎還眞是讓她驕傲不已。

她這會兒注意到，經理長著一張小巧的薄唇。他的尖頭鞋是棕色的，打磨得極爲光亮。而且，就在她以非直視的方式觀察他時，他卻是以完全相反的方法在研究顧客：他的視線很刻意而且頗具侵略性，從一張桌子移向下一張。她覺得，在座的某些用餐人應該可以感覺到他在瞪著他們看吧，所以才會很不自在的動來動去（卻又不知道原因）。

雖然她已經有了心理準備，不過他的眼睛移到她身上時，她還是忍不住吸了口氣，勉強壓住想要對上他眼神的衝動。她的臉暗了下來，她可以感覺到自己的表情變了，而當她伸手要拿咖啡杯時，她可以感覺到自己的手在打顫。

他就那麼站著，立在通往廚房的門旁邊，臉龐嚴峻，兩手交握在背後。他就那麼站著，大剌剌的直接在觀察她，而她則是以她習得的方式觀察他。

他人在那裡。她稍稍花了點力氣，讓自己穩妥的啜了口咖啡而沒有噴濺出半滴來。然後她便將杯子放到碟子上，再吸了口氣。

說起來，他會是看到了什麼呢？

她想起一首記不全的詩，是久遠前上英文課時念過的。說什麼希望有能力以他人的眼光來看自己之類的。然而到底是哪一首詩，而詩人又是誰呢？

餐館經理看到的，她想著，應該就是一名身材嬌小的女人，長得並不起眼而且有點年紀了，她穿的衣服品質不錯，但也是有點年歲了。戴著一頂已經變了形的高雅的帽子，身上穿的則是亞諾康思柏大衣，袖口磨損了，而且有一只骨質鈕釦已經替換成不太搭的新鈕釦。

鞋子品質甚好，是全黑的低跟；另外還有她的鱷魚皮包。兩者都是以好手藝並以優質皮革製作出來的——都是在第五大道的名店買下的。

兩者都有了點歲數。

而她也一樣——就像她擁有的每一樣東西。

他會是看到了什麼呢？應該就是一名落魄的上等階層的女人吧，她想著。雖然她無法全心接受這個標籤，然而她也無法否定它。她的穿著就算看來落魄，但卻也同時宣告了，它們的主人是來自上等家庭。

一名坐在她右邊那張桌子的男人（暗色西裝，灰色呢帽，餐巾塞進他的領口好護著他的領帶）正在享受他一口口的咖啡以及一叉叉的甜點——看來像是烤蘋果奶酥。她先前完全沒考慮要吃甜點，而現在瞥了那麼一眼後，卻點燃了她的慾望。她想不起最後一次吃到他們的烤蘋果奶酥是什麼時候了，不過她還記得當時的味道是酸與甜完美的結合，酥皮甜滋滋的又鬆脆。

他們並不是天天都供應蘋果奶酥的，所以趁著今天點得到的時候來一份應該是說得過去。想來不會超過三毛錢吧，頂多就是四毛——她手上還有收銀員換給她的十五毛呢。這會兒她只消走到右端的甜點區，拿下她的獎賞即可。

不行。

不行，是因爲她的咖啡已經快喝光了，所以她得再買一杯新鮮咖啡來搭甜點才行。這一來，就得再多花一毛。雖然這個錢她並不是花不起，然而答案卻是——

不行。

又是這兩個字，這回是亞佛瑞的聲音在說話。

你是在拖時間啦，兔小妹。這會兒不是吃甜點的愉悅在引誘你；其實啊，你只是想拖著不要採取讓你害怕的下一步喔。

她忍不住笑了。如果她的想像力有哪個角落在提供亞佛瑞的對話給她的話，那它的技巧還眞不是蓋的。兔小妹是他爲她取的好幾個小名之一，不過他其實很少用，而且她已經好久好久都沒想到這個暱稱了。這會兒這個小名以他的聲音冒出來，而且周邊還框上一堆幫她做心理分析的字眼呢。

你實在太了解我了，她說——在她自個兒的腦子裡說。然後她便等著他再說下去，可是後面就沒了。他已經告了一個段落。

好吧，想來他已說完他想說的話了吧；而且他說的還眞沒錯，不是嗎？

羅柏·彭斯，她想著。是蘇格蘭人，慣常以蘇格蘭方言寫詩——可把衆多英美的中學生給整慘了。這首詩她雖然記不全，不過有兩句倒是沒忘：

噢但願萬能的上蒼賜給我們禮物
能以他人之眼看見我們自己！

不過她心想，有哪個腦袋正常的人會想要這種禮物來著？

戴著灰色呢帽的男人放下叉子，將餐巾從他的領口取下，抹抹他嘴邊沾著的奶酥渣。他拿起咖啡杯，發現裡頭是空的，於是便作勢要站起來。

不過之後他又改變主意，回到報紙上頭。

她想像著，自己可以讀出他的心思。這家餐館並沒有客滿，而且也沒有人在等他的桌位空出來。他已經付了不少用餐費——雞肉派、咖啡，還有烤蘋果奶酥——所以他想坐多久其實都沒關係。這裡是不會趕人的，他們很清楚他們提供的不只是食物，也是休息之處。這裡是如此的溫暖，而外頭卻好冷，何況他自己那個小房間裡應該沒有人在等他回去吧。

而她的情況也是一樣。她住的地方離這兒約莫有十分鐘的腳程，那是東二十八街一棟居家式旅館。她的房間很小，週租五塊錢，月租二十，的確是很划算。她很久以前就在床頭櫃上的香菸燒痕上鋪了飾墊遮著，那是前一個房客留下的遺跡。另外她也在牆上掛了從雜誌上剪下來的好幾張圖片（裱上框了），好遮住這裡那裡的一片片水漬。地板上鋪了地毯——還算能用，但有點兒破爛。而樓下大廳的家具則都是年歲久遠，呈現了衰敗之相——但這不是跟這兒的住戶挺搭的嗎？

破敗的上等人家。

隔兩張桌子之處，有個和她年紀相當的女人舀起白糖，放進她喝了一半的咖啡。

免費提供的營養，她想著。糖罐子就擱在她的桌子上，而你想讓咖啡多甜都可以。監看一切的經理無疑是看進了每一匙舀起的糖沒錯，不過他好像並不反對。

想當年她開始喝咖啡的時候，總愛擺上許多的奶油和糖。亞佛瑞改變了她的口味，教她要喝不加糖的黑咖啡，而這，就成了她往後不變的習慣了。

亞佛瑞倒也不是不愛吃甜。他在約克區找到一家他鍾愛的糕餅鋪，說是可以媲美維也納的黛摩咖啡館呢，而他吃蘭姆酒巧克力蛋糕或者檸檬鬆糕時，一定要搭配濃醇的黑咖啡才行。

你非得要有強烈的對比才行啊，小親親。苦的配上甜的，這一味強化了另一味的特色。在餐桌就跟在人世間一樣。

他講這話時，帶著濃濃的德國口音。Vun taste strengsens ze uzzer（這一味強化了另一味的特色）。當初她遇到他時，他才剛移民到美國，不過就算那時候，他的英文其實也只帶著一絲絲中歐口音，而且在一、兩年之內，他就把那麼一丁點的不純正都改掉了。他只有在他倆獨處時，才會讓口音重新回來，意思是只有她可以獲准聽出他所來自的地方。

而且通常是在他談及過去，談及他在柏林和維也納度過的歲月時，口音最重。她啜下最後一口咖啡。這味道跟他教她要喝的濃醇黑咖啡還有一段距離，不過對她來說水準已經夠好了。

她還想再來一杯嗎？

她的視線沒有偏移。此刻她再度掃射了全場一回，看到經理瞅她一眼然後望向別處。她研究起先前往咖啡裡加入大量白糖的女人。

這名女子的穿著和她相當類似，也戴了頂好品味的帽子，穿了一件剪裁得宜的鴿灰色外套——兩者都不是新的。她的頭髮已逐漸轉灰，額頭也出現了憂慮的皺紋，不過她的嘴唇仍然豐潤飽滿。

女人這會兒在看她了，研究著她但不知道她其實也在研究她呢。

選個同夥吧，親愛的。搞不好可以派上用場。

她決定和女人視線交會，但卻發現她好像露出了尷尬的神色，於是便微微一笑讓她自在些。女人也回了一笑，然後便將她的注意力轉移到咖啡杯上了。就這樣，建立好正向接觸以後，她也拿起自己的杯子。裡頭空空如也，不過沒有人會曉得的，於是她啜了一小口空氣。

你在拖時間啦，兔小妹。

嗯，對，沒錯。這裡頭暖洋洋的但外頭卻好冷，而且等到近黃昏時只怕還要更冷呢。不過她不願意離開桌子的原因，其實和寒風或者外頭的氣溫並沒有關係。

今天是四號了，而她的房租其實一號就該繳的。以前她也拖欠過，心裡明白通常是遲了一個禮拜才會給催繳的。目前她還有三天緩衝的時間，到時候房東會露出和煦的笑容，溫和的提醒她說，她好像沒注意到該繳房租囉。

她不太確定自己是否有辦法化解當前的困境。總之先前那一回呢，房東的提醒是奏效了——她湊足了錢，在被催繳之後的一天，便付清了房租。

那回，她是當掉了一隻手鐲：三顆寶石（紅玉髓和青金石以及黃水晶），三顆半月形的寶石鑲嵌在黃燦燦的金環上頭。這會兒想起來，她忍不住低下頭去，看著自己光禿禿的手腕。

那是亞佛瑞送的禮物。說起來，她擁有的珠寶又有哪一樣不是他送的呢。手鐲是她的最愛，也是最後一樣送進當鋪的珠寶。她告訴自己說，將來有機會的話，一定要把它贖回來。她的信念一直撐持到她把當鋪單據賣掉的那一天。

而那時候，她也已經習慣了不再擁有那個手鐲了，所以心痛的感覺其實並不強烈。我們總是會習慣變化的，小寶貝。男人連給吊死都可以習慣啊。這兩句話只能用柏林人特有的腔調說出來，才有說服人的力道吧。

你還在拖啊。

她把手提袋放到桌上，然後就開始咳個不停。她將餐巾湊到嘴上，吸了口氣，又咳起來。

她沒有四下張望，不過她知道大家都在朝著她看。

她吸了口氣，努力克制住咳嗽。她手上還捧著餐巾，而這會兒她便開始拾掇起她一樣樣餐具，包括湯匙、咖啡匙、叉子、奶油刀。她將它們仔仔細細的擦乾淨，然後一一擺進她的手提包裡，喀個按下金屬搭釦。

這會兒她開始四下張望，臉上也刻意露出某種表情。

她站起身來。一起身她就覺得有點暈眩，這不是頭一回了。她撐了隻手在桌上穩住自己，暈眩感慢慢退了——一如以往。她緩緩吸了氣，轉過身，朝門口走去。

她移動的腳步是經過計算的，很刻意，可稱之爲不疾不徐。這家自助機器用餐店跟她所住旅館附近的那家不太一樣，它有一扇黃銅鑲邊的旋轉門。她停在門邊，讓一名新來的顧客先走進來。她想到她所住旅館的那個櫃臺人員，還有她拖欠的二十塊。她的皮包裡有一張五元紙鈔，和兩張一元的，外加十五個一毛錢硬幣，所以她是可以付清一週的房租，然後就是要在幾天之內湊出剩下的——

「噢，可沒這麼容易喲。這位女士，請你馬上給我停腳。」她朝旋轉門的方向踩了一步，後頭馬上有隻手搭上了她的手臂。她猛一轉身，發現他就杵在後頭——那位薄唇經理。

「好大的膽子，」他說。「老天在上，你可不是頭一個偷走我們湯匙的人喔，而且你甚至打算整批運走呢，對吧？還先擦得亮亮的哩。」

「你在胡說些什麼！」

「這你得交給我，」說著，他便一把抓住了她的手提袋。

「不行！」

這會兒有三隻手抓著那只鱷魚包了，一隻是他的，兩隻是她自己的。「你放手！」她說，這會兒音量更大了。她知道餐館裡的每個人都看過來了。很好，要看就儘管看吧。

「你哪兒也不能去，」他告訴她說。「天老爺，我原本只是想收回你偷走的東西而已，哪曉得你偷了東西，竟然還敢這麼囂張。太過份了。」他越過肩膀叫道：「吉米，打電話報警，要值班的人派幾個員警過來。」他的眼睛在發光——噢他可得意著呢——他告訴她說，他打算殺雞儆猴，還說在監牢裡關一兩個晚上，應該可以讓她了解什麼叫做私人財產云云。

「好啦，」他說：「這會兒是你自己先打開皮包呢，還是要等警察來動手？」

兩名員警上門了，其中一個比另一個大了起碼十歲，不過在她看來，兩個都好年輕。而且兩人看來都是不情不願——大老遠的給徵召過來，處罰一名在自助餐廳偷竊餐具的女人。

結果是年長的那位帶著抱歉的口吻告訴她，她得打開皮包才行。

「沒問題，」她說，然後便打開搭釦，拿出了刀子、叉子和兩支湯匙。警察還是面無表情，不過經理曉得大事不妙了。她看著他的表情，心臟興奮得直跳。

「我很喜歡這家餐廳的餐點，」她說：「而且在這兒用餐的人都挺好的，椅子也滿舒服。可是你們提供的湯匙跟叉子，我拿在手裡放進嘴裡，都不太舒服。我比較喜歡用我自己的。這些是我母親給我的餐具，都打上了純銀標誌，你們可以看到上頭有我母親的名字縮寫J——」

道歉聲不斷，不過她打死也不肯讓步。經理會很樂意送給她一張免費的長期餐券，歡迎她常來這兒光顧，另外——

「我打死也不可能到這兒來用餐了。」

呃，他實在太抱歉了，不過還好沒有造成任何實質傷害，所以——

「你當著一屋子的人羞辱我。你把手放在我身上，你還抓了我的手臂，想搶走我的皮包。」她四下一瞥。「各位剛才都看到這個男人是怎麼對我的吧？」

好幾名顧客都點了頭，包括先前那個在咖啡裡加了許多白糖的女人。

更多道歉的話語了，不過她馬上快刀一斬。「我的姪子是律師，我要打電話給他。」

經理的表情起了變化。「我們何不到我的辦公室去呢？」他提議道。「總可以想個辦法解決的。」

她回到旅館時，頭一件事就是付房租——這個月欠繳的，外加預付下兩個月的租金。

她上樓回到房間後，馬上掏出了刀子叉子和湯匙，放進碗櫥的抽屜裡。它們是同一組餐具，上頭全都打上了大寫的英文字母J，不過這些不是她母親的東西。

而且它們也不是純銀製的。如果是的話，她應該早就想辦法賣掉了。不過它們確實是品質優良的銀質餐具。雖然她通常是不會帶著它們四處走，但如果她用電磁爐熱了一罐烤豆子的話，它們的確是挺合用的。

而它們今天也眞是派上了絕佳的用場。

經理在他的辦公室裡，想拿一百塊息事寧人，不過她重申被羞辱的不快之後，他馬上就加倍要給兩百了。深吸一口氣外加堅決的搖頭，又從他口中再挖出了一百。這個數字她斟酌了起來，瀕臨接受的邊緣，但接著卻又嘆了口氣，表示自己也許還是打電話給她的姪子比較好。

他的獻金從三百跳到了五百，雖然她覺得他應該有可能再提高數額，不過亞佛瑞曾經教過她凡事都要懂得適可而止，不能榨得別人一滴不剩，所以她決定還是點到為止，但卻思考了滿長一段時間，才優雅的點點頭，答應了。

他要她簽了個什麼。她並沒有遲疑，馬上草草寫下一個她曾經用過的名字，然後他便數了一大疊二十元的紙鈔交給她。

總共有二十五張。

也就是一萬個一毛硬幣呢，小親親——如果你想讓收銀員心臟病發的話。

「挺順利的吧，」她告訴亞佛瑞。在這個小房間裡，她是大聲說出來的。「我表現得還不錯，對吧？」

這個問題的答案非常明顯，無須他的聲明。她將帽子掛上勾子，大衣則放進衣櫥裡。她坐在床沿數起錢來，然後抽出一張，並將其餘二十四張藏在沒有人找得到的地方。

亞佛瑞曾教過她要怎麼藏錢，也教過她要怎麼摳錢。

「我其實不太確定可以行得通，」她說。「這點子是我有一天想到的。我用的那支叉子有根叉齒折彎了，所以我就想著他們的餐具品質實在很差，然後我便開始想像起有個女人，嗯，一個逐漸走向沒落的女人，她的包包永遠都會擺著自己的餐具。然後我就把她忘了，可是後來她又回到我的腦子裡，所以——」

就這樣發展出一個故事來。整個情節實在精采，而她所感覺到的緊張其實也頗合於當時她所扮演的角色呢。這會兒，隔了段距離回顧那個事件（以亞佛瑞批判的角度審視的話），她可以看出她的表現還有哪些地方可以改進、加強，以便更加確定對方會咬住誘餌，勾上魚鉤。

她還會再來一次嗎？其實並沒有這個需要——很長一段時間都不用了。她的房租已經付到年尾，而她穩妥藏好的錢，也可以讓她很久很久都不用爲生活費操心了。

當然她是不會再回到同一家自助機器用餐店了。紐約還有別家，包括離她旅館相當近的一家優質店，只是也許這個連鎖店的衆位經理難免會互通有無吧？跟她交手的那個男人，那個薄唇惡眼的男子，他於他倆交手的過程中實在不見光彩，想來應該是不會自曝其短，到處張揚吧。不過這種事情其實很難講，安全爲上——

也許——至少有一陣子——她最好還是把這個伎倆用在別家餐館吧。旅館附近有很多地方，都可以讓沒落的上等階層人士，以相當低廉的消費額吃到品質不錯的餐點。比方說柴爾斯吧，他們有好幾家連鎖店，附近三十四街上那家聽說很不錯——就在第三大道空中鐵道線的下頭。

要不謝法茲連鎖餐館也行。他們的價格是高了點，顧客群也更優，不過她還是可以配得上。而如果其中一家店的經理條件符合的話，一旦她的基金快要用完時，她就有個地方可以下手了。

人總是要學會適應的。她的年紀已經大到不能在金寶百貨公司剛拖過的地板上滑一跤，體質也虛弱得經不起在電動扶梯上頭來個絆倒的場面。而另外某些亞佛瑞教過她的絕招，卻是需要有個同夥才能辦得到。

那就謝法茲吧，她下定決心。她打算先到古城區（Ladies’ Mile）西二十三街的那家分店去考察看看。

他們會有烤蘋果奶酥嗎？她希望會有。